HARUKI
MURAKAMI

我々の星のハルキ・ムラカミ文学

惑星的思考と日本的思考

小島基洋、山﨑眞紀子、
高橋龍夫、横道誠［編］

彩流社

はじめに――「日本」の村上と「惑星」のムラカミ

小島　基洋

村上春樹からハルキ・ムラカミへ――日本の文壇の異端児として苛烈な批判に晒されてきた彼の作品は、その英訳版が出版されると、遠く米国の文壇で華々しい成功を収めた。その軌跡は辛島デイヴィッド氏の『Haruki Murakami を読んでいるときに我々が読んでいる者たち』（みすず書房、二〇一八年）に余すところなく記述されている。日本人作家・村上は、Haruki Murakami として米国で再デビューし、世界へと進出していったのである。

しかし、時代は急速に変わりつつある――そう述べるのが、本書の巻頭論文の著者アンナ・ジェリンスカ＝エリオット氏だ。村上作品のポーランド語訳者にしてボストン大学で文学を講じる氏は、ハルキ・ムラカミの世界的評価における米国の特権的地位が揺らぎつつあることを指摘する。彼女はデンマーク語の翻訳者メッテ・ホルム氏と共に、各国の翻訳者たちの緊密なネットワークを描き出し、英訳版も数ある外国語訳のひとつに過ぎないのだと述べる。実際、現状では村上の新作が刊行されるや否や、英訳版の出版を待たずして、次々と各国語の翻訳が出版されていくのだ。

そんなときに、我々は一人の批評家が夢見たヴィジョンを想起することになる。インド・カルカッタに生まれ、米国・コロンビア大学で教鞭をとった文学研究者G・C・スピヴァクである。各地域の文化が等しく尊重される世界——彼女はそれを「惑星」と呼んだ。

わたしは惑星（planet）という言葉を地球（globe）という言葉への重ね書きとして提案する。グローバリゼーション〔地球全域化〕とは、同一の為替システムを地球上のいたるところに押しつけることを意味している。〔中略〕地球は、わたしたちのコンピューター上に存在している。そこには、だれも暮らしていない。それは、わたしたちがそれをコントロールすることをもくろむことができるかのように、わたしたちに想わせる。これにたいして、惑星は種々の他なるもの（alterity）のなかに存在しており、別のシステムに属している。にもかかわらず、わたしたちはそこに住んでいる。それを借り受けて。

（『ある学問の死——惑星思考の比較文学へ』みすず書房、二〇〇四年、一二三—一二四頁）

米国を中心としたグローバリズムが世界を覆い尽くすかに見えた二十一世紀の初頭、スピヴァクは「地球」の対抗概念として、新たに「惑星」という世界像を提示した。「地球」ならぬ「惑星」の住人たる我々は、独自の文化を大切に保持しながら、他文化との相互交流を続けていくのだ。

ムラカミの小説は、今や米国発の「地球」文学ではなく、日本発の「惑星」文学としてある——スピヴァクならそう言ったかもしれない。日本語で書かれ、日本を舞台とする村上の作品は、英語や米国文壇を経由することなく、ダイレクトに各言語に翻訳され、この「惑星」の隅々まで流布していく。

では、なぜ村上春樹だけが、ハルキ・ムラカミとして、こうも容易く言語と文化の壁を越えていくのか

――「惑星」の住人たる我々はこのような問いを発せざるを得ない。その未知なる答えを探求するのが本論集の目的である。

論点は以下の四点に整理されるだろう。「翻訳」、「歴史／物語（hi/story）」、「海外作家」「紀行」である。

【翻訳】　村上がムラカミとなるためには外国語訳を必要とする。各翻訳者の苦闘の痕跡を精査することは、作品がいかに越境していくかを知るためには不可欠な作業だろう。ジェリンスカ、ホルムは『1Q84』を中心に、各国語版の出版状況と翻訳上の諸問題を（1章）、横道は『国境の南、太陽の西』をめぐるドイツ語版を（2章）、小島は「パン屋再襲撃」の英語版を取り上げて論じる（3章）。

【歴史／物語（hi/story）】　なぜ「日本」を描く村上が「惑星」全体でムラカミとして受け入れられるのか。彼の作品が内包する両極――特殊性と普遍性――について考察する。髙橋は『海辺のカフカ』のローカルな「歴史」性について（4章）、内田は村上作品が世界の「物語」群と共有する神話的構造について論じる（5章）。

【海外作家】　村上がムラカミとなるには、自らも閉じた日本文学の世界から抜け出すことが必要であった。彼が黄金期のアメリカ文学者二人と切り結んだ関係性が具体的に明かされる。ディルはF・スコット・フィッツジェラルドが若き村上に与えた多大な影響を（6章）、星野はジャック・ロンドンの痕跡を北海道との関連において読み解く（7章）。

【紀行】　村上がムラカミとなるのは彼の作品を通してだけではない。彼自身も国内外を物理的に移動しながら「惑星」を絶えず巡っている。林は村上の紀行文と小説の関係性を論じ（8章）、山﨑は『ノルウェイの森』の源泉となったローマを（9章）、髙橋は『海辺のカフカ』の舞台としての香川を渉猟する（10章）。

また巻末には、村上の伝記研究の第一人者たる平野氏による【年譜】を収録した。今後の村上／ムラカミ研究に不可欠な基礎資料となるはずである。

本書は「村上春樹研究フォーラム」の設立メンバー四名が編者をつとめた。本組織は村上春樹の愛好者の交流の場として発足し、ＷＥＢ上で各種セミナー、レクチャーなどのイベントを定期的に開催している。またオンライン雑誌『Murakami Review』も毎年刊行されており、本書に収録された論文のいくつかは本誌から採録されたものである。

なお本書の刊行に際してＪＳＰＳ科研費研究補助金（JP19K00516）の助成金の一部を活用したことを付記しておく。

我々の星のハルキ・ムラカミ文学——惑星的思考と日本的思考

もくじ

◉翻訳◉

第1章　ヨーロッパの空に浮かぶ二つの月――村上春樹『1Q84』を翻訳すること(1)

アンナ・ジェリンスカ＝エリオット、メッテ・ホルム
［翻訳］杉野 久和

国際的にみても、現代の文学界で村上春樹の新作発表に肩を並べるほどの大きな出来事はほとんどない。村上作品は日本だけにとどまらず世界中で――アメリカから韓国まで、ノルウェイからブラジルまで――出版後、ほどなくしてベストセラーとなる。実際に、村上の新作は世界中での大ヒットが保証されており、新作が執筆中だと知られるやいなや、その本の翻訳業務の委託が開始されている。

世界的な村上現象は『1Q84』が登場した二〇〇九年がひとつの節目となった。毀誉褒貶《きよほうへん》はあったものの、世界のあらゆる出版市場で人気を博《はく》したのだ。日本だけでも、最初の十二日間で一〇〇万部以上が発行された（この記録は、現時点で最も新しい村上の小説『色彩を持たない多崎つくると、彼の巡礼の年』によって二〇一三年四月に破られた）。『1Q84』の初めの二巻は二〇〇九年春に日本で出版され、第三巻は翌二〇一〇年に出版された。翻訳権については、英語を含む欧米の二十六言語だけでなく、中国語（中国本土向けと台湾向けにそれぞれ）、韓国語、ヘブライ語への権利もすぐに売り出された。こうしたことは出版から

一週間を経ずして一〇〇万部が発行された『多崎つくる』が登場する二〇一三年の春にも繰り返された。外国語訳版への版権をめぐる入札闘争が巻き起こるまでに、日本での出版からひと月も経っていなかったのだ。(2)

分量面からだけでも、『1Q84』は翻訳者にとって相当に困難な作品である。翻訳本は様々な言語で早いうちから出版されていたのだが、先陣を切ったのは（翻訳権獲得に要した金額が新記録を打ち立てた）韓国語版で、発表されたのは原作の出版からたった四か月後の二〇〇九年八月である。(3) 他の国でも、最初の二巻は二〇一〇年には発表されていた。英語版が出版される二〇一一年の秋までには、ほとんどのヨーロッパ言語でBook1とBook2は翻訳されており、オランダ語版、ドイツ語版、スウェーデン語版、ポーランド語版では三巻全てがすでに出版されて、大々的な宣伝が行なわれていた。たとえば、ドイツ語版が出版されるまでの一か月の間には、出版社はウェブサイトで小説の一ページを毎日公開するなどした。デンマーク語版とフランス語版の場合には、出版社のサイト上で発売日までのカウントダウンが行なわれていた。ポーランド語版では、厳選された数ページがインターネット上で公開され、YouTube 広告によって来たるべき出版日が告知されていた。イタリア語版とスペイン語版でも同じくYouTube の「予告編」を活用している。しかし、もしかすると、これらとは比べ物にならないのが、英語版の登場に際する大宣伝であった。YouTube 上で予告があり、クノップフ社からは発売を数週間後にひかえた二〇一一年十月に、作品の一部分が「ニューヨーカー誌」に掲載され、さらに待ちきれない読者向けに短めの一節が村上の Facebook で数日ごとに公開された。そこには村上がノーベル賞を受賞する可能性に関する多種のランキングも引用されていた。

新作が発表されるたびに記録する村上作品の並外れた売れゆきは翻訳作業に興味深い影響を与えてきた。本稿では『1Q84』を各ヨーロッパ言語に訳した翻訳者たちの経験を、アンケートやメールを用いることによって論究していくこととする。特定の――あるいは翻訳者視点から特に問題となるような――テクスト上の技法に対して翻訳者たちがどのようにそのアプローチを共有したかを叙述していく。その際、英語翻訳で使用されていた解決策と他のヨーロッパ言語翻訳者による解決策が比較されることになる。

1　短ければよいのか

『1Q84』の多くの翻訳版がほぼ同時に出版されたこと、また売り方をめぐるお祭り騒ぎは、先行する村上作品の出版史の中でも際立っている。『1Q84』の出版は、世界における村上ブランドの普及を評価するに際して、特異な状況にあると言えよう。

『1Q84』の三巻本のうち、それぞれ二十四章で構成されているBook1とBook2は、三十歳の青豆と二十九歳の天吾が章ごとに交互に語り手となる物語形式をとる（Book3は大きく異なり、三十一章で構成され、牛河を加えた三人の語りによる緩やかな展開となる）[4]。読者が知ることになる物語は、一九六四年に学校で出会った十歳の二人が、二十年が経った一九八四年に互いへの恋心に気付くといったものである。相手を探し求める過程で、二人はこの世界とほとんど変わらないパラレルワールド――目に見える違いのひとつは空に月が二つ浮かんでいること――に迷い込んでしまう。困惑した青豆は、パラレルワールドを「1Q84年」の世界と呼ぶ（「Qは question mark のQ」）。本書のタイトルがジョージ・オーウェルの古典作品『一九八四年』を示唆していることは明らかである。のちになって、このパラレルワールドは天吾が書いている作品の世界と同一であることが判明し、天吾の小説内小説は、『1Q84』全体に影響を及ぼすこととなる。小説内で探求されているのは、新興宗教セクトの問題だけでなく、女性や子どもたちに対する暴力の問題である。こういったテーマは村上の先行する作品にもわずかに言及されてきたものである。

本の出版状況に目を向ければ、多くのヨーロッパ語版は日本の例にならってＢｏｏｋ１とＢｏｏｋ２が先に発表され、少し遅れてＢｏｏｋ３が出版されたことが分かる。アメリカ版と同時に発表されたイギリス版でさえ二回に分けて発売され、Ｂｏｏｋ１とＢｏｏｋ２の一週間後にＢｏｏｋ３が登場することとなった。しかしながら、アメリカのクノップフ社は『１Ｑ８４』を１巻本として出版する決定を下した。Ｂｏｏｋ１とＢｏｏｋ２はジェイ・ルービン（Jay Rubin）訳で、Ｂｏｏｋ３はフィリップ・ゲイブリエル（Philip Gabriel）訳であり、それらが一つに接合されたのだ。これによって、とくにＢｏｏｋ３は短縮されており、Ｂｏｏｋ１とＢｏｏｋ２での出来事を読者に振り返らせる記述が村上の了承を得て削除されることとなった（Rubin & Gabriel）。

同様の状況はこれ以前にもあった。よく知られたことだが、『ねじまき鳥クロニクル』は英語に翻訳される際に大きく改変されていた。ドイツ語訳は、日本語の原作ではなく短縮された英語版に基づいていたせいで、広範にわたる議論をまきおこしてきた（ジェイ・ルービンによる伝記『村上春樹と言葉の音楽』*Haruki Murakami and the Music of Words* に詳しい）。問題となるのは、ドイツ語版の読者は果たして「本物」を読んでいるのか、それとも（短縮に際し、著者の承諾を得ているにせよ）英語版のドイツ語訳を読んでいるのか、という点である。著名な日本文学のドイツ人研究者であるイルメラ・日地谷＝キルシュネライトの次の言葉をルービンは引用している。「英語版から他の言語への翻訳を促すことによって、我々が嘆《なげ》き、抵抗し続ける英語中心的文化帝国を村上自身が体現しているのだ」（p. 309）。

この批判についてどう考えるにしても、次のような根源的な疑問が浮かび上がることになる。村上作品の英語版はどの程度まで翻訳と呼べるものであり、どの程度まで異なる編集原理に基づいて書き直された別物なのだろうか。大規模な削除といった付加的な編集作業を行なっていない——例えばだが——フランス語版、あるいはロシア語版は、英語版より原作に「忠実」と言っても差し支えないのであろうか。もしくは、英語版は編集において一歩抜きん出たレベルにあり、とにもかくにも「洗練」されているのだろうか。換言すれば、村上作品の場合、小説とは果たして何であり、「完全版のテクスト」と見なし得る「オリジナル」とは何なのだろうか。ここで注目しておくべきは、『ねじまき鳥クロニクル』の英語版における削除を村上が後に出版された日本の文庫版へ組み入れた事実だろう（Rubin, p. 307）。

オランダ語の翻訳者ジェームズ・ウェスターホーヴェンは『1Q84』に含まれる反復表現に翻訳上の難しさがあったと考えている。

最初の二巻にはとても多くの重複がある。二人の異なる語り手によってほとんど同じ情報が読者に何度も与えられていることで、私はそれらを異なる文体で訳すことに気配りしなくてはならなかった。もし私が村上の編集者だったなら彼を説得して重複箇所を削除させたのだが、翻訳者である私にそんな選択肢はなく、ありのままのテクストに従うしかなかった。そもそも、わたしたちは作者ではない。改良できるなどと思いあがってテクストをいじり始めてはならないのだ。

ここで重要な点は、ウェスタホーヴェンによって言及されている繰り返しのいくつかが実際に英語版で削除されていることである。たとえば、宗教上の実践を欠かさない青豆は小学校時代に仲間外れにされ、それが彼女のトラウマとなるのだが、そのことに関する一ページに及ぶ記述は、英語版では「彼女の少女期の過酷な日々」（“the harsh days of her childhood”）と要約されてしまっている（p. 639）。天吾と青豆の担任が別の個所で言及することによって、読者は「過酷な日々」の内実についてより多くを知ることができるのは確かだが、削除された一節にはそのことが詳しく記されており、それは他の箇所では言及されていないのである。

朝目を覚まし、学校に行くために服を着替えるのが苦痛だった。緊張のためによく下痢をしたし、ときどき吐いた。熱を出すこともあったし、頭痛や手足の痺れを感じることもあった。それでも一日も学校を休まなかった。もし一日休めば、そのまま何日も休みたくなるはずだ。そんなことが続けば、二度と学校には行かなくなるだろう。それは同級生や教師に自分が負けることを意味する。

（『Ｂｏｏｋ３ 前編』、一一四頁）

青豆と天吾が子どもの頃に経験した共通体験——両親に愛されず、級友に拒絶されるも、これらの困難を乗り越える力強い性格を獲得したこと——に村上が頻繁に言及することを読者は知っているだろう。しかしながら繰り返し強調されるこの主題は、青豆の身体的不調に関する記述が削除されたことによって、英語版の読者には気づきにくくなってしまう。その結果、彼らは日本語の原作を手にする読者とは違って（あるいは無削除版の読者と違って）、青豆の不調を、天吾が患《わずら》う同種の身体的症状と合わせて考えることができないのである（天吾の症状については英語版でも残されている）。

しかし天吾は幸か不幸か、頑健な身体に生まれついていた。熱があっても、胃が痛んでも、吐き気がしても、倒れることも意識を失うこともなく、父親とともに長い集金ルートを歩き通した。泣き言一つ言わずに。

（『Ｂｏｏｋ１ 前編』、二一六頁）

英語に訳されていない青豆の症状に関する記述は、一見すると、翻訳する過程で「失われ」た例に思われるかもしれないが、実は意図的に削除されているのである。ただし、その部分を削除することは著者の承諾を得た上で行なわれたものであり、作者自身が熟慮の上で、物語に悪影響を及ぼすことはないと判断したのだと考えることもできる。

英語翻訳に際して「英語読者」（そんなものは架空の概念に過ぎないが）の趣向にあうように短縮されたり改変されたりしているのは、村上作品に限ったことではない。五つの英語翻訳が存在するミラン・クンデラ（Milan Kundera）の『冗談』（*The Joke*）は好例である。一九六九年に出版されたデイヴィッド・ハンブリン（David Hamblyn）とオリヴァー・スタリーブラス（Oliver Stallybrass）による最初の翻訳について、クンデラはこう述べている。「プラハで翻訳本を手にしたときの衝撃を覚えています。まったくもって別の本に思えました。小説は完全に作り直されたものでした。多くのパートに分割され、各章は短くされたり削除されたりしていたのです」（vii）。この言葉は一九九二年に出版された五番目の翻訳版への序文に記されたものであり、その本には「著者によって全面的に改定された決定版」という副題が添えられている。しかしながら、クンデラ作品の翻訳に関してミシェル・ウッズ（Michelle Woods）は、外国語への翻訳がいかに「オリジナル」に影響を与えうるかについて論じている。というのも、英語版とフランス語版の翻訳に明らかに影響されるかたちでクンデラが自らの小説に手を加えており、それが今度はのちの英語版に影響を与えていったからである。ウッズによれば、クンデラは「西洋の読者により分かりやすいように」努力したと述べており、その言葉は皮肉にも彼が最初の英語版の翻訳者を非難する際に用いたものと同じであった（p. 205）。

英語読者に分かりやすい改変が行なわれた例として、桐野夏生の小説『グロテスク』をレベッカ・コープランド（Rebecca Copeland）が翻訳したケースが挙げられる。翻訳作業についてコープランドは次のように述べている。

最初から編集者の課題は作品を短くすることだった。重要でない登場人物や場面を削除し、小説をシンプルにするべく全力を尽くすということだ。私は多くの時間を費やして翻訳してきた登場人物を削りたくはなかったが、私にも『グロテスク』のような作品は大多数のアメリカの読者を苦しめるだろうと分かってはいた。〔中略〕作品最終章（英語版で最後の九ページ分）は大打撃を受けた部分だ。編集者たちは最終章が――章というよりは、コーダ（終結部）と呼ぶにふさわしいほど短くなった――混乱を招くのではないかと思っていた。語り手の性格に、これまでの章で描かれなかったような新たな一面が付け加えられ、脇役であった語り手の甥が売春に乗り出すなど、彼の身の上に新たな展開が加えられるのだ。編集者たちは、以前の箇所と同様に、この部分を取り除いて、スッキリとした結末に作り替えた。

(p. 14)

コープランドによれば、桐野はあらかじめ作品に削除が施《ほどこ》されることを知らされており、おおむね同意していたのだが、それはあくまで最終章を除いてであった。当初、編集者たちは最終章を完全に削除したがっていたのだが、桐野はそれを許可しなかったし、彼らがなぜ最終章を目の敵《かたき》にするのかも分からなかった。彼女にとっては最終章が小説の核となる部分であり、バラバラの糸が一本に絡み合う場所だったのだ。交渉が続き、結局、著者の提案をいくらか汲むかたちの短縮が施されることで、妥結に至った。(5)

アメリカの出版社によってなされた決定の背後には、経済的な配慮や文学的な論争があったのだろうか。

ヨーロッパ市場において、この手の削除が行なわれることはほとんどない。

2　世界のムラカミ

多くの批評家が指摘してきたのは、村上の作品が並外れて他の言語へと翻訳しやすいということであり、そのことが彼の人気の一因となっているのかもしれない。村上自身も他の言語への翻訳を意識していると、かつてのインタビューで認めていた。

――村上作品の翻訳は外国でも受け入れられそうですか。

理解されやすいと思う。日本語でなければ表せない感性で書くのではなく共通言語的に表現したい。日本語的情緒性を排除して言葉を使い、文章的にも翻訳に向くように心がけている、という意味です。

（金丸、二一頁）

このアプローチは見事な成功をおさめ、村上人気は彼の作品翻訳を専門とする世界的な翻訳「チーム」を生み出しすらしている。そこには世界の主要言語だけでなく、少数言語の翻訳者も含まれており、言語の総数は四十を超えて今なお増え続けている。二〇〇六年には本稿の著者を含めた（それぞれがポーランド語とデンマーク語の翻訳者である）十六人の「村上翻訳者」が東京に集結して、自分たちの経験やそれぞれの国における村上小説の受容を話し合うべく、日本の国際交流基金の後援を受けるかたちで会合をもった。[6] 多くの参加者は現在に至るまで連絡を取り続けている。それによって『1Q84』を翻訳している時には、他の翻訳者たちと連絡をとり、翻訳作業においてどのような問題に直面しているのかが分かった。

二〇一一年八月、我々は複数の人々に接触して、経験を共有すべく（論文執筆者を含めた）八人から返信を得ることが出来た。(7) 以下に、その八名の翻訳者の観点や翻訳中に生じた問題について紹介する。我々の望みは、ここでの議論によって、もっとも熱心かつ徹底的な精読者の目を通して村上作品をより広い視点からとらえることが可能になることだ。翻訳者というのは、批評家と違って、作品を内部から眺め、その一語一句を消化し、解釈せねばならないのだ。

翻訳者たちは多くの質問に答えてくれたが、もっとも興味深い答えを導いた問いは「翻訳時にあなたはどんな困難に遭遇しましたか」であった。複数の人が挙げていた問題の一つに、同じ段落中にすら起こる人称の変化にいかに対応するかというものがある。日本語で原文を読む読者なら分かるだろうが、作家は三人称で語られている小説の中で、一人称の内的独白に自然と切り替えることがある。日本語においてはごく自然なことなのだが、その際、人称代名詞は省かれ、分かりきっている主語が示されることはない。村上は実際のところ、代名詞を省くどころか使い過ぎていると批判されており、そのことが作品を「外国」風にしてすらいるのだが。(8) ポーランド語訳者のアンナ・ジェリンスカ＝エリオットは人称の変化を翻訳することは困難な挑戦だと述べている。この問題は主に青豆の章で表面化することになり、時に「彼女は考えた」とか、「彼女は独り言を言った」とかいった表現を付け足すこととなった。そうしなければ、主語が誰なのか分かりにくいのだ。フランス語版、ドイツ語版、デンマーク語版、ノルウェイ語版でも同様の手法が用いられている。新奇な解決策を思いついたのは、ロシア語訳者のドミトリー・コヴァレーニンである。青豆の内的独白を彼女と彼女の自我で交わされる対話のように捉えて、二人称を使用したのだ。

アメリカ版の翻訳者は「彼女は考えた」といった表現を使って解決する他に、斜体を駆使して原文にはない視覚的変化を生み出すこともした。ある一節はこんな風に訳されている。

【英語】

Aomame gave a short, decisive shake of her head. She shouldn't over-think things. *The only choice I have*, she thought, *is to believe that Tengo will return to this playground, and wait here patiently until he does. I can't leave — this is the only point of contact between him and me.*

(p. 609)[9]

【原文に傍点を付与】

青豆は短くきっぱりと首を振る。いや、考えすぎてはいけない。天吾はいつか公園に戻ってくると信じ、ここでじっと待ち続けるしか私には選択肢がない、と考えた。私にはここを離れることはできないし、この公園が今のところ、私と彼を結びつけるただひとつの接点なのだから。

（『Ｂｏｏｋ３ 前編』、四五頁）

チェコ語訳者のトマーシュ・ユルコヴィッチは、一人称の語り手の欠如を強調しながら、その原因は「村上は作品を広く読者に『開く』ことを目指しており、前作までと比較してもより多くの『説明』を行なっている」ことなのではないかとしている。ノルウェイ語訳をしたイカ・カミンカも、三人称と一人称を行き来することに翻訳で対処するのは難題であると同意した。何故なら、それは間接話法と直接話法の間を行き来することを意味するからである。

人称の移動を翻訳で上手く処理することは困難です。とくに難しいのは、登場人物が普通は声に出さないような類の「思考を声に出す」ときです。それは腹話術のようでもあります。まるで登場人物が全知の語り手に発言権を与えているようにもみえますが、実際には本人が一人称として語るのです。

『1Q84』には他にも珍しい特徴がある。それは、Book3における青豆の語りが総じて現在時制で書かれていることである。日本語では物語的現在時制は頻繁にみられ、村上も――たとえば『海辺のカフカ』や『アフター・ダーク』など――よく使っている。本作においては第三巻の三分の一が現在時制となっている。ジェリンスカ＝エリオットがBook3の翻訳に取り掛かり始めたのは、『1Q84』のポーランド語訳のBook1とBook2が出版された後のことである。彼女はBook3の青豆の最初の章を翻訳し始めた時に、あらゆる箇所が現在時制であることに気づき、パニックになりかけた。Book1とBook2でも同様の手法がとられているかもしれず、見落としていたのではないかと不安に思ったのだ。しかし勇気を振り絞って確かめたところ、一貫して現在時制が使われているのはBook3だけだと分かり、安心することになる。

現在時制を用いる技法は、はじめこそ驚きを与えるのだが、読者に受け入れられていき、小説の該当箇所に特別な感触を付与することになる。現在時制に取り組んでいた翻訳者はジェリンスカ＝エリオットだけではない。ホルム、カミンスカ、コヴァレーニンもまた現在時制にこだわり続けようと決意していた。カミンスカはその必要性を強調する。Book3の終盤、天吾と青豆が再開を果たすときに、彼の現実を描写する動詞が、それまで一貫して用いられてきた過去形から現在形に変わるのだ。青豆の章を全て過去形で記してしまえば、その変化に気付くことはできない。またコヴァレーニンはこうも述べる。

> 言うまでもなく、〔青豆の章は〕絶対に現在形で訳されなくてはならない。過去も未来もなく、生と死の境目にただ純粋に存在しているような時には、「スロー・モーション・カメラ」効果が必要だからだ。

ウェスタホーヴェンもこれに同意する。

> 青豆の章は確実に現在時制にしたよ！　他に方法はないだろう。村上がこれらの章を現在形で書くのは物語の天才のなせる技なんだと思う。変化を与えるだけでなく、緊迫感を与えてくれているんだ。

しかしながら、英語版、フランス語版、スウェーデン語版、ドイツ語版のＢｏｏｋ３では現在形が用いられることはなく、より自然に聞こえる過去時制が採用されている。英語訳のＢｏｏｋ３を担当したフィリップ・ゲイブリエルは、二〇一一年十月に行なわれた『アトランティック』誌のインタビューにこう答えている。「一通り訳した後で、当然ですが、編集者と私は変更を加えましたよ。内的独白を斜体に書き換えたり、現在時制を過去時制にしたりしました」（Hoyt, p. 915）。例えばこんな風にである。

> That afternoon she worked out on the stationary bike and the bench press. Aomame enjoyed the moderate workout, her first in a while. Afterward she showered, then made dinner while listening to an FM station. In the evening she checked the TV news (though not a single item caught her interest). After the sun had set she went out to the balcony to

watch the playground, with her usual blanket, binoculars, and pistol. And her shiny brand-new bat.

(p. 617)[10]

【原文を過去時制に改変】

その日の午後はサイクリング・マシンと、ベンチ型の器具を使って運動をした。それらの与えてくれる適度な負荷を、青豆は久方ぶりに楽しんだ。そのあとでシャワーを浴びて汗を流した。FM放送を聴きながら簡単な料理をつくった。夕方のテレビのニュースをチェックした（彼女の関心を引くニュースはひとつもなかった）。そして日が落ちるとベランダに出て公園を監視した。薄い膝掛けと双眼鏡と拳銃。美しく光る新品の金属バット。

翻訳時に同じ時制を維持することは重要であるのか――ホルムのこの疑問に対して、村上は現在時制の使用は内発的で直感的なものだと答えた上で、どちらを選ぶかは翻訳者次第だと付け加えた。

これは考えておくべき今日的なテーマでもある。というのも、英語で書かれた本は最近、現在形の語りを多用する傾向にあるのだが（スザンヌ・コリンズの『ハンガー・ゲーム』が代表的）、村上の翻訳者の間にも臨場感をもたらす現在形を保持するかどうかの一致した意見がないことは意外であった。というのは現在形を使用するかしないかで物語の中身が変わってしまうからである。アルフレッド・バーンバウム（Alfred Birnbaum）は、村上春樹の『世界の終りとハードボイルド・ワンダーランド』（一九八五年）の翻訳版（一九九一年）において、二つの交互に語られるプロットを書き分ける手段として二つの時制を使用することにした。二つのプロットは、村上の原作では「僕」と「私」の二通りの一人称を使用することで区別されているのだが、この手法を英語で使うことはできない。両者の違いを文体上で示すために、バーンバウムは

「私」の語りを全て現在時制で翻訳し、「僕」の語りを過去時制で翻訳した。この解決策は原作とは全く異なる手法であるものの、二つのプロットが原理的に分離していることを読者に印象付けることには成功したと言えよう。

現在時制は日本語で機能しているようには他の言語では機能しないと多くの翻訳者が感じているようである。スウェーデン人作家シャスティン・エークマン（Kerstin Ekman）が二〇一一年に発表した小説からの下記の引用は、この問題に関する興味深い論評となっている。翻訳家である主人公の視点を通して描かれる場面だ。

> 現在時制を彼女は嫌った。「不安」時制と呼んで呪った。〔中略〕「ああ、現在形は翻訳できないわ」と彼女は言った。「特に英語では。アングロ・サクソン人の作家は現在形を避けるのよ」〔中略〕リッレモールは過去時制を好んだ。おそらく、物事を自分の背後に置いて、それを鋳鉄くらい固い語りの中に入れて制御できるからなのだろう。
>
> (p. 13)

エークマン（あるいは彼女の主人公）はおそらく正しいのだろう。――英語は実際に現在時制の使用を恐れるのだ。試しに、さきほど挙げた『１Ｑ８４』Ｂｏｏｋ３の一節を現在時制で書き直してみよう。

That afternoon she works out on the stationary bike and the bench press. Aomame enjoys the moderate workout, her first in a while. Afterward she showers, then makes dinner while listening to an FM station. In the evening she checks the TV news (though not a single item catches her interest). After the sun sets she goes out to the balcony to watch the playground, with her usual blanket, binoculars, and pistol. And her shiny brand-new bat.

何が変わったのだろう？　不安感は増しただろうか？　次に何が起こるのかとドキドキするだろうか。どう感じようと、間違いなく言えることは、現在形と過去形の文章は全く違って読めてしまうということである。

予想通りではあるが、異なる言語の翻訳者たちは、困難に直面するたびに各言語の特徴にしたがってそれぞれの解決策を生みだしたのだ。一方で、村上のある技法に関しては複数の翻訳家が似たような取り組みをしていることも分かったのだが。フランス語訳者エレーヌ・モリタは、他の日本人作家に比べて村上を翻訳することが特段に難しいとは考えていなかった。彼女にとってフランス語に翻訳することの難しさは以下の点にある。

フランス語は曖昧さを嫌うのです。私たちは見定めて、特定しなければなりません。フランス語で受け入れられるような文章を創造するためには、言語的な曲芸が必要とされることもあります。それと同時に、原作から乖離しないように、特定し過ぎることも避けなければなりません。

翻訳者たちが挙げた問題点としては、失読症《ディスレクシア》を患った十代の少女・ふかえりの台詞《せりふ》をいかに取り扱うかというものがある。語り手は「彼女の話し方にはいくつかの特徴があった。修飾をそぎ落としたセンテンス、アクセントの慢性的な不足、限定された（少なくとも限定されているような印象を相手に与える）ボキャブラリー」（『Ｂｏｏｋ１ 前編』、一〇七頁）と説明する。のちになって、ふかえりが句読点を使わないと述べられているが、それの意味するところは、彼女の台詞の文章の末尾には句点や疑問符が聞き取れないということだ。原作における彼女の言葉は、ひらがなとカタカナで書かれており、漢字はほとんど使われていない。これは、ふかえりの失読症を日本語で伝える際にきわめて有効な手段である。というのも、読者には彼女が漢字の読み書きに困難を覚えていることが伝わるからである。問題となるのは、これをいかに翻訳するかだ。

ジェリンスカ＝エリオットは、まず単語の綴《つづ》りを変え、簡略化することを思いついた。たとえば、英語で"night"を"nite"と表現するようにである。しかし、この案は採用されなかった。この方法では、ふかえりが間抜けにみえると感じたからだが、彼女は決してそうではない。最終的に、ジェリンスカはふかえりの話し言葉の全てを（文頭でさえ）小文字で書くことにし、（文末でさえ）ピリオドや疑問符を使用しないことにした。理想的な解決策とは言えないが、ジェリンスカには最善の策に思えた。彼女がこれをホルムに伝えると、ホルムはこれを気に入り、デンマーク語版にも取り入れることとなった。カミンスカもまた同じ方法をノルウェイ語訳で採用した。スウェーデン語訳者のウィーベッケ・エーモンドは、ふかえりの話し方の単調さを強調するべく、全ての単語を音節に分けてハイフンで繫いだ。フランス語訳者のモリタはふかえりの言葉を訳す際にフランス語の限界に挑んだ。

子どもであるのと同時に外国人であるかのように彼女に話させるのは、とても楽しく面白い作業だったわ。彼女の言葉は書かれたものではなくて（読まれるものでもなくて?）、聞かれるものなのです。読者には彼女の声が聞こえているかしら?

そしてモリタは、ふかえりの言葉のあとに「…」を書き加えもした。

ロシア語訳者のコヴァレーニンはふかえりの台詞に視覚的な変化をつけた。全てを斜体で記し、単語の間にハイフンを用いたのだ。さらに、彼女の特殊な話し方を表現するために、台詞自体にも少しの変更を加えた。たとえば「スウガクをおしえている」を「スウジ—せつめい—している」(*Ty-ob'iasniaesh'-tsifry*)と表現した。一方で、英語版のふかえりはページの視覚上では変わった話し方をするわけではない。すこし奇妙なときに単純に聞こえるのは、台詞の内容としゃべり方に原因があるのだ。(11)『1Q84』を翻訳する際に最も難しかったのは何かという問いに対して、ドイツ語訳者のグレーフェは自身が犯したミスについて話してくれた。

多くの人々と同じように、私も事実を調べることは好きです。だから、フィクションのままにしておくべきことも事実として翻訳したこともありました。『1Q84』で言えば、物語に登場するカルト教団がエホバの証人に似ていることに気付いた私は、その架空の集団を、村上春樹が明示していなかったにもかかわらず、エホバの証人と名指ししてしまいました。とても悪いことをしてしまったと思います。

気恥ずかしい誤《あやま》りを犯すことは、当然、全ての翻訳者につきまとう悪夢である。新たな版を出す度に全ての編集者たちが進んで訂正をしてくれるわけではない。電子的に活字を組む時代においてはけっして難しいことではないはずだが。

翻訳者が抱える別の問題には、もしもテクスト内に誤りがあった場合どのように対応するのか、というものがある。それは作者が故意にしたことであり、登場人物の誤りであって作者の誤りではないと考えることもできる。だが、読者はこのことを理解してくれるだろうか。あるいは、作者の誤りだと思い込むだろうか。最悪の場合、翻訳者の誤りだと思ったりもするのだろうか。このような場合には作者と相談して脚注をつける必要があるように思う。これは、ジェリンスカ＝エリオットが選んだ方法である。彼女がカール・グスタフ・ユングの家の扉に彫られたラテン語の警句についてタマルが語る場面を翻訳しているときのことである。その時、ジェリンスカ＝エリオットは、警句の意味とそれが刻まれた場所が共に誤っていることに気づいた。第一に、警句が彫られたユングの家は、『1Q84』で言われているように、ボーリンゲンにある有名な「塔」ではなく、実際にはキュスナハトにあるものである。原文の“*Vocatus atque non vocatus Dues aderit*”はエラスマスからユングがとった言葉である。英語に翻訳すると、「祈りを捧げ《コールド》られようと《オア》捧げられ《ノット》なかろうと、神は現在する」（“Whether called or nor, God will be present”）になるが、タマルによると「冷たく《コウルド》ても、《オア》冷たくなく《ノット》ても、神はここにいる」（“Whether cold nor not, God will be here”）となる（『Ｂｏｏｋ３ 後編』、二六八頁）。この間違いは、英語の“called”と“cold”という語が日本語ではほとんど同じに聞こえてしまうことに起因していると思われる。

　このケースが翻訳者を悩ませることになるのは、この一文がＢｏｏｋ３の第二十五章のタイトルで使用されているということである。しばらく考えたのちに——東京にある村上の事務所へ相談したのちに——ジェリンスカ＝エリオットは脚注を加える決断をした。[12]「タマルは誤っている」とし、この錯誤について説明をした。オランダ語訳者のウェスタホーヴェンはＢｏｏｋ３が「神への瞑想」をテーマとしており、「第十四章で青豆が黙想をすることに直接的につながっている」と考えている。彼は脚注を付し、タマルが引用を誤ったに違いないと示唆した（しかし、銘文はボーリンゲンにあるという不正確な情報に関しては触れられていない）。スウェーデン訳者のエーモンドとロシア語訳者コヴァレーニンもまた間違いを明記することに決めた。しかし、ドイツ語、デンマーク語、ノルウェイ語、フランス語、アメリカ版の訳者たちは脚注を付さないことを選び（出版者は、翻訳版の完璧な「鏡面」を傷つける脚注は悪名高く許しがたいものとして嫌っているのだ）、読者に思索の余地を残すこととなった。

難しかった点の中でも、ジェリンスカ＝エリオットが気後《きおく》れを覚えつつ言及したのは、Ｂｏｏｋ１の第五章のある一語をいかに翻訳するかであった。これは彼女の好きな場面でもあった（同じ場面をコヴァレーニンも称賛している）。この場面は、殺人を犯した青豆がストレスを発散しようと、ホテルのバーに行ってセックスをする中年男性を探す場面である。お喋りをしたのちに、青豆は男性の方を向いて個人的なことを尋ねたいと宣言し、こう口にする――「あなたのおちんちんは大きい方？」（『Ｂｏｏｋ１ 前編』、一四四頁）。ジェリンスカ＝エリオットは「おちんちん」をどう翻訳すればよいのか分からなかった。

「おちんちん」が意味するのは「陰茎」（“penis”）です。しかし、この言葉を使うのは、主に子どもたち、あるいは子どもたちに「おちんちん」（“wee-wees”）を話題にするときの母親であったり、あるいは婉曲的な用語を必要とする状況で使われる言葉なのです。しかし、ここでは、あけすけな話をする三十歳の女性が五十歳過ぎの男性に使っています。ジェイ・ルービンは“cock”という語を使用するつもりだと教えてくれました。しかし、ポーランド語で“cock”に相当する語は全て、下品で子どもっぽさや中立性を欠いています。だから、私は日本人の女性の友人に質問することにしました。あなたたち、旦那さんたち、息子さんたちは「おちんちん」という語を使うのでしょうか、と。

ジェリンスカ＝エリオットは、この私的な調査の結果を以下のように説明している。

答えは異口同音でした。使用するのは小さな子どもに話かけるときだけです。この結果を受けて確信したのは、何か子どもらしい単語を使う必要があるということでした。ポーランドの友人に尋ねると、多くの人が自分の意見をはっきりともっていることが分かりました。ポーランド語には「陰茎」を意味する語が数多くありますが、ほとんどは非常に下品か過度に科学的です。レストランで話をすることが多かったのですが、「『おちんちん』なんて言葉は使えないわ！　おかしいんじゃない⁉」「『ムスコ』がいいですって⁉　よくないわよ！」などと大声で話していたので、ウェイターの顔に驚愕の表情を見出すこともしばしばでした。最終的に採用した言葉は英語の“cock”の愛称に当たるような単語です。

ホルムは子どもらしく響くデンマーク語の“tissemand”で折り合いをつけた。母親たちが子どもらに話しかけるときに使用する言葉で、「おちんちん」と似ているように思われる。フランス語訳でも子どもっぽい“zizi”を選び、ドイツ語版とオランダ語版では英語の“cock”に近い語（“Schwanz”と“pik”）が選ばれた。ロシア語訳者は中立的な「陰茎」にあたる語を使用している（пенис）。

3　村上とヨーロッパについて

論を結ぶにあたり、『1Q84』に含まれているヨーロッパや日本の作品への言及や引用について述べることは、翻訳者の個人的な経験を語ることと同様に有意義であるだろう。

『1Q84』には数多くの作品からの引用がある。『平家物語』の長い引用に始まり、内田百閒による物語（作品内では明示されていないが）の一節、チェーホフの『サハリン島』のほぼ丸ごと一章、イサク・ディーネセンの『アフリカの日々』の長い一節、そしてユングの言葉まで、その原典は多岐にわたる。ほとんどの翻訳者はそれぞれの言語における既存の翻訳を使用するか、そうでなければ自分自身で新たに翻訳するしかなかった。コヴァレーニンはこう述べている。『平家物語』の「公式的な翻訳」はきわめて読みづらいと感じていた。「あまりに重々しく、読むに堪《た》えない言葉で書かれており、それは現代小説に適すものではない」からである。彼はこう続けている。

だから、私はすっかり書き直さなければならなかった。それが古文であると同時に、ふかえりや天吾、あなたや私のような現代人にも感じ入らせる何かである、ということを頭の片隅におきながら。

さらにチェーホフの作品は全てのヨーロッパ言語に翻訳されているわけではなく、英語版の使用を避けた翻訳者たちは、それぞれ独自の策を講じなければならなかった。たとえば、カミンカとホルムは英語訳や日本語訳からの翻訳を使いたがらず、ロシア語の翻訳者を見つけてロシア語から直接、翻訳をしてもらった。

これに関して、コヴァレーニンは興味深い話を提供してくれた。かつて村上にインタビューをしたとき、彼は村上をロシアに招待した。村上からどこか行くべき場所はあるかと尋ねられ、自身の故郷であるサハリン島の訪問を提案した。そこはロシアと日本の要素が歴史的に混じりあった場所であった。

それから二年して、村上は私を事務所に招き、〔二〇〇三年の〕サハリン旅行で彼のガイドになってくれるよう依頼してきた。出発してから島に着くまでの飛行機やフェリーの中で村上が読んでいたのがチェーホフの『サハリン島』だった。現地の博物館を訪れたときなどに私が彼に通訳して聞かせていたのは、彼がのちに小説内で言及したギリヤーク人の物語なのだ。
運命って面白いだろう？　翻訳者が作家に物語を話し、作家がそれを世界的ベストセラーに作り変え、そして、それを再び翻訳者が自分の現実と自分の言語に戻すんだよ。この体験は私の人生に起きたことの中でも最高なもののひとつだと思うんだ。息子が生まれたときの次くらいにはね。だから、これらの出来事全ては、私個人にとっては、この小説のベースとなる思想を証明していることになる。つまり、周りにいる人々に物語を語ることで、我々は世界を本当に変えてしまうんだよ。

各翻訳者たちの個人的な関与について知れば、翻訳者はある言語を他の言語に変換する単なるパイプであって、そこにいかなる主観的な要素も付け足さないのだ、などということを信じる人はいないだろう（かつて実際にいたかどうかはともかく）。一九七〇年代のイタマール・イーヴン＝ゾウハー（Itamar Even-Zohar）によるポリシステム理論から始まり、多くの翻訳理論の焦点は、翻訳後のテクストから翻訳者の役割の問題へと移り変わってきた。広く認識されていることは、翻訳の過程においては、多くの力がせめぎ合っているということである。そこには翻訳者が気付いているものもある一方で、出所をすぐに突き止められずに気づけていないものもある。ローレンス・ヴェヌティ（Lawrence Venuti）はこう記述する。

現代の翻訳理論において、〔中略〕言語とは思考を構成するものであり、意味は複数の決定がなされる場を構成するものである。それゆえに翻訳をすることは外国語のテクストに国内での意義を授けることであると考えてもよい。

（p. 468）

言い換えると、翻訳者自身の文化的な経験がテクストへのアプローチに影響を及ぼすのだ。ダグラス・ロビンソン（Douglas Robinson）は「宗教の歴史（精神の媒体）、観念の作用（規範の媒体）、認知科学（行動の可能性の媒体）、経済学（見えざる手の媒体）」を念頭において翻訳を理解すべきだと提唱し、こう続ける。

翻訳が「支配されている」のは、単一の知性によってではなく、まとまりのない無秩序なせめぎ合う力の集合体によってである。合理主義的な組織化が欠けているにも拘らず、そこには一貫性のある行動がもたらされるのだ。

(p. 194)

数多くいるヨーロッパの村上翻訳者の経験からもこのような見方は支持されている。膨大な数の『1Q84』の翻訳版の背景には、多様な文化、言語、そして個人的な想いがあり、それらが結集することによって、その翻訳群が生み出されているのだ。たとえば、グレーフェは翻訳本の世界で生きる翻訳者について話す際に、彼女の個人的な物語を教えてくれた。

わたしは登場人物たちと長い時間を過ごしてきたせいで、彼らとわたしの家族を結びつけて考えてしまいます。家族はそのことにはあまり気づいていませんが。トニー滝谷の父親から、わたしは九十一歳の父親を思い出すのです。父もまた膨大なレコードをコレクションしていました。第二次世界大戦の折には、五年もの間、彼は米国と英国で捕虜でした。音楽家だった父は、わたしが十二歳になるまでアメリカ軍人のためのクラブや喫茶店で歌ったり、ピアノやギターを演奏したりして生計を立てていました。偶然ですが、『1Q84』で重要なカギとなる「イッツ・オンリー・ア・ペーパームーン」は、わたしたち二人が大好きな曲なのです。ですから、特にBook3の翻訳が終わって以降は、父に何度もこの曲を演奏してもらいました。

他の翻訳者たちもまた、この種の個人的な連想に言及している。ホルムは『1Q84』の花と蝶にあふれた温室から、彼女の好きなアクセル・サンデモーセの『狼男』に出てくる、鳥たちが飛びまわる温室を思い描いたそうだ。ユルコヴィッチは、チェコの読者は作曲家ヤナーチェクが何度も言及されていることに驚くだろうと感じている。村上の『スプートニクの恋人』においてヴルタヴァ川（ドイツ語「モルダウ川」）が言及されたとき、翻訳者が勝手に書き込んだのではないかとチェコの読者は疑ったのだ。

村上が翻訳されることを念頭に置いて執筆していると述べていた事実を思い起こせば、本稿をホルムの言葉で終えるのが相応《ふさわ》しく思える。彼女にとって、日本語から翻訳するということは、数多くの言語世界に身を置いて作業するということである。

私にあるのは日本語のテクスト——そして、辞書（たいていは和英辞典で、最近は和独辞典）です。日本語をデンマーク語へと直接、訳してくれる辞書はありません。〔中略〕要するに、村上を訳すことは言語の不協和音に浸っているようなもので、あらゆるところで助けやインスピレーションを求めてしまいます。ときどき分からなくなるのです。どうして私の頭がこんなにも多くの言語（日本語、ノルウェイ語、スウェーデン語、ドイツ語、フランス語、英語、少しのオランダ語）を扱いながら混乱せずに、それを一貫した流れをもつデンマーク語へ翻訳していくことができるのかを。

村上が自身の作品を翻訳されやすいようにすると語るときに彼が意図しているのは、大抵は英語への翻訳のことだと思われるのだが、ほかの言語の翻訳家も彼の作品にインスピレーションや関連性を見出すことができるのは明らかである。

先に述べたように、村上の最新作『多崎つくる』はすでに日本でベストセラーとなっており、再び多くの言語へと同時並行的に翻訳されるだろう。予測されるのは以下のようなことだ。即《すなわ》ち、『1Q84』の出版時と同じく、英語版の権威が疑問に付されること、さまざまな翻訳版が日本語のオリジナルと比較されること、そして、多くの村上の翻訳者たちが連絡をし、協力し合うことが、再び重要な要素となるだろう。多くの他の作家と違って村上の小説出版は国際的な文学イベントとなり、言語的に広がりをみせると同時に、時間的にスピードを増していくことだろう。『1Q84』の場合には、「国境を越えた翻訳」(transnation-translation)の問題、すなわち翻訳者同士が手を取り合うことの重要性が垣間見えた。これは村上を専門的に訳す者たちのためだけではなく、他の言語に取り組む翻訳者たちのための新しい未来の実践モデルである。

註

（1）本論はAnna Zielinska-Elliott and Mette Holm "Two Moons Over Europe: Translating Haruki Murakami's 1Q84" の翻訳である。初出は、*The AALITRA Review: A Journal of Literary Translation*, No.7 (Melbourne: Monash University, 2013), pp. 5–19である。

（2）韓国における版権闘争の詳細については、デニス・エイブラムズ（Dennis Abrams）の "The Fight is On" を見よ。

（3）ヨーロッパの代理人カーティス・ブラウン（Curtis Brown）のウェブサイトによれば、二〇二二年初期現在で、二十六言語に翻訳されている。イタリア語、ウクライナ語、英語、エストニア語、オランダ語、カタロニア語、ガリシア語、ギリシャ語、スウェーデン語、スペイン語、スロベニア語、セルビア語、チェコ語、デンマーク語、ドイツ語、トルコ語、ノルウェイ語、ハンガリー語、フランス語、ブルガリア語、ポーランド語、ポルトガル語、ラトビア語、リトアニア語、ルーマニア語、ロシア語。

（4）ここで注目すべきは、出版後のインタビューで村上がＢｏｏｋ3は「動きがない」と話したことである。何も起こらないということを意味するのではなく、行動が顕著に遅くなることに伴って登場人物たちが時間をかけて考え、思案することを意味している。（松家、四〇頁）

（5）Ｅメールでのやりとり（二〇二二年五月十三日）。

（6）会合で発表された論考は柴田元幸ほかによって編集され出版されている。

（7）スウェーデン語訳者のウィーベッケ・エーモンド（Vibeke Emond）、ドイツ語訳者のウルズラ・グレーフェ（Ursula Gräfe）、デンマーク語訳者のメッテ・ホルム（Mette Holm）、チェコ語訳者のトマーシュ・ユルコヴィッチ（Tomáš Jurkovič）、ノルウェイ語訳者のイカ・カミンカ（Ika Kaminka）、ロシア語訳者のドミトリー・コヴァレーニン（Dmitry Kovalenin）、フランス語訳者のエレーヌ・モリタ（Hélène Morita）、オランダ語訳者のジェイムズ・ウェスタホーヴェン（Jacques Westerhoven）、ポーランド語訳者のアンナ・ジェリンスカ＝エリオット（Anna Zielinska-Elliot）。Ｅメールは英語（例外として、エレーヌ・モリタのみフランス語で回答）。

（8）青豆は短くきっぱりと首を振る。いや、考えすぎてはいけない。天吾はいつか公園に戻ってくると信じ、ここでじっと待ち続けるしか私には選択肢がない。私にはここを離れることはできないし、この公園が今のところ、私と彼を結びつけるただひととの接点なのだから。

（『Ｂｏｏｋ３前編』、四五頁）

（9）同じ一節を三言語の翻訳版と比較する（斜体は論文著者）。

【ドイツ語】

Aomame schüttelte kurz und entscheiden den Kopf. Sie durfte nicht zu viel grübeln. Ich habe keine andere Wahl, dachte sie, als hier auszuharren und daran zu glauben, dass er zurückkommt. Ich sitze hier fest. Der Park ist der einzige Berührungspunkt zwischen ihm und mir.

(Buch 3, 31)

【フランス語】

Aomamé eut un bref et énergique mouvement de la tēte. Ça suffit, se dit-elle. Je ne dois pas trop réfléchir. Je n'ai pas d'autre choix que de croire que Tengo, un jour, reviendra sur le toboggan. Je dois continuer à l'attendre. Je ne peux m'éloigner d'ici. Car le seul point de rencontre que nous relie, lui et moi, aujourd'hui, c'est ce jardin.

(Livre 3, 32)

【ロシア語】

Аомамэ резко трясет головой. Только не заморачивайся, велит она себе. Тебе остается лишь верить, что Тэнго появится здесь еще раз, а значит, надо сидеть и ждать. К тому же, пока и тебе [you] самой никуда отсюда не деться; а этот парк — единственное место, где ваши с Тэнго реальности снова пересеклись.

(Kniga 3, 28)

（10）日本語の原文と四言語の翻訳版は以下のとおりである。

【原文】

その日の午後はサイクリング・マシンと、ベンチ型の器具を使って運動をする。それらの与えてくれる適度な負荷を、青豆が久かたぶりに楽しむ。そのあとでシャワーを浴びて汗を流す。ＦＭ放送を聴きながら簡単な料理をつくる。夕方のテレビのニュースをチェックする（彼女の関心を引くニュースはひとつもない）。そして日が落ちるとベランダに出て公園を監視する。薄い膝掛けと双眼鏡と拳銃。美しく光る新品の金属バット。

（『Ｂｏｏｋ３ 前編』、六二－六三頁）

【オランダ語】

Die middag probeert ze de hometrainer en de oefenbank uit. Voor het eerst in lange tijd geniet ze weer van een behoorlijke hoeveelheid lichamelijke oefening en van de vermoeidheid die je daarna voelt. Daarna neemt ze een douche en wast het zweet van haar lijf. Ze maakt een eenvoudige maaltijd klaar terwijl ze naar de FM luistert. Ze kijkt voor de zekerheid ook naar het avondjournaal (er is geen nieuws dat har interesseert). En als de zon ondergaat, verhuist ze naar het balkon om de wacht te houden over de speeltuin. Met een dunne deken over haar knieën, en haar verrekijker, en haar pistool. En haar mooie, glinsterende, nieuwe metalen knuppel.

(Boek drie, 44)

【フランス語】

L’après-midi de ce même jour, elle s’entraîna sur ses deux appareils, le vélo et le banc de musculation. Elle prit plaisir à cette petite séance. Cela faisait longtemps qu’elle n’avait pas pu pratiquer ces exercices. Puis elle se doucha pour se débarrasser de sa sueur. Elle se prépara un dîner frugal en écoutant une émission de musique sur la bande FM. Elle regarda le journal télévisé du soir (aucune information ne l’intéressa). Enfin, lorsque le soleil se coucha, elle sortit sur le balcon et surveilla le jardin. Avec une couverture légère, ses jumelles et son pistolet. Et sa batte métallique neuve aux reflets étincepants.

(Livre 3, 44)

【ドイツ語】

An diesem nachmittag trainierte Aomame mit ihren neuen Geräten. Nach der langen Zeit genoss sie es, sich einmal wieder richtig zu verausgaben. Anschließend spülte sie sich unter der Dusche den Schweiß ab. Sie shaltete einen UKW-Sender ein und bereitete sich zu seinen Klängen eine leichte Mahlzeit zu. Anschließend sah sie sich die Abendnachrichten an (es war nichts dabei, was sie interessiert hätte). Als der Tag zur Neige ging, setzte sie sich auf den Balkon, um den Park zu beobachten. Mit einer leichten Decke, dem Fernglas und der Pistole. Und dem schönen, glänzenden Metallschläger.

(Buch 3, 44)

【デンマーク語】

Om eftermiddagen træner hun på motionscyklen og bænken. Det er længe siden, og hun nyder det i fulde drag. Bagefter skyller hun sveden bort under bruseren. Hun laver et let måltid mad, mens hun lytter til FM i radioen. Om aftenen ser hun nyheder i fjernsynet (men ikke en eneste af dem vækker hendes interesse). Da solen går ned, sætter hun sig ud på altanen for at holde øje med parken. Hun har et let tæppe over knæene og medbringer kikkert og pistol. Og det nye, smukt skinnende aluminiumsbat.

(Bog 3, 40)

（11）初めてふかえりと天吾が会話をする場面の各翻訳を比較する。

【原文】

「あなたのこと知っている」、やがてふかえりは小さな声でそう言った。
「僕を知ってる?」と天吾は言った。
「スウガクをおしえている」
天吾は肯いた。「たしかに」
「二カイきいたことがある」
「僕の講演を?」
「そう」

（『Ｂｏｏｋ１』、一〇六–一〇七頁）

【ポーランド語】

— znam pana – powiedziała po chwili cichym głosem.
— Znasz mnie? – powtórzył Tengo.
— uczy pan matematyki
Tengo przytaknął. – To prawda.

— dwa razy słyszałam

— Moje wykłady?

— uhm

(74)

【スウェーデン語】

Till slut sa hon med låg röst: “Jag kän-ner till dig.”

”Känner du till mig?” sa Tengo.

”Du un-der-vis-ar i ma-te-ma-tik.”

Tengo nickade. ”Det stämmer.”

”Jag har lys-snat två gång-er.”

”På mina lektioner?”

”Ja.”

(72)

【ロシア語】

— Я-тебя-знаю.

— Ты меня знаешь? – переспросил Тэнго.

— Ты-объясняешь-цифры.

— Верно, – кивнул Тэнго.

— Я-два-раза-слушала.

— Мои лекции?

— Да.

(Kniga 1, 77)

【フランス語】

«Je sais des choses sur toi..., dit-elle enfin d'une petite voix.

— Sur moi?

— Tu enseignes les maths…»

Tengo acquiesça.

«C'est exact.

— Je suis venue deux fois…

— À mes cours?

Oui…»

(Livre 1, 85)

【ドイツ語】

«Ich kenne Sie», sagte sie kurz darauf mit leiser Stimme.

«Du kennst mich?», fragte Tengo.

«Sie lehren Mathematik.»

Tengo nickte. «Genau.»

«Ich habe zweimal zugehört.»

«Meinem Mathematikunterricht?»

«Ja.»

(Buch 1 & 2, 83)

【英語】

"I know you," she murmured at last.

"You know me?" Tengo said.
"You teach math."
He nodded. "I do."
"I heard you twice."
"My lectures?"
"Yes."

(44)

(12) エラスマスは『格言集』と呼ばれる諺《ことわざ》、金言を集めた著作（*Adagia*, 1232–2.32）で、トゥキュディデスの『ペロポネソス戦争史』（*History of the Peloponnesian War I*, ch. 118）から以下のような引用をしている。「その目的のために、ラケダイモーンの民らによって宣言されたのだ。平和は破られ、アテネの民が正義に背いたのだと。〔3〕そしてまたデルポイに使いが送られ、戦争において勝機が得られるか否かがアポロンの神に尋ねられることとなった。伝えられるところによると、彼らは次のような答えを受け取ったという。「もしも死力を尽くして戦わば、勝利を得られるであろう。我はそなたと共にある。祈りが捧げられようと、捧げられまいと、いずれにおいてもだ（both called and uncalled）」

書誌情報

原典と翻訳

【日本語原典】

村上春樹『1Q84 Book1 前編』新潮社、二〇〇九年。

――『1Q84 Book1 後編』新潮社、二〇〇九年。

――『1Q84 Book2 前編』新潮社、二〇〇九年。

——『１Ｑ８４ Ｂｏｏｋ２ 後編』新潮社、二〇〇九年。
——『１Ｑ８４ Ｂｏｏｋ３ 前編』新潮社、二〇一〇年。
——『１Ｑ８４ Ｂｏｏｋ３ 後編』新潮社、二〇一〇年。

【英語】
——*1Q84*. Translated by Jay Rubin and Phillip Gabriel. New York: Knopf, 2011.

【オランダ語】
——*1Q84*. — Boek drie. Translated by Jacques Westerhoven. Amsterdam: Uitgeverij Atlas, 2011.

【スウェーデン語】
——*1Q84*. första boken. Translated by Vibeke Emond. Stockholm: Norstedts, 2011.

【デンマーク語】
——*1Q84*. Bog 3. Translated by Mette Holm. Århus: Forlaget Klim, 2012.

【ドイツ語】
——*1Q84*. Buch 1&2: Roman. Translated by Ursula Gräfe. Cologne: Dumont Buchverlag, 2010.
——*1Q84*. Buch 3: Roman. Translated by Ursula Gräfe. Cologne: Dumont Buchverlag, 2011.

【フランス語】
——*1Q84*. Livre 1. Translated by Hélène Morita. Paris: Editions Belfond, 2011.
——*1Q84*. Livre 3. Translate by Hélène Morita. Paris: Editions Belfond, 2012.

【ポーランド語】
——*1Q84* — 1. Translated by Anna Zielinska-Elliott. Warsaw: Muza S.A, 2010.

【ロシア語】
——*1Q84*. *Kniga 1*. Translated by Dmitry Kovalenin. Moscow: Eksmo Publishers, 2012.

——— *1Q84. Kniga 3*. Translate by Dmitry Kovalenin. Moscow: Eksmo Publishers, 2012.

参考文献

金丸文夫「村上春樹『世界を目指す』」『週刊朝日』一九八九年、二〇—二二頁。

柴田元幸ほか『世界は村上春樹をどう読むか』文藝春秋、二〇〇六年。

松家仁之「村上春樹ロングインタビュー」『考える人』33、二〇一一年、二〇—一〇〇頁。

Abrams, Dennis. “The Fight is On: Which South Korean Publisher will Snag Murakami’s Latest?” *Publishing Perspectives* 6 May 2013. http://publishingperspectives.com/2013/05/the-fight-is-on-which-south-korean-publisher-will-snag-murakamis-latest/ (accessed 7 May 2013)
Copeland, Rebecca. “Hearing Voices: My Encounters with Translation.” *SWET Newsletter* 120. (2007): 3–18.
Curtis Brown Literary and Talent Agency. http://www.curtisbrown.co.uk/work.aspx?work=4779, (accessed 22 October 2012).
Ekman, Kerstin. *Grand final i skojarbranschen*. [*Grand Finale in the Trickster Trade*]. Stockholm: Albert Bonniers Förlag, 2011.
Erasmus. *Adagia*. http://www.let.leidenuniv.nl/Dutch/Latijn/ErasmusAdagia.html (accessed 5 June 2013)
Hoyt, Alex. “How Haruki Murakami's *1Q84* was Translated into English.” *The Atlantic* (online version) 24 October 2011. http://www.theatlantic.com/entertainment/archive/2011/10/how-haruki-murakamis-1Q84-was-translated-into-english/247093/ (accessed 22 October 2012).
Kirino, Natsuo. *Grotesque*. Translated by Rebecca Copeland. New York: Knopf, 2007.
Kundera, Milan. “Author’s Note.” *The Joke*. New York: Harper Collins, 1992. vii–xi.
Robinson, Douglas. *Who Translates? Translator Subjectivities Beyond Reason*. Albany: State University of New York Press, 2001.
Rubin, Jay. *Haruki Murakami and the Music of Words*. London: Random House, 2005.
Rubin, Jay, and J. Philip Gabriel. “Two Voices: Jay Rubin and J. Philip Gabriel on Translating Murakami.” Discussion sponsored by the Center

for the Art of Translation. 3 April 2012. http://www.catranslation.org/blogpost/jay-rubin-j-philip-gabriel-translating-murakami (accessed 22 October 2012)

Thucydides. *The Peloponnesian War.* Translated by Thomas Hobbes. http://oll.libertyfund.org/index.php?option=com_staticxt&staticfile=show.php%3Ftitle=771&layout=html (accessed 5 June 2013).

Venuti, Lawrence. *The Translation Studies Reader.* London: Routledge, 2000.

Woods, Michelle. "Original and Translation in the Czech Fiction of Milan Kundera." *Translation and Literature* 10. 2 (2001): 200–221.

第2章　村上春樹『国境の南、太陽の西』の新旧ドイツ語訳

横道　誠

はじめに

村上春樹の作品は、いまでは世界各地で読まれている。ドイツの翻訳家ウルズラ・グレーフェは、村上の作品が人気を博している理由をこのように語っている。

彼〔村上〕は、あちらこちらの都市に住むたくさんの孤独な人々の生活態度を、完璧に捉えています。それらの人々は、必ずしも孤独に苦しんでいるわけではないけれど、自分自身をどうすれば良いのかよくわかっていません。加えて、村上の支配者的ではない主人公が、多くの女性読者にアピールしているようです。(1)

村上作品が都市生活者の生き方を的確に捉えていること、男性的権威から解放された村上作品の主人公——この見解に異論のあるフェミニストも珍しくないと思われるが——が人気だということ、特に女性の読

者にとってそうだということが指摘されている。

このように述べるグレーフェは、本稿の中心に据える村上の長編小説『国境の南、太陽の西』の新訳を含めて、多くの村上作品を翻訳してきた実力者だ。この作品の旧訳は、ドイツで有名な論争を起こした。この騒動から二十年ほどが経ったいま、全体の状況を振りかえるだけの時は熟していると言えるだろう。

1　作品に関する基本事項

まず長編小説『国境の南、太陽の西』の梗概を記す。

〈僕〉は一九五一年、典型的な大都市郊外の中産階級に生まれた一人っ子で、名は始（はじめ）。小学校五年のとき転校してきた一人っ子で、左脚に小児麻痺の後遺症を持つ島本さんに、驚くほど自分に酷似した温かくて傷つきやすい何ものかを発見する。島本さんの家で二人きりで聴くライト・クラシックやナット・キング・コールの「国境の南」。その完璧な親密感の中に、互いの不完全さを埋めるためのかけがえのない何かが潜んでいることを、〈僕〉は仄《ほの》かに感じていた。やがて二人は別々の中学に進み、代わって高二の〈僕〉の前には、イズミというガールフレンドが姿を現す。イズミは魅力ある素直な少女だが、彼女によって島本さんの空隙《くうげき》が満たされることはない。皮肉なことに〈僕〉が初めて寝た女は、イズミを介して知り合った彼女の従姉であった。イズミは決定的に傷つき、〈僕〉は激しい自己嫌悪に苛《さいな》まれる。大学に入ってから三十代を迎えるまでの十二年間は、失意と孤独の内に過ぎていった。二十八歳のとき、渋谷の雑踏に島本さんとよく似た女を見つけ後をつけるが、謎の男に阻止される。島本さんが再び〈僕〉の前に姿を現したのは、〈僕〉が三十六歳のときだった。妻、有紀子の父の援助もあって、今は青山で二軒も経営している〈僕〉のジャズ・バーに、美しく成熟した彼女はやって来た。高価な服に身を包み、手術のおかげで脚の障害まで治癒した島本さんは、しかしながら、もはや〈僕〉にうかがい知ることもできない孤独な世界を抱え込んでいる。一緒に出かけた石川県で島本さんが谷川へ流したのは、死んだ嬰児《みどりご》の灰だった。その帰り、仮死状態に陥った島本さんの瞳の奥に、〈僕〉は暗くて冷たい〈死〉の影を見る。その後、忽然と姿を消した島本さんは、半年後の静かに雨の降る夜に、再び懐かしいナット・キング・コールのレコードをプレゼントに携えて、〈僕〉のバーに姿を見せる。衝動的に島本さんを箱根の別荘へ誘い、すべてを擲《なげう》つ覚悟で愛を打ち明けた〈僕〉に、島本さんは言う。〈国境の南〉は〈たぶん〉の多い国、〈太陽の西〉へ向けて歩き続けた人間はそのまま地面に倒れて死んでしまう。そして〈私の中には中間的なものは存在しない〉と。一方的な愛撫で〈僕〉を包み、すべてを打ち明ける〈明日〉を誓いながら、一夜明ければ、彼女の姿はレコードと共に消えていた。〈僕〉が、通りを走るタクシーの窓越しに、感情のひとかけらもないイズミの顔を目撃したのは、それから間もなくのことである。島本さんの幻影は遠のき、自分の存在を受け入れてくれた有紀子と共に生きることを決意しながら、〈僕〉はいまだ暗闇の中で、音もなく海に降り続ける雨のことを思っている。(2)

村上の人気はすでに確立していたために、『国境の南、太陽の西』はかなりの部数を売りあげたが、当初の批評は否定的なものが多かった。『週刊文春』はそれをよく伝えている。(3)典型的には、初期の村上と親交を築き、村上らの原稿を無断で流出させたために死後に村上らから批判を受けた安原顯が、「ハッキリ言って、これは安っぽいハーレクイン・ロマンスですぞ」と――安原自身の話しぶりが安っぽいが――攻撃した。『週刊文春』側はハーレクイン・ロマンスの前編集長、椎名芙美枝にも取材し、「ハーレクインとは全然違いますよ」と否定的なコメントを得ている。だが当時は人気作家だった山田詠美と吉本ばなな、文芸評論家の川村湊と向井敏らも否定的だった。加藤典洋は「ほめるのは僕くらいじゃないかな」と応答する。「砂漠のような状態で人はどう生きるか。大事なものを抉り取られて生きていく、このリアリティーが伝わるかどうかが問題なんですが、僕にはそれが感じられた」と加藤は語る。

この記事に続いて、作者の村上がコメントを寄稿している。曰《いわ》く、「この作品は何年かたつとだんだん味が出てくるんじゃないかな。ワインでもあるでしょう。最初飲んであまり印象的じゃないんで、台所の隅に置いておいて、何ヵ月かたって飲んでみたらガラッと味が変わっておいしくなっていたというようなのが」(4)。実際、村上の予見どおり、この作品の評価は現在では高まっているように思われる。早い段階では、福田和也が『ダンス・ダンス・ダンス』(一九八八年)から『ねじまき鳥クロニクル』(一九九四―一九九五年)に至るまでの村上の作風の変化について、適切な見取り図を提示した。それによると、「村上的個人が少しずつ育んできた「闇」の領域を、「見ることも感じることもできないもの」として小説の核心に据えるための、つまり描く対象が「関係」から「衝動」へと変化する上での、否応《いやおう》の無い作風の変化であり、対象をめぐる転回だった(5)」

『村上春樹　作品研究事典』で、初期の研究史を整理した森本隆子は「本作の読みは、タイトルでもある〈国境の南〉と〈太陽の西〉の解明に尽きるように思われる」と指摘する。作中で島本さんが「国境の南、太陽の西」と口にする(7)。ナット・キング・コールは「国境の南」でメキシコのことを歌っていたが、子どもの頃の「僕」はそのことに思いいたらず、「国境の南にはいったい何があるんだろう」と思案した(8)。島本さんは「太陽の西」について、「ヒステリア・シベリアナ」――村上が創作した精神障害――を説明する。シベリアの農夫が、太陽が東から昇り西に沈むのを毎日観察しているうちに、その農夫の内部で「何かがぷつんと切れて死んでしまう」。農夫は太陽の西を目指して歩きつづけ、地面に倒れて死ぬ(9)。

国境の南には謎めいた何かではなく、メキシコがある。だが太陽の西には死が広がっている。『国境の南、太陽の西』は、この死の世界に直面する物語だ。作品のクライマックスは「僕」と島本さんの性交場面だが、「僕」は島本さんの瞳の奥に「地底の氷河のように硬く凍りついた暗黒の空間」があったことを思いだし、「それは僕が生まれて初めて目にした死の光景だった」、「死はありのままの姿で僕のすぐ前にあった」と考える。(10)

2 ドイツでの論争

一九八七年に刊行された『ノルウェイの森』の効果で、それまで国内でマニアックな人気を集めていた村上は、一挙にベストセラー作家にのしあがった。これを受けて、村上を海外市場に乗せるために講談社は協力し、世界的作家になるためのエンジンを吹かせた。(11)

村上の作品が初めてドイツで紹介されたのは、その少し前になる。短編小説「ローマ帝国の崩壊・一八八一年のインディアン蜂起・ヒットラーのポーランド侵入・そして強風世界」が一〇〇年以上の歴史を誇る権威ある文芸誌『ディー・ノイエ・ルントシャウ』に掲載された。(12) 長編小説のうちでは、村上の最初の長編作品、日本では一九八二年に刊行されていた『羊をめぐる冒険』が、一九九一年に『野生羊狩り』として翻訳された。(13) つづいて、一九八五年に刊行されていた『世界の終りとハードボイルド・ワンダーランド』が、一九九五年に『ハードボイルド・ワンダーランドと世界の終り』としてドイツ語訳が刊行された。(14) 村上作品がドイツに紹介されるこれらの初期段階で、翻訳者としてもっとも活躍したのはユルゲン・シュタルフだった。彼は「村上春樹は、簡潔に言えば、ドイツ人読者がそれまでに見知っていた日本とはまったく異質なものを与えてくれる」、「彼の短篇や長篇を形づくるのは、着物でも満開の桜でも、また研ぎ澄まされた東洋の美学でも、不可解な闇に閉ざされた日本精神の底流でもない」と述べ、「缶ビールを片手に、自分が（さもなくば誰かが）最初に失ったもの――超能力と権力への飽くなき野望を秘めた神秘的な羊や、かつての相棒〈鼠〉であり、あるいは自身の心であり、象であり、ときにはただのパンである――を常に探し求めて、インディ・ジョーンズばりの冒険を次から次へと繰りひろげるクールな主人公」が活躍することに魅力があると述べた。[15]

だがドイツ語翻訳には、問題のあるものも含まれていた。一九九八年に『ねじまき鳥クロニクル』が『ミスターねじまき鳥』として、二〇〇〇年に『国境の南、太陽の西』が『危険な愛人』として刊行されたのだが、この長編二作は英語からの重訳だった。[16]そして、ドイツで村上が大きく注目されたのは、後者の『危険な愛人』をめぐってだった。というのも、この作品は二〇〇〇年六月三十日にZDF（ドイツ第二テレビ）が放映した人気番組『文学カルテット』（Das Literarische Quartett）で激しく議論され、それがスキャンダルとして報道されたのだ。

この放送のなかで、「文学界の教皇」と呼ばれていた八十歳のマルセル・ライヒ・ラニツキはこの作品を「尋常ではない繊細さと最高の強度を持つ、高度にエロティックなみずから高まりゆく小説」だと絶賛したが、女性批評家ジーグリット・レフラーはこの小説を「この作品には退場宣告をしたい。文学版ファーストフード、マクドナルドです。こんなものは文学じゃない。言語じゃない。非言語的で非芸術的な世迷言です」と罵倒し、低俗なポルノグラフィーに過ぎないと否定した。彼らの激論の背景には両者の長年の確執が横たわっていたのだが、その経緯や当日の状況については詳細な紹介があるため、本稿では割愛したい。[17]

番組の放映後、さまざまなドイツ人が『危険な愛人』について見解を述べた。トーマス・ポイスは、読者は読後に「皮肉を込めて振りかえる」ことによってのみ、この小説の「ゲテモノぶり」を耐えられると批判した。[18] 日本学者のヘルベルト・ヴォルムは冷静に、『危険な愛人』は日本語原文を直訳したものではなく、アメリカ英語の重訳だということに注意を促した。彼によると、原典の「異様に引きつった、やりすぎで、誇大な言葉づかい」は原典に忠実ではなく、むしろアメリカ英語訳──訳者はフィリップ・ゲイブリエル──に呼応していて、「いずれの翻訳も誤りを犯すために全力を尽くしていて、肌触りをつかめていない」[19]。宮谷尚実は、村上の日本語がアメリカ英語で俗語に訳され、それがドイツ語にそのまま流れこんでいることに注意を促した。[20] またズザンネ・メスマーは、アメリカ英語では、会話の雰囲気にまだ素敵でくつろいだ印象の、やや拘束的にも聞こえる要素があるが、それがドイツ語に訳されると「致命的に下品になってしまう」と指摘している。[21] 村上は当時、この論争について、日本の雑誌『anan』でユーモラスに応答した。彼は、自分が作家としてデビューした時点から、作品に「かなり問題がある」と言われてきたことを話題にして、「だから、もともとかなり問題あるんですよ、ほんとの話」と語る。[22]

ところで村上は、『危険な愛人』が刊行される以前の一九九九年十一月に柴田元幸と対談し、重訳について意見を述べる機会があった。

僕は実を言いますと、重訳ってわりに好きなんですよね。僕はちょっと変なのが好きだから、重訳とか、映画のノベライゼーションとか、興味あります。[23]

バルザックを英語で読んだりとか、ドストエフスキーを英語で読んでるとね、けっこうおもしろいんですよね。不思議な味わいがある。[24]

僕の小説がそういうふうに重訳をされているということから、書いた本人として思うのは、べつにそれでもいいんじゃないかって（笑）。多少誤訳があっても、多少事実関係が違ってても、べつにいいじゃない、とまでは言わないけど、もっと大事なものはありますよね。僕は細かい表現レベルのことよりは、もっと大きな物語レベルのものさえ伝わってくれればそれでいいやっていう部分はあります。[25]

スピードって大事ですよね。たとえば僕がいま本を書いて、それが十五年後にひょいとノルウェー語に訳されたとして、それはそれでもちろん嬉しいんだけど、それよりは二年後、三年後にいくぶん不正確な訳であっても出てくれたほうがありがたいですよね。[26]

これは賞味期限の問題だと思うんです。小説には時代的インパクトというものがあるし、同時代的に読まなくちゃいけない作品も、やはりあると思いますよ。[27]

重訳には「ちょっと変なの」としての独特な魅力があること、細部よりは物語全体が伝わることに関心があること、また新作には鮮度があるために、早く翻訳されることが重要だと持論を述べていたのだった。論争が起こったあとに、ドイツの状況を紹介したイルメラ・日地谷＝キルシュネライトは、村上を「英語へゲモニーを内在化させる作家」として非難した。[28] 村上に英語帝国主義者の側面があるのは隠しようもないが、村上は日地谷＝キルシュネライトによる批判の射程を超えた作家だということを、圓月優子が指摘している。というのも、村上はこの論争ののちに短編小説「レーダーホーゼン」の英訳（アルフレッド・バーンバウム訳）を典拠として、その誤訳も含めて日本語に忠実に再翻訳し、別の版を作りだしてしまったからだ。[29]

それは重訳を焦点とした彼自身に関する論争への、ムラカミエスクな回答だった。

3　性描写と死の世界

『危険な恋人』を契機としてドイツでの村上人気は定着し、二〇一三年には日本語原典からの直接訳が刊行された。訳者はグレーフェで、訳題は *Südlich der Grenze, westlich der Sonne*、つまり原題の『国境の南、太陽の西』に忠実な書名だった。

　この書名が示すように、訳文は日本語にできるだけ忠実に翻訳されている。新旧の翻訳を比較すると、ジモーネ・ハムが指摘するように、新訳は旧訳に比べて「よりやわらかく、より丸みを帯びていて、無礼さが薄まっていて」「より繊細で、より静けさがあり、より謎めいている」。ハムは、グレーフェの翻訳が「ほとんど臨床的」で、「ひんやりしてて、無菌的で、ときにはほとんど平凡」であると指摘している[30]。

『危険な愛人』で特に問題視されたのは、性的表現の下品さだった。番組のなかで、レフラーは具体例を挙げて弾劾《だんがい》した。「僕は君の従姉と寝たかった。脳みそがドロドロになるまで、彼女とエッチしちゃいたかったよ――千回、考えられるどんな体位でも」(Ich wollte mit deiner Cousine schlafen; ich wollte sie bis zur Hirnerweichung vögeln—tausendmal, in jeder erdenklichen Stellung)[31]。この一節は、原典では「僕は君の従姉と寝たい。脳味噌が溶けるくらいセックスをしたい。ありとあらゆる体位を使って千回くらいやりたい」と記されている[32]。アメリカ英語版では「僕は君の従姉と寝たかった。脳みそが焼けつくまで彼女とヤリたかったんだ――千回、考えられるどんな体位でも」(I wanted to sleep with your cousin; I wanted to screw her till my brains fried—a thousand times, in every position imaginable)だったが[33]、これをさらに悪化させている。エリザベス・シェーラーの指摘どおり、旧訳は読者に――溶ける脳のイメージから――「梅毒を連想させる」可能性があり、また村上が女性を性的搾取の対象として描くのを好んでいるという印象を与えてしまう。[34] 新訳ではどうか。グレーフェの訳は原典より簡潔なぐらいだ。「僕は君の従姉と寝たい。脳が溶けるまでセックスしたい。ありとあらゆる体位を使って千回でも」になっている。[35] この一文はこの版では、可能なかぎり日本語原典が踏襲されている。[36]

「僕」と島本さんの性交場面にも眼を向けてみよう。この場面は表面的には卑俗そのものだ。

彼女は僕のペニスと睾丸を手のひらでそっと包んだ。「素敵」と彼女は言った。「このままぜんぶ食べてしまいたい」

「食べられると困る」と僕は言った。

「でも食べてしまいたい」と彼女は言った。彼女はまるで正確な重さを測るように、僕の睾丸をいつまでもじっと掌に載せていた。そしてとても大事そうに僕のペニスをゆっくりと舐めて吸った。それから僕の顔を見た。「ねえ、いちばん最初は私の好きなようにさせてくれる？　私のやりたいようにさせてくれる？」[37]

「僕」は同意すると、島本さんは独特な性交渉を始める。

彼女は僕に床に膝をつかせたまま、左手で僕の腰を抱いた。そして彼女はワンピースを着たまま片手でストッキングを脱ぎ、パンティーを取った。それから右手で僕のペニスと睾丸を持ち、舌で舐めた。そしてスカートの中に自分の手を入れた。そして僕のペニスを吸いながら、その手をゆっくりと動かし始めた。[38]

このように――ドイツで評価されたように――「ゲテモノぶり」がきわまった描写の最中に、しかしながら「僕」は死の世界に直面する。しかもそれはじっくりと書かれている。そしてその一部が、遠山義孝が指摘するようにドイツ語の旧訳では削除されていた。日本語原典にあるこの一節だ。

僕はそれまでに身近だった誰かを亡くしたという体験を持たなかった。目の前で誰かが死んでいくのを目にしたこともなかった。[39]

そして、その理由は英訳がこの部分を割愛しているからなのだ。[40] 村上の叙述は、ときとしてくどい印象を与えるが、しかしキッチュな印象を与える性交の場面で、くどい仕方で、その性交が死への世界に直面することだと強調されている事実は、決定的な意味を持つ。このような記述は、けっして省略されてはいけない。シェーラーは、アメリカ英語版は、日本人の固定観念に同調しているのではないかという疑いを提示している。日本人――あるいは日本人を含めた東アジア人――は性的で下品だという偏見が欧米社会では広く流通している。アメリカ英語版が、この固定観念によって歪み、ドイツの旧訳がそれをそのまま採用したという見取り図だ。筆者は、この大きな問題に妥当な回答を与えることはできない。だがドイツの新訳で、旧訳にあった陳腐な表現や、越権行為じみた省略が回避されていることは確かだ。

村上作品の重要な要素のひとつは、いくぶん具体的な、いくぶん抽象的なエロティシズムにある。エロティシズムは心を昂《たかぶ》らせるものと見なされるのが普通だ。だが村上のエロティシズムは、心を萎えさせる死の要素と不可分だ。村上作品の主人公たちはエロスに耽溺《たんでき》しながら、死の寸前まで転落する。その絶妙な様子を、新訳は表現することができている。

4 「損なう」と「損なわれる」

「完璧な文章などといったものは存在しない。完璧な絶望が存在しないようにね[41]」。『風の歌を聴け』の有名な冒頭だが、本稿の主題に照らせば、つぎのように変形させることができる。「完璧な翻訳などといったものは存在しない。完璧な原典が存在しないようにね」

グレーフェによる新訳も完璧な翻訳ではない。彼女は、村上が「損なう」と「損なわれる」という鍵語を使用することを充分には理解していない。村上は、日本で二〇〇二年に刊行した長編小説『海辺のカフカ』で、この彼独特の用語法に言及している。十五歳の「僕」に、佐伯さんが「家出をしなくてはならない、はっきりした理由のものはあったの?」と尋ね、「僕」は答える。

「そこにいると、自分があとに引き返せないくらい損なわれていくような気がしたんです」
「損なわれる?」と佐伯さんは言って目を細める。
「はい」と僕は言う。
彼女は少し間を置いて、それから言う。「あなたくらいの歳の男の子が損なわれるっていうような言葉を使うのは、私にはなんとなく不思議な気がするのよ。興味をひかれると言ってもいいんだけど……。それで、もっと具体的に言うとどういうことなのかしら。あなたの言う損なわれるってことは?[42]」

「僕」は答える。

「自分があるべきではない姿に変えられてしまう、ということです」

佐伯さんは興味深そうに僕を見る。「でも時間というものがあるかぎり、誰もが結局は損なわれて、姿を変えられていくものじゃないかしら。遅かれ早かれ」

「たとえいつかは損なわれてしまうにせよ、引き返すことのできる場所は必要です」

「引き返すことのできる場所?」

「引き返す価値のある場所のことです」

佐伯さんは正面から僕の顔をじっと見ている。(43)

主人公は「損なわれる」の語義を「自分があるべきではない姿に変えられてしまう、ということ」と説明している。この作品をドイツ語に翻訳したグレーフェは、「損われる」を〈Schaden erleiden〉(損害を受ける)と可能なかぎり正しく訳している。ただしその語義は〈etwas zu werden, das ich nicht sein will〉と意訳されている。(44)これは「僕がそうでありたくないものになってしまう」という意味だ。つまり原文にあった義務と受動の意味が失われている。この意訳が的確かどうかについては、議論の余地があるが、ここでは深入りしない。ゲイブリエルの英訳では「損なわれる」は〈damaged〉(損害を受ける)、語義は〈I'd change into something I shouldn't〉(僕がそうであるべきでは何かに変わってしまうこと)と訳されている。(45)単語はやはり可能なかぎり正しく訳されているが、その語釈からは、義務が保たれつつも、受動が失われている。したがって、これも的確な訳出かどうかについては議論の余地がある。

「損なわれる」が別の角度から叙述された村上作品として短編小説「めくらやなぎと、眠る女」がある。この短編小説は当初、作品名に読点がない「めくらやなぎと眠る女」として発表され、のちに改稿されて別の版が生まれ、作品名に読点が付けられた。「めくらやなぎと眠る女」の結末は、つぎのように叙述されている。

僕といとこはそれ以上は何もしゃべらず、坂道の先の方にキラキラと光っている海を見ながら、ベンチに並んで二人でバスを待っていた。

僕は、その沈黙の中で、いとこの耳の中に巣喰っているのかもしれない無数の微少な蠅のことを考えてみた。六本の足にべっとりと花粉をつけていとこの耳に入りこみ、その中でやわらかな肉をむさぼり食っている蠅のことをだ。じっとこうしてバスを待っているあいだにも、彼らはいとこの薄桃色の肉の中にもぐりこみ、汁をすすり、脳の中に卵を産みつけているのだ。そして時の階段をゆっくりと上方に向かってよじのぼりつづけているのだ。誰も彼らの存在には気づかない。彼らの体はあまりにも小さく、彼らの羽音はあまりにも低いのだ。

「28番」といとこが言った。「28番のバスでいいんでしょ?」

坂道の右手の大きなカーブを一台のバスがこちらに向かって曲がってくるのが見えた。見覚えのある古い型のバスで、正面に「28」という番号の札がかかっていた。僕はベンチから立ちあがって片手を上げ、バスの運転手に合図をした。いとこは手のひらを広げてもう一度小銭を数えなおした。そして僕といとこは二人で肩を並べるようにして、バスの扉が開くのを待った。(46)

平穏な現実の次元に、悪夢的な叙述が侵入してくる。ムラカミエスクな場面だが、ここには「損なわれる」という語は用いられていない。だが「めくらやなぎと、眠る女」では同じ場面がつぎのように改稿されている。

「28番」、少しあとでいとこが僕の方を向いて言った。「28番のバスでいいんでしょう?」

僕はずっと何かを考えていた。そう言われて顔をあげると、バスが上り坂のカーブを速度を落として曲がってくるのが見えた。さっきの新型のバスではなくて、見覚えのある昔のバスだ。正面には〈28〉という番号がかかっている。僕はベンチから立ち上がろうとした。でもうまく立ち上がれなかった。まるで強い流れの真ん中にいるみたいに、手足を思い通りに動かすことができなかった。

僕はそのとき、あの夏の午後にお見舞いに持っていったチョコレートの箱のことを考えていた。彼女が嬉しそうに箱のふたを開けたとき、その一ダースの小さなチョコレートは見る影もなく溶けて、しきりの紙や箱のふたにべっとりとくっついてしまっていた。僕と友だちは病院に来る途中、海岸にバイクを停めた。そして二人で砂浜に寝ころんでいろんな話をした。そのあいだ、僕らはチョコレートの箱を、激しい八月の日差しの下に出しっぱなしにしていた。そしてその菓子は、僕らの不注意と傲慢さによって損なわれ、かたちを崩し、失われていった。僕らはそのことについて何かを感じなくてはならなかったはずだ。誰でもいい、誰かが少しでも意味のあることを言わなくてはならなかったはずだ。でもその午後、僕らは何を感じることもなく、つまらない冗談を言いあってそのまま別れただけだった。そしてあの丘を、めくらやなぎのはびこるまま置き去りにしてしまったのだ。

いとこが僕の右腕を強い力でつかんだ。

「大丈夫？」といとこが尋ねた。

僕は意識を現実に戻し、ベンチから立ち上がった。今度はうまく立ち上がることができた。吹き過ぎてゆく五月の懐かしい風を、もう一度肌に感じることができた。僕はそれからほんの何秒かのあいだ、薄暗い奇妙な場所に立っていた。目に見えるものが存在せず、目に見えないものが存在する場所に。でもやがて目の前に現実の28番のバスが留まり、その現実の扉が開くことになる。そして僕はそこに乗り込み、どこか別の場所に向かうことになる。
　僕はいとこの肩に手を置いた。「大丈夫だよ」と僕は言った。(47)

　ここでは悪夢的世界の現実への侵入が、チョコレート菓子が「損なわれ、形をくずし、失われていった」と表現されている。「めくらやなぎと、眠る女」をドイツ語に翻訳したグレーフェは、この一節を〈Die ganze Zeit über hatten wir die Pralinen in der glühenden Augustsonne liegen lassen. Durch unsere Achtlosigkeit, unsere Selbstsucht waren sie ungenießbar geworden.〉、「そのあいだずっと、僕らはチョコレート菓子を八月の炎天下で放置していた。僕らの不注意、私たちの利己心によって、それはおいしくなってしまった」と無邪気に訳している。(48)しかし、ここは〈Durch unsere Achtlosigkeit und Arroganz haben sie Schaden erlitten, ihre Gestalt ist zerstört und verloren.〉、つまり「その菓子は、僕らの不注意と傲慢さによって、損なわれ、そのかたちが崩され、失われていった」と、原文に忠実に訳すべき箇所だ。しかし、グレーフェのみを非難するのは公平さを欠いている。英訳者ゲイブリエルも同様だ。彼は〈Our carelessness, our self-centeredness, had wrecked those chocolates, made one fine mess of them all.〉、つまり「僕らの不注意、自己中心的な行動が、チョコレートを台無しにしてしまっていた」と無邪気に訳していて、やはり「損なわれる」の語義に自覚的ではない。(49)グレーフェもゲイブリエルも共通して、『海辺のカフカ』を訳したあとに「めくらやなぎと、眠る女」を訳したが、村上が「損なわれる」という語に込めようとしている独特の世界観を翻訳に反映できなかった。
　ここで『国境の南、太陽の西』に戻りたい。「僕」は大学に入ったときに「もう一度新しい街に移って、もう一度新しい自己を獲得して、もう一度新しい生活を始めようとし」「新しい人間になることによって、過ちを訂正しようと」考える。しかし、「結局のところ、僕はどこまでいってもやはり僕でしかなかった」と語られる。

僕は同じ間違いを繰り返し、同じように人を傷つけ、そして自分を損なっていくことになった。[50]

グレーフェは「損なわれる」を〈Schaden erleiden〉と訳していたが、これに対応させるならば、「損なう」は〈Schaden zufügen〉が妥当と思われる。しかし、ドイツ語の新訳版『国境の南、太陽の西』でこの箇所を〈Ich beging dieselben Fehler, tat anderen weh und damit auch mir selbst.〉、つまり「でも結局は、僕はどこに行こうが、いつも僕自身だった。僕は同じ間違いを繰り返し、他者を傷つけ、そうやって自分も傷つけたのだった」と訳している。[51] これは誤訳と言っても良いのではないか。ただし英訳でもゲイブリエルはこの箇所を〈Over and over I made the same mistake, hurt other people, and hurt myself in the bargain.〉、つまり「僕は何度も同じ失敗を繰り返し、人を傷つけ、おまけに自分も傷ついた」と訳しているから、同じ仕方で誤訳している。[52] 彼が『海辺のカフカ』で正しく用いた〈damage〉は用いられていない。

アメリカではゲイブリエルが『国境の南、太陽の西』を一九九八年に、『海辺のカフカ』を二〇〇五年に、「めくらやなぎと、眠る女」を二〇〇六年に翻訳した。しかし彼が、村上の「損なう」と「損なわれる」の語を、村上の世界観を踏まえて正確に訳したのは、『海辺のカフカ』だけだった。ドイツではグレーフェが『海辺のカフカ』を二〇〇四年に、「めくらやなぎと、眠る女」を二〇〇八年に、『国境の南、太陽の西』を二〇一三年に翻訳した、しかし、彼女の場合も同様だった。『海辺のカフカ』のあとに『国境の南、太陽の西』を翻訳したのに、村上の「損なう」と「損なわれる」の用語法に対して繊細になることができなかった。翻訳とは、このように難しいものなのだ。

おわりに――あるいは装丁

グレーフェ訳は、以上に見てきたように旧訳の様々な欠陥を克服しただけでなく、完璧な翻訳ではない。最後に、他方で旧訳もまったく評価できないたぐいのものではなかったことを弁護しておきたい。『ノルウェイの森』は、スペイン語では *Tokio Blues*、カタロニア語では *Tòquio blues*、つまり『東京ブルース』と訳されている。これには首を傾げざるをえないが、ドイツ語訳も負けていない。グレーフェによるドイツ語訳が二〇〇一年に刊行されたが、作品名は *Naokos Lächeln*、つまり『直子のほほえみ』だ。直子はヒロインの名前だが、この作品名には、ステレオタイプが含まれている。書名に〈Naoko〉を含みこんだのは、日本人女性には「〜子」という名前が多いという海外でも広く知られた知見を利用しているからだ。この措置によって、『直子のほほえみ』は読者に対して、エキゾチックな日本女性のイメージを喚起することができる。「ほほえみ」も同様だ。謎めいた微笑は、日本人や東アジア人に関する西洋の固定観念だ。だから『直子のほほえみ』は一種のオリエンタリズムなのだ。それに比べれば、この作品の前年に刊行されていた『危険な愛人』はけっして悪くない作品名だった。

装丁に関しても述べておきたい。村上作品がドイツに紹介されてしばらくのあいだ、各書籍のジャケットデザインは、ステレオタイプを剥き出しにしていた。一九九一年に刊行された『野生羊狩り』（ズーアカンプ社、【図1】）では、満員電車がジャケットに選ばれた。一九九五年の『ハードボイルド・ワンダーランドと世界の終り』（ズーアカンプ社、【図2】）では、眼をうっすらと開いている少女がジャケットに選ばれた。一九九八年に刊行された『四月のある晴れた朝に僕はどのように100パーセントの女の子を目撃したか』（ローヴォルト社、【図3】）では、よりによって浮世絵風の芸者だ。日本人の作品だということを示すためだけに、村上の作品の本質とは無関係なものが図案に選ばれていた。村上作品が人気を確立し、別の出版社のｂｔｂ社から廉価版が刊行されると、これらの表紙は洗練されたものへと置き換えられた（【図4】【図5】【図6】）。

【図1】

【図2】

【図3】

【図4】

【図5】

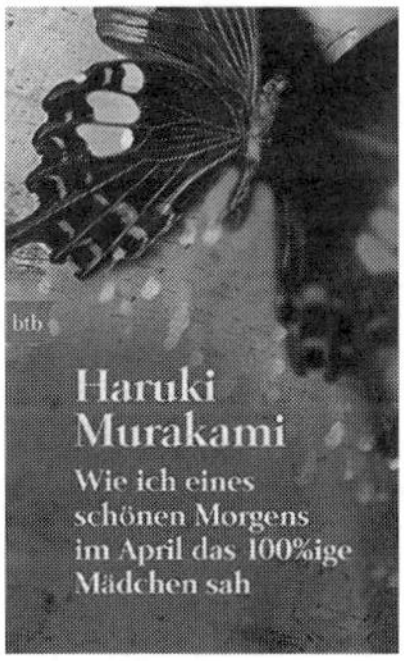

【図6】

村上作品のジャケットは、二十世紀から二十一世紀に転換するころから改善されるようになった。一九九八年に刊行された『ミスターねじまき鳥』（【図7】）、二〇〇一年に刊行された『直子のほほえみ』（【図8】）、二〇〇二年に刊行された『スプートニクのスィートハート』（【図9】）、二〇〇四年に刊行された『海辺のカフカ』（【図10】）では、一挙にステレオタイプが洗いながされている。これらはすべてデュモン社から刊行されたから、この出版社がドイツの村上受容のために果たした大きな貢献と言えるのではないか。これらの書籍のデザインは、ｂｔｂ社から廉価版が刊行されたときには、やや変更されただけか、さらに洗練されたジャケットへと変化した（【図11】【図12】【図13】【図14】）。

【図7】

【図8】

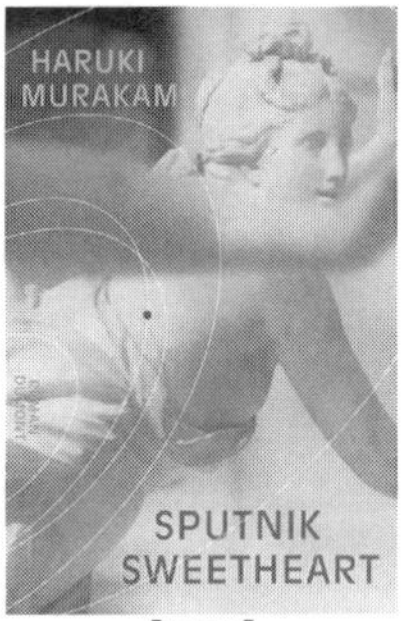

【図9】

【図10】

【図11】

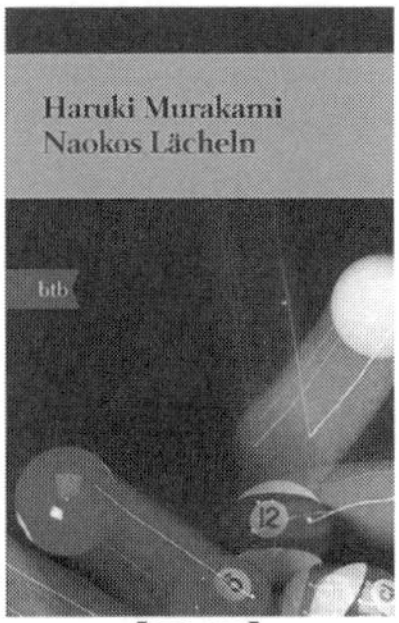

【図12】

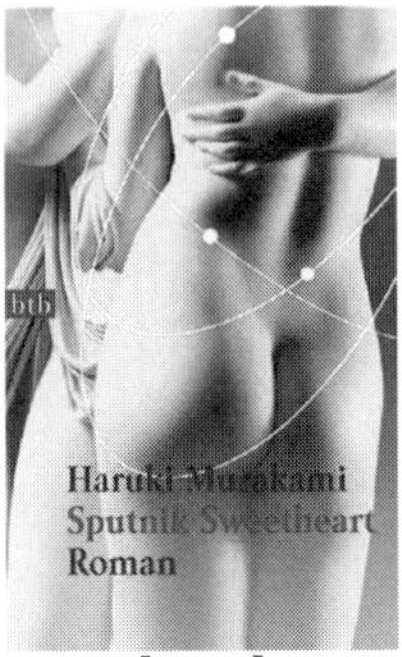

【図13】

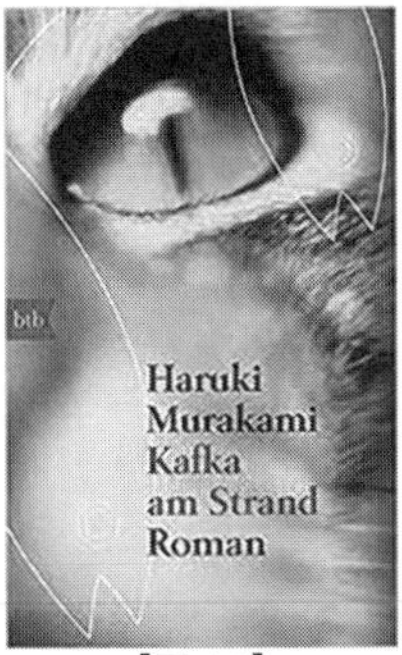

【図14】

【図15】

ステレオタイプを消しさるには時間と労力が必要になる。『象が消滅する』という書名の村上の短編集（日本での『象の消滅』）はドイツで何度も刊行されてきたが、二〇〇六年にベルリン社から出た版のジャケット（【図15】）は、洗練されているように見えて、日本人に対するステレオタイプを表現している。描かれているのは、水中で写真を撮影する女性の姿。時と場所をわきまえずに、どこでも写真を撮りたがるというのは、日本人に対するヨーロッパ人の伝統的なステレオタイプ――未開の土地から文明社会へと観光旅行にやってきた「おのぼりさん」ということ――だからだ。

二〇〇〇年にデュモン社から刊行された『危険な恋人』（【図16】）は、のちにｂｔｂ社から廉価版が刊行された（【図17】）。二〇一三年にデュモン社から刊行された『国境の南、太陽の西』（【図18】）も、のちにｂｔｂ社から廉価版が刊行された（【図19】）。ｂｔｂ社はデュモン社のデザインをそのまま流用した。『危険な恋人』はすでにステレオタイプを排除していたが、『国境の南、太陽の西』では洗練が増している。顔が隠れた女性の謎めいた存在感。それは村上作品にふさわしいものと言えるだろう。

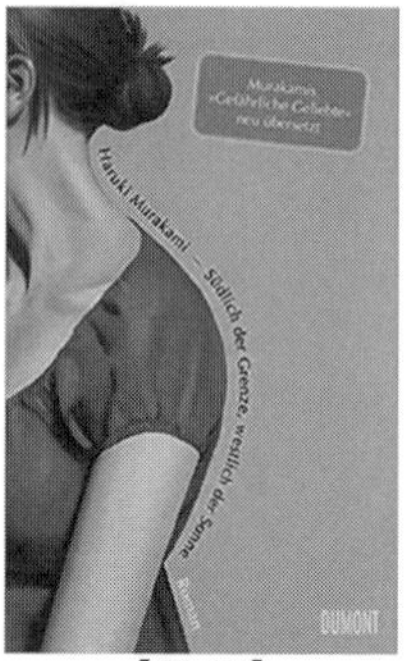

【図 18】

【図 16】

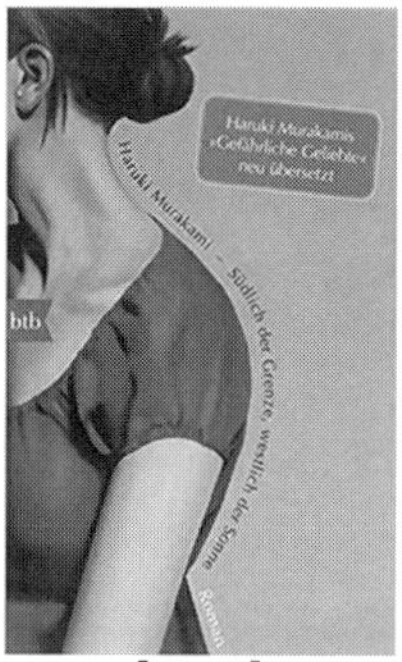

【図 19】

【図 17】

註

（1）Messmer, Susanne, “*Keine Übersetzung ohne Verluste*”, taz, 9. 3. 2002. (http://www.taz.de/1/archiv/archiv/?dig=2002/03/09/a0148)

（2）森本隆子「国境の南、太陽の西」、『村上春樹　作品研究事典（増補版）』、鼎書房、二〇〇七年、六九頁。

（3）週刊文春「国境の南、太陽の西　名物編集長安原顯が噛みついた　村上春樹はハーレクイン・ロマンスだ」、『週刊文春』一九九二年一二月一〇日号、二二八―二三〇頁。

（4）「村上春樹『国境の南、太陽の西』を語る」、同書、二三一―二三二頁。

（5）福田和也「ソフトボールのような死の固まりをメスで切り開くこと――村上春樹『ねじまき鳥クロニクル　第一部、第二部』を読む」、『新潮』一九九四年七月号、二九一頁。

（6）森本（二〇〇七）、七二頁。

（7）村上春樹『国境の南、太陽の西』、講談社、一九九二年、二三九頁。

（8）村上（一九九二）、二〇頁。

（9）村上（一九九二）、二三九―二四一頁。

（10）村上（一九九二）、二五一頁。

（11）辛島デイヴィッド『Haruki Murakamiを読んでいるときに我々が読んでいる者たち』、みすず書房、二〇一八年、七一―七四頁。

（12）Murakami, Haruki, “Der Untergang des Römischen Reiches - Der Indianeraufstand von 1881 - Hitlers Einfall in Polen - Und die Sturmwelt“, Übersetzt von Jürgen Stalph, *Die Neue Rundschau* 98 (2), Berlin / Frankfurt (S. Fischer) 1987, S. 59–64.

（13）Murakami, Haruki, *Wilde Schafsjagd: Roman.* Aus dem Japanischen übertragen von Annelie Ortmanns-Suzuki und Jürgen Stalph. Frankfurt am Main (Insel), 1991.

（14）Murakami, Haruki, *Hard-boiled Wonderland und das Ende der Welt: Roman.* Aus dem Japanischen von Annelie Ortmanns und Jürgen Stalph. Mit einem Nachwort von Jürgen Stalph. Frankfurt am Main (Insel), 1995.

（15）シュタルフ、ユルゲン「ドイツの村上春樹」、『國文學　解釈と教材の研究』一九九五年三月号（第四〇巻第四号）、學燈社、一〇五―一〇六頁。

(16) Murakami, Haruki, *Mister Aufziehvogel. Aus dem Englischen von Giovanni Bandini und Ditte Bandini*. Köln (DuMont), 1998; Murakami, Haruki, *Gefährliche Geliebte*. Aus dem Englischen von Giovanni Bandini und Ditte Bandini. Köln (DuMont), 2000.

(17) 遠山義孝「ドイツにおける現代日本文学の受容――村上春樹の場合」、『明治大学教養論集』三四七号、二〇〇一年、八六–九五頁。

(18) Poiss, Thomas, "Zwei mögen es lieber normal. Haruki Murakamis Roman Gefährliche Geliebte", *Frankfurter Allgemeine Zeitung*, 5. 8. 2000, S. 41.

(19) Worm, Herbert, "Haruki Murakami. Die Wahrheit über den Reich-Ranicki-Skandal", *Frankfurter Allgemeine Zeitung*, 5. 8. 2000, S. 41.

(20) 宮谷尚実「文学版ファーストフードとしての『危険な愛人』――ドイツにおける『国境の南、太陽の西』の変容と受容」、『Aspekt――立教大学ドイツ文学科論集』、立教大学ドイツ文学研究室（編）、二八三頁。

(21) Messmer, loc. cit.

(22) 村上春樹『村上ラヂオ』、マガジンハウス、二〇〇一年、一〇六–一〇九頁。

(23) 村上春樹／柴田元幸『翻訳夜話』、文藝春秋、八二頁。

(24) 同、八四頁。

(25) 同。

(26) 同、八四–八五頁。

(27) 同、八五頁。

(28) イルメラ・日地谷＝キルシュネライト「村上春樹をめぐる冒険――〝文学四重奏団〟の不協和音」、『世界』二〇〇一年一月号、一九八頁。

(29) 圓月優子「村上春樹の翻訳観とその実践――「文学四重奏団」から「レーダーホーゼン」へ」、『言語文化』一二（四）号、同志社大学言語文化学会（編）、六一〇–六一一頁。

(30) Hamm, Simone, "Murakami neu übersetzt. Weicher, runder, weniger flapsig", *Deutschlandfunk*, 27. 1. 2014. (https://www.deutschlandfunk.de/murakami-neu-uebersetzt-weicher-runder-weniger-flapsig.700.de.html?dram:article_id=275783)

(31) Murakami (2000), S. 50.
(32) 村上（一九九二）、六二―六三頁。
(33) Murakami, Haruki, *South of the Border, West of the Sun*. Translated by Philip Gabriel. Vintage: New York 1998, S. 46–47.
(34) Scherer, Elisabeth, "Ödnis im Bett?", Nipponspiration. (http://www.relue-online.de/2014/03/oednis-im-bett/)
(35) Murakami, Haruki, *Südlich der Grenze, westlich der Sonne*. Übersetzt von Ursula Gräfe. Dumont: Köln 2013, S. 50.
(36) 村上（一九九二）、六二―六三頁。
(37) 同、二五〇頁。
(38) 同、二五一頁。
(39) 村上（一九九二）、二五一頁、遠山（二〇〇一）、九八頁。
(40) Murakami (2013), p. 183.
(41) 村上春樹『風の歌を聴け』、講談社、一九七九年、三頁。
(42) 村上春樹『海辺のカフカ』下巻、新潮社、二〇〇二年、三三―三四頁。
(43) 同、三四頁。
(44) Murakami, Haruki, *Kafka am Strand*. Übersetzt von Ursula Gräfe. Köln (Dumont), 2004, S. 339–340.
(45) Murakami, Haruki, *Kafka on the Shore*. Translated from the Japanese by Philip Gabriel. New York (Vintage), 2005, pp. 325–326.
(46) 村上春樹『螢・納屋を焼く・その他の短編』、新潮社、一九八四年、一五四―一五五頁。
(47) 村上春樹『めくらやなぎと眠る女』、新潮社、二〇〇九年、三八―三九頁。
(48) Murakami, Haruki, *Blinde Weide, schlafende Frau*. Übersetzt von Ursula Gräfe. München (btb), 2008, S. 32.
(49) Murakami, Haruki, *Blind Willow, Sleeping Woman: Twenty-Four Stories*. Translated from the Japanese by Philip Gabriel and Jay Rubin. New York (Alfred A. Knopf), 2006, p. 18.
(50) 村上（一九九二）、六四―六五頁。
(51) Murakami (2013), S. 52.

（52）Murakami (1998), p. 48.

（謝辞と注記）

本研究は、ＪＳＰＳ科研費番号 JP19K00516 の支援を受けている。また本稿は第一四回国際独文学会国際会議（XIV. Kongress der Internationalen Vereinigung für Germanistik（ＩＶＧ、二〇二一年七月二七日、パレルモ大学、オンライン参加））でおこなったドイツ語の口頭発表 “Über die vier Editionen von Gefährliche Geliebte/ Südlich der Grenze, westlich der Sonne (Haruki Murakami)” を大幅に改稿することで成立した。

第3章　一九八五年の「相棒」とは誰だったのか
――短編「パン屋再襲撃」の翻訳をめぐって(1)

小島　基洋

はじめに

新婚夫婦が深夜のマクドナルドを襲撃する――そんなシュールな状況を絶妙なリアリティーをもって描く短編「パン屋再襲撃」。一九八五年に『マリ・クレール』誌に発表された本作は、翌年に刊行された短編集『パン屋再襲撃』の表題作ともなり、多くのファンを獲得する。ただし、そのファンは決して日本国内に限定されたものではない。というのも、この短編は、早くも一九九二年には *Playboy* 誌に英訳版が掲載され、その翌年に刊行された村上の短編選集 *The Elephant Vanishes* の一篇として広く海外に知られることになる。しかし、問題は「パン屋再襲撃」が“The Second Bakery Attack”（あるいは“La second attaque de boulangerie,”“Der zweite Bäckereiüberfall”）と名を変えた瞬間に、決定的な何かが失われてしまうことにある。

それは外国文学の宿命――物語の細部に散りばめられたローカルな要素が、文化を異にする海外読者に理解されない――のことではない。この点に関して言えば、むしろ「パン屋再襲撃」ほどグローバルな要素のみで構成された作品は珍しいだろう。主人公が襲撃するのは「吉野屋」ではなく「マクドナルド」である。強奪するのは、「牛丼大盛」ではなく「ビッグマック」である。商品の説明など必要ない。この無国籍性こそが、「パン屋再襲撃」が──そして村上作品が──世界的に愛されている理由のひとつであると言ってもよいだろう。Haruki Murakami は、ある意味で McDonald なのだ。

しかし、マクドナルドと小説は違う。マクドナルドでは世界共通レシピの利用が可能だが、小説は読者に合わせて精密にアジャストされなくてはならない。どれだけ普遍的な内容をもつ作品でも、それを世界的に提供するには質の高い翻訳が必要なのである。問題はここに生じる。短編「パン屋再襲撃」は、無国籍的な設定を装いながらも、実は非常に高度なレベルで、日本語の特性に依存した作品なのだ。たとえば以下の箇所の英訳は本当に正確なのだろうか。

「それで、そのあなたの相棒は今どうしているの？」（七三頁）

"So, this friend of yours, what's he doing now?" (p. 41)

1　「相棒」という名の……

二週間前に結婚したばかりの「僕」と「妻」は、深夜、突然の空腹感に襲われる。「僕」はこの空腹感を以前にも経験したことを思い出す。そんな時に、ふと漏らした言葉「パン屋襲撃のときだ」。これをきっかけに、「僕」は事件の顚末《てんまつ》を「妻」に渋々説明することになる。

「どうしてそんなぱっとしないパン屋を選んで襲ったの?」
「大きな店を襲ったりする必要がなかったからさ。我々は自分たちの飢えを充たしてくれるだけの量のパンを求めていたんであって、何も金を取ろうとしてたわけじゃない。我々は襲撃者であって、強盗ではなかった」
「我々?」と妻は言った。「我々って誰のこと?」
「僕にはその頃相棒がいたんだ」と僕は説明した。

(七二頁)

「僕」の「相棒」とは一体どんな人物なのだろう。「相棒」という語感のためか、「襲撃者」という不穏な響きからか、読者は「僕」の共犯者を男友達であると読んでしまいがちである。しかし、その読みはいささかお人好《ひとよ》しに過ぎるかもしれない。「僕」の思う壺なのだ。
「相棒」が女として読まれ得ることを最初に指摘したのは石倉美智子である。(2)

「妻」はひょんなことから会話にのぼった「僕」の過去に呪縛される。「相棒」というあいまいな表現も妻を不安にかりたてずにはおかない。「相棒」とはいったい誰なのか、男なのか、女なのか、「僕」はいまひとつ明確にしない。「僕の口調になにかしら不明瞭なものを感じた」「妻」のみならず読者もまた、「相棒」が女性だったのではないかと推測することは十分あり得ることだろう。

(石倉、九九頁)

「相棒」が女であること——それを意識して読めば、作品内に傍証らしきものが確かに見つかる。先ほどの引用の続きを見てみよう。「僕」は当時の出来事をこのように語り始める。

「もう十年も前のことだけれどね。我々は二人ともひどい貧乏で、歯磨粉を買うことさえできなかった。……」

（七二頁）

貧乏生活の説明をするために持ち出されるのは、鉛筆でもなく、自転車でもなく、「歯磨粉」だ。「歯磨粉」というのは、同じ屋根の下に住む者の共有物の典型であり、「僕」と「相棒」が一緒に暮らしていたことを暗示する。同じく一般に同居人が共有するテレビや掛け時計などに比べても、「歯磨粉」は男女の同棲生活のイメージを強く喚起するアイテムであると言えるだろう(3)。

「僕」はパン屋襲撃時の話——「相棒」と二人でパンを強奪すべくパン屋を訪れたこと、店の主人がワグナーを共に聴くことを条件にパンをくれたこと——を続けるのだが、「妻」の関心は衝撃的な「襲撃」そのものとは別にある。事件の顛末を聞き終わった彼女が最初にする質問は、意外にも「相棒」の現状に関するものである。

「それで、そのあなたの相棒は今どうしているの？」と妻が訊ねた。

「知らないいな」と僕は答えた。「そのあとでちょっとしたことがあって、我々は別れたんだ。それ以来一度も会っていないし、今何をしているかもわからない」
妻はしばらく黙っていた。おそらく彼女は僕の口調に何かしら不明瞭な響きを感じとったのだと思う。しかし彼女はその点についてはそれ以上あえて言及しなかった。
（七三頁）

「妻」は「相棒」の正体を問いただしはしないものの、「僕」と「相棒」の関係性には追及の手を緩めない。

「でも、あなたたちがコンビを解消したのはそのパン屋襲撃事件が直接の原因だったのね？」
「たぶんね。その事件から我々が受けたショックというのは見かけよりずっと強烈なものだったと思う。……パン屋の主人は……ワグナーのプロパガンダをすることができたし、我々は腹いっぱいパンを食べることができた。にもかかわらず、そこに何か重大な間違いが存在していると我々は感じたんだ。そしてその誤謬は原理のわからないままに、我々の生活に暗い影を落とすようになったんだ。僕がさっき呪いという言葉を使ったのはそのせいなんだ。それは疑いの余地なく呪いのようなものだった」
（七三頁）

「妻」は「暗い影」を落とす「呪い」を取り除くことの必要性を訴える。

「……あなたが自分の手でその呪いを解消しない限り、それは虫歯みたいにあなたを死ぬまで苦しめるはずよ。あなたばかりではなく、私をも含めてね」

「君を？」

「だって今では私があなたの相棒なんだもの」

（七三頁）


旧「相棒」と企《くわだ》てたパン屋襲撃の「呪い」は、当時「歯磨粉」を買えなかった「僕」に「虫歯」のように残るだけではない。(4)現「相棒」である「妻」をも苦しめるのだという。そこで「妻」は遂に「パン屋再襲撃」を提案することになる。


「もし君が言うようにそれが呪いだとしたら」と僕は言った。「僕はいったいどうすればいいんだろう？」

「もう一度パン屋を襲うのよ。それも今すぐにね」と彼女は断言した。「それ以外にこの呪いをとく方法はないわ」

「今すぐに？」と僕は聞きかえした。

「ええ、今すぐよ。この空腹感がつづいているあいだにね。果たされなかったことを今果たすのよ」

（七四頁）


かくして「僕」と「妻」の再襲撃が始まる。

パン屋再「襲撃」の必要性を説く「妻」に困惑を覚えるのは「僕」だけではない。そのあまりに不合理な犯罪行為に現実レベルで共感を寄せることは読者にも困難である。だが、「相棒」が「僕」の昔の恋人であることを踏まえれば、「妻」の犯行動機はかろうじて理解の及ぶ範疇《はんちゅう》にある。つまり、そこにあるのは、再度

「襲撃」を行なうことで、夫が元恋人と結んだ関係性を〈上書き〉したいという女心なのだろう。「世界の作家十二人が愛を描く秀作シリーズ　その八」――一九八五年の『マリ・クレール』誌が村上春樹に準備したのは、そのような場所であったことは思い返しておいてもよい。短編「パン屋再襲撃」は恋愛小説だったのだ。

であれば、おそらく我々は「襲撃」をリアリズムでとらえるべきではない。「襲撃」とは、愛する二人にとって大切な何かの隠喩なのだ。それを読み解く鍵は二人の「空腹感」にある。

2　隠喩としての「海底火山」

そもそも、この夜、パン屋を襲撃することになったのは、「僕」と「妻」が、深夜に「堪えがたいほどの空腹感」に襲われたからである。「オールナイトのレストラン」を探そうと「僕」は提案するものの「古風な」「妻」に拒否される。「僕」はその「空腹感」の特殊性についてこのように説明する。

> 特殊な飢餓とは何か?
> 僕はそれをひとつの映像としてここに提示することができる。
> ①僕は小さなボートに乗って静かな洋上に浮かんでいる。②下を見下ろすと、水の中に海底火山の頂上が見える。③海面とその頂上のあいだにはそれほどの距離はないように見えるが、しかし正確なところはわからない。④何故なら水が透明すぎて距離感がつかめないからだ。（七一頁）

ここで語られた水面下の「海底火山」のイメージ――「空腹感」の隠喩――はどう解釈したらよいのだろうか。

「海底火山」とは何か――村上自身の見解を我々は窺《うかが》い知《し》ることができる。一九九一年にハーヴァード大学で行なわれたハワード・ヒベット教授のセミナーに村上が参加した時のことである。学生に「水面下の火山」は何の象徴かをたずねた教授を村上は遮《さえぎ》り、「火山は象徴ではない、火山はただの火山だ」（ルービン、一六三頁）と強硬に主張したという。しかし村上の発言は聞き入れられることなく、議論は進んでいったのだそうだ。

もちろん読者としては、村上の教室への必死の問いかけ――「あなたはお腹が空くと火山が思い浮かびませんか?」――に敬意を払いつつも、「火山」が何の隠喩であるかを考えないわけにはいかない。たとえば、石倉は、このイメージを「僕」が封印した「野生的なエネルギー」の象徴であるとし（一〇五頁）、加藤典洋は過去の「ホットな」反逆だとする（二五一―二五二頁）。また、その教室に居合わせたジェイ・ルービンも「無意識の中に留まり、いつ爆発して現在の静かな生活を破壊するかも知れない物」の象徴として読んでいる（一六三―一六四頁）。しかし、これらの抽象的な回答は、村上が誘導する〈正解〉を大きく迂回しているようにも思われる。そこにある答えはもっとシンプルで、もっとクリアだ。「海底火山」のイメージについて「僕」が述べていることに注意深く耳を傾けてみよう。

> 終夜レストランになんて行きたくないと妻が言ってから、僕が「まあ、そうだな」と同意するまでの二秒か三秒のあいだに僕の頭に浮かんだイメージはだいたいそのようなものだった。僕はもちろんジークムント・フロイトではないので、そのイメージが何を意味しているのかを明確に分析することはできなかったが、それが啓示的なイメージであることだけは直観的に理解できた。
>
> （七一頁）

ここに「海底火山」の解釈コードが無造作に放り出されている。「ジークムント・フロイトではないので」という箇所だ。[5] このくだりで村上が（「僕」が、ではなく）読者に要請しているのは、ほんの一瞬、フロイト的連想をしてみることである。答えは難しくない。そう、結婚して二週間後の深夜、突如として「僕」にあらわれた「海底火山」のモチーフをフロイト的に解釈すると……？[6]

答え合わせを兼ねて、この物語の最後の部分を再び、フロイト的想像力（？）を携《たずさ》えて読んでみよう。「空腹」を充《み》たすべく、「僕」と「妻」は、二十四時間営業のマクドナルドを襲撃する。二人は三十個のビッグマックを平和裡に強奪し、「適当なビルの駐車場に車を停め」、心ゆくまで腹を満たす。以下は二人の食後の様子である。


我々は二人で一本の煙草を吸った。煙草を吸い終ると、妻は僕の肩にそっと頭をのせた。

「でも、こんなことをする必要が本当にあったんだろうか？」と僕はもう一度彼女に訊ねてみた。

「もちろんよ」と彼女は答えた。それから一度だけ深い溜め息をついてから、眠った。彼女の体は猫のようにやわらかく、そして軽かった。

一人きりになってしまうと、僕はボートから身をのりだして、海の底をのぞきこんでみたが、そこにはもう海底火山の姿は見えなかった。水面は静かに空の青みを映し、小さな波が風に揺れる絹のパジャマのようにボートの側板をやわらかく叩いているだけだった。


（七六頁）

一仕事終えた二人は煙草を吸い、「妻」が「僕」の肩に頭をのせる（八〇年代ドラマの定番シーンだ）。眠りに落ちる「妻」の横で「僕」は、またしても「海の底」のヴィジョンを見るのだが、そこには、当然「海底火山」の姿はない。あるはずもない。

不完全に終わった「相棒」とのパン屋襲撃が、再襲撃によって完璧に成功する。「妻」はこの体験によって「僕」と「相棒」との関係を乗り越えることができたのだ。以上のように「襲撃」をフロイト的隠喩として読むと、「僕」が最初に襲撃を共にした「相棒」は——同性愛的な想定をしないのであれば——やはり、女性だということになる。

3　「パン屋襲撃」（一九八一年）と「パン屋を襲う」（二〇一三年）の男「相棒」

ここらで、本論で展開してきた女「相棒」説に、極めて有力な反証があることを認めておかねばならないだろう。短編「パン屋再襲撃」に先立つこと四年、村上が一九八一年に発表した、その名も「パン屋襲撃」という短編である。本短編から、若き日の「僕」が「相棒」とパン屋に押し入った実際の場面を引用する。


「なるほど」と主人はもう一度うなずいた。「じゃあこうしよう。君たちは好きにパンを食べていい。そのかわりワシは君たちを呪ってやる。それでいいかな」

「呪うってどんな風に?」

「呪いはいつも不確かだ。バスの時刻表とは違う」

「おい待てよ」と相棒が口をはさんだ。「俺は嫌だね、呪われたくなんかない。あっさり殺っちまおうぜ」

（四三頁）

短編「パン屋襲撃」に登場する「相棒」が男であることは、その口調からして疑いの余地はない。であれば、四年後に書かれた短編「パン屋再襲撃」の回想シーンに登場する「相棒」も当然、男性であるはずだ――そう考えるのも無理はないだろう。

しかし、短編「パン屋襲撃」（一九八一年）と、短編「パン屋再襲撃」（一九八五年）を連作として捉える必要は必ずしもない。この二つは極めて類似したタイトルと設定をもつ、全く関係のない話だと言い張ることはできないだろうか。実際、両作品は全集『村上春樹全作品　一九七九－一九八九』（一九九一年）の第八巻に同時収録された際、順番を逆にして配置されることになる。この巻の最初の短編が「パン屋再襲撃」であり、二番目の短編が「パン屋襲撃」なのだ。この余りに不自然な配列は、若き村上自身が両短編の連続性を乱暴に切断した結果だと考えることもできるだろう。

しかし、事態が変化するのは、それから四半世紀後のことである。二〇一三年に、カット・メンシックのイラストを添えて『パン屋を襲う』が出版され、本書において、両短編は初めて連作としての繋がりを公式的に獲得することになる。村上は両作の細部を調整した上で、短編「パン屋襲撃」を「パン屋を襲う」に、短編「パン屋再襲撃」を「再びパン屋を襲う」へと改題し、一冊の本として出版したのだ。前者の中で「相棒」が男として描写されている以上、後者で言及される「相棒」も当然、男だと読まざるをえない。実際、本書の帯にはこう書かれている――「『殺っちまおう』と相棒は言い、『もう一度襲うのよ』と妻は言った」。さらに、本書の中には、男「相棒」説を裏付ける傍証が発見されることになる。「再びパン屋を襲う」パートの中で、最初の襲撃時を回想する「僕」の証言に着目されたい。鍵となるのは、「僕」と当時の「相棒」が聴かされたワグナーのレコードだ。

「パン屋の主人はクラシック音楽のマニアで、ちょうどそのとき店でワグナーの音楽をかけていたんだ。もしその音楽にしっかり耳を傾けてくれるなら、店の中のパンを好きなだけ食べていっていいと主人は言った。……それで我々は包丁を置いて、椅子に座ってパン屋の主人と一緒に神妙な顔で『トリスタンとイゾルデ』を聴いた」

（『パン屋を襲う』、四〇－四二頁）

歌劇『トリスタンとイゾルデ』が、一人の女をめぐる二人の男たちの物語であること――イゾルデ姫を主君マルケ王に嫁がせる任を負った騎士トリスタンが、その後、王妃となったイゾルデと道ならぬ恋をする（ミリントン、一九八－九九頁）――は偶然ではないはずだ。そこには、マルケ王とのホモソーシャルな主従関係から脱却し、イゾルデとの異性愛世界を選び取っていくトリスタンの姿があり、それは「僕」自身の姿とぴったり重なる。確かに、連作『パン屋を襲う』の「僕」は人生の「相棒」を男友達から、新「妻」へと変えた、もう一人のトリスタンなのだ。(7)

作品	登場人物の対応関係		
『パン屋を襲う』	僕	昔の相棒	妻
『トリスタンとイゾルデ』	トリスタン	マルケ王	イゾルデ

4　隠喩としての『タンホイザー』と『さまよえるオランダ人』

パン屋を襲撃した「僕」と「相棒」はそこで一体、何を聴かされたのか――その答えは、しかし、それほど単純ではない。オリジナル版「パン屋再襲撃」（一九八五年）の「僕」の証言を信じるのなら、当時の二人が耳を傾けたのは、『トリスタンとイゾルデ』ではなく、ワグナーの別の楽曲であったはずだ。

「パン屋の主人はクラシック音楽のマニアで、ちょうどそのとき店でワグナーの序曲集をかけていたんだ。そして彼は我々に、もしそのレコードを最後までじっと聴きとおしてくれるなら店の中のパンを好きなだけ持っていっていいという取引を申し出たんだ。……それで我々は包丁とナイフをボストン・バッグにしまいこみ、椅子に座ってパン屋の主人と一緒に『タンホイザー』と『オランダ人』の序曲を聴いたのさ」（傍線筆者）

（「パン屋再襲撃」、七二―七三頁）

短編「パン屋再襲撃」（一九八五年）の中では、パン屋を襲った「僕」は『タンホイザー』序曲と『さまよえるオランダ人』序曲を聴かされたのだと証言している。(8) その四年前に書かれた短編「パン屋襲撃」（一九八一年）の中では、確かに二人は『トリスタンとイゾルデ』を聴いていたのにもかかわらず、である。

作品	パン屋で聴いた音楽
「パン屋襲撃」	『トリスタンとイゾルデ』
「パン屋再襲撃」	『タンホイザー』・『さまよえるオランダ人』

両短編におけるワグナーの楽曲が食い違っていたこと――四半世紀後に連作『パン屋を襲う』(二〇一三年)で両者は『トリスタンとイゾルデ』に統一されることになるのだが(9)――をどう理解したらよいのか。それは結局のところ、短編「パン屋襲撃」(一九八一年)と短編「パン屋再襲撃」(一九八五年)は、別の世界線の物語であるということではないだろうか。もしそうであれば、前者の「相棒」と後者の「相棒」の性別が違ったとてなんら問題はない。読者には「パン屋再襲撃」の「相棒」を女として読む権利が依然として残されるのだ。

実は、女「相棒」説を裏付ける根拠が、オリジナルの短編「パン屋再襲撃」(一九八五年)の中にはある。そこで「僕」と「相棒」が聴いたとされるグナーの楽曲――『タンホイザー』と『さまよえるオランダ人』――である。まずはオペラ『タンホイザー』のあらすじを見ておこう。そこには、二人の女の間を揺れ動く男心が描き出されている。

騎士タンホイザーは、ヴェーヌスベルクにおいて、美女ヴェーヌスらと悦楽の日々を送っていた。だが、放蕩生活に食傷した彼は、清純な乙女エリザーベトの待つ故郷ヴァルトブルクに戻る。しかし、歌合戦でヴェーヌスとの官能的な愛を歌い上げてしまったせいで、故郷を追われることになり、ローマ教皇に許しを請うも認められない。絶望したタンホイザーはヴェーヌスのもとに戻ることにするのだが、その道すがら、エリザーベトの死の知らせを聞く。彼女が自分の罪を贖う為に命を捧げたことを知った彼は、自らの言動を深く悔やみつつ息を引き取る(筆者要約：ミリントン、一七二―七三頁参照)。

現在の純真な恋人エリザーベトとかつての官能的な恋人ヴェーヌスの間を揺れ動く騎士タンホイザー——彼は、現在の「妻」とかつての「相棒」の間を揺れ動く「僕」の隠喩として機能している。

作品	登場人物の対応関係		
「パン屋再襲撃」	僕	昔の相棒	妻
『タンホイザー』	タンホイザー	ヴェーヌス	エリザーベト

背後に絶望するエリザーベトを幻視することによって、クールに振る舞う「妻」の秘めたる苦悩が浮かび上がりもする。もしも「僕」が依然として女「相棒」の「呪い」にかけられている——タンホイザーがヴェーヌスとの悦楽の日々を忘れられなかったように——のだとしたら、その「呪い」を解くべく、「妻」ができることは何か。彼女の結論は「再襲撃」すること、すなわち、かつての「相棒」と同じく、あるいはそれ以上に「僕」を激烈に愛することなのだが……?

しかし、そもそも愛によって「呪い」を解くことが可能なのか。実は、まさにそれをテーマにしたのが、オペラ『さまよえるオランダ人』である。以下にあらすじを見ておこう。

貞節を守る乙女から愛されなくては永遠に上陸することができないという呪いをかけられたオランダ人船長。彼に恋をしたゼンタは船長を救うべく港に向かうが、オランダ船はゼンタの目の前で出帆してしまう。永遠の愛を証明すべくゼンタが海に身を投げると、船は沈み、船長とゼンタは幸福そうに昇天する（筆者要約：ミリントン、一六七頁）。

命を懸けてオランダ人船長を愛し、彼の「呪い」を解消したゼンタ。そこには、短編「パン屋再襲撃」における「僕」と「妻」の姿が完璧に重ね合わせられる。「妻」は――マクドナルド襲撃という愛の象徴的行為によって――「僕」の「呪い」を解かんと試みたのだ。

作品	登場人物の対応関係	
「パン屋再襲撃」	僕	妻
『さまよえるオランダ人』	オランダ人船長	ゼンタ

短編「パン屋再襲撃」の最終文には、船と共に沈みゆくオランダ人船長の姿を見出すことができる。

僕はボートの底に身を横たえて目を閉じ、満ち潮が僕をしかるべき場所に運んでいってくれるのを待った。

（「パン屋再襲撃」、七六頁）

やがて船長がゼンタと共に海上に現れて天に召されるように、「僕」のボートも、妻の一途な愛に導かれて「しかるべき場所」にたどり着くのだろう(10)。

短編「パン屋襲撃」から四年の後、短編「パン屋再襲撃」（一九八五年）を書いた村上は両短編の整合性を破綻させることも厭《いと》わず、『トリスタンとイゾルデ』を、『タンホイザー』と『さまよえるオランダ人』に差し替えた。その時、彼は内心、「相棒」の性別にも変更を加えていたのではないだろうか——それが本稿の仮説である。短編「パン屋再襲撃」とは、昔の恋人が忘れられない「僕」にかけられた「呪い」を、より強く愛することによって解こうとする「妻」の物語なのだ。

5　隠喩としてのカーテン

では、短編「パン屋再襲撃」の大きな謎である「呪い」とは一体何なのだろうか。「僕」は、パン屋襲撃の失敗——「僕」と「相棒」がパンを入手する代わりにワグナーを聴かされる——による「暗い影」だと説明している。しかし、それはあくまで「僕」の見解であって、「妻」の説明は全く別だ。「僕」と結婚して以降、「ある種の呪いを身近に感じ続けてきた」と述べる彼女は「呪い」を次のようなものとして捉えている。


「君はその呪いをどのような存在として感じるんだい?」と僕は質問してみた。

「何年も洗濯していないほこりだらけのカーテンが天井から垂れ下っているような気がするのよ」

「それは呪いじゃなくて僕自身なのかもしれないよ」と僕は笑いながら言った。

彼女は笑わなかった。

「そうじゃないわ。そうじゃないことは私にはわかるのよ」

（七四頁）


「妻」は「呪い」とは何かを「カーテン」の隠喩を用いてしか説明しないのだが、それが「僕自身」である可能性については不自然なまでにきっぱりと否定する。では「呪い」とは一体、何であるのか。もしも「僕自身」でないのなら、残る選択肢が一つある——「相棒」だ。少なくとも言外には、その解釈が示唆されている。「妻」にとって「呪い」とは、おそらく「相棒」その人なのであり、「相棒」とは「何年も洗濯していないほこりだらけのカーテンが天井から垂れ下っているような」ものなのだ。

「何年も洗濯していない」「天井から垂れ下がっている」「ほこりだらけのカーテン」は、なぜ「呪い」の隠喩となるのだろう。その答えは、短編「パン屋襲撃」（一九八一年）、「パン屋再襲撃」（一九八五年）の、そしてイラスト入り連作『パン屋を襲う』（二〇一三年）のどこを探しても見つけることができない。この唐突に現れた不可思議な比喩表現は、もう一つの「呪い」の比喩である「虫歯」とは違って、作品内のどのモチーフとも関連性をもたず、テキストの中でただ浮遊しているのだ。

しかし、「カーテン」が何の隠喩であるのかの答えは意外な場所で見つかることになる。

三人目の相手は大学の図書館で知り合った仏文科の女子学生だったが、彼女は翌年の春休みにテニスコートの脇にあるみすぼらしい雑木林の中で首をつって死んだ。彼女の死体は新学期が始まるまで誰にも気づかれず、まるまる二週間風に吹かれてぶら下がっていた。今では日が暮れると誰もその林には近づかない。

（『風の歌を聴け』、九四頁）

デビュー作『風の歌を聴け』（一九七九年）で、唐突に言及される主人公の恋人である。「天井から垂れ下がっている」「カーテン」は彼女の最期の姿を連想させるのだ。

命を絶った女子学生は次作『一九七三年のピンボール』（一九八〇年）で直子という名前を与えられ、『ノルウェイの森』（一九八七年）では、遂にその詳細が語られることになる。

「……そして全員で寮の中からまわりの林までしらみつぶしに探したの。探しあてるのに五時間かかったわよ。あの子、自分でちゃんとロープまで用意してもってきていたのよ」

（『ノルウェイの森』下巻、二四二－四三頁）

村上が彼女についてリアリズムで描いた『ノルウェイの森』を発表するのは、短編「パン屋再襲撃」（一九八五年）の発表から僅か二年後のことに過ぎない。

短編「パン屋再襲撃」は隠喩の詩学に支えられた作品である。村上は「海底火山」という明解な隠喩と『タンホイザー』／『さまよえるオランダ人』という大掛かりな隠喩の影に、「カーテン」という個人的な隠喩をこっそりと忍び込ませたのだろう。一九八五年の女「相棒」は、その性別が二〇一三年に連作『パン屋を襲う』で男性に固定されてもなお、「垂れ下がった」「カーテン」として、その姿をひっそりとテクストに留めているのだ。

おわりに――「相棒」の翻訳について

短編「パン屋再襲撃」（一九八五年）の「相棒」とは誰だったのか――本稿がたどり着いた答えは「直子」だ。一見、空想的とも言える結論に至る過程で、多くの隠喩を読み解いていったわけだが、その出発点となるのは、「相棒」＝女説であったことを最後に思い出しておこう。

「僕」は「相棒」の性別について明言しないものの、「妻」は女の勘でそれに気付いている――夫婦間における、この微妙な駆け引きを成立させるのは、「相棒」という語のおかげであった。「相棒」は実に微妙なニュアンスをもった日本語——男性であることを暗示しつつ、女性である可能性を排除しない——なのだ。

しかしながら、世界を見渡せば、短編「パン屋再襲撃」をめぐる翻訳状況は深刻であると言えよう。「相棒」を女性であると解釈できるのは、日本語読者以外にはきわめて難しい事態となっているのである。翻訳者ルービンは、以下のやり取りをこんな風に訳す。

「それで、そのあなたの相棒は今どうしているの？」と妻が訊ねた。
「知らないな」と僕は答えた。「そのあとでちょっとしたことがあって、我々は別れたんだ。それ以来一度も会っていないし、今何をしているかもわからない」

（二一一—二一二頁）

"So, this friend of yours, what's he doing now?"
"I have no idea. Something happened, some nothing kind of thing, and we stopped hanging around together. I haven't seen him since. I don't know what he's doing." （傍線筆者）

(p. 41)

「相棒」は英語版では明確に男性代名詞"he"で指示されている。「妻」も「僕」も「相棒」が男性であることを前提として会話を進めているのだ。

「相棒」の代名詞問題に関しては、翻訳者であるルービン氏の意見を聞いてみたことがある。二〇〇六年三月二十九日に北海道大学で行なわれた国際シンポジウム「春樹をめぐる冒険――世界は村上文学をどう読むか」において、筆者はルービン氏に公開で質問してみた。「He と訳すと相棒を女性と読む可能性をなくしてしまうことにはなりませんか」と。ルービン氏の返答はこうだ――「翻訳時には皆で話し合って決めたのだが、確かにドイツで製作された『パン屋襲撃』の映画版（筆者詳細未確認）を見た時に相棒が女性だったので『ぎょっ』とした」。筆者は英語版が改訂される日を待ち望んでやまない。

しかし「相棒」の翻訳問題は決して英語圏だけに止まる問題でもない。たとえば、仏語訳 "La second attaque de boulangerie".

— Et ton ami, qu'est-il devenu? Demanda me femme.
— Je n'en sais rien. Après ça nous nous sommes fâchés pour une broutille. Je ne l'ai jamais revu, et j'ignore ce qu'il fait aujourd'hui. （傍線筆者）

(p. 51)

あるいは独語訳 "Der zweite Bäckereiüberfall".

»Und dein Kumpel, was macht der jetzt?« fragte sie.
»Keine Ahnung«, antwortete ich. »Danach war was, und wir haben uns getrennt. Seitdem haben wir uns nicht wieder gesehen. Was er jetzt macht, weiß ich nicht.« （傍線筆者）

(p. 66)

このように、日本語版をいったん離れると「相棒」は一人の男性として夫婦の会話に登場する。本稿で検証してきた女「相棒」説は、他国語版では〈誤訳〉によって強硬に排除されているのだ。村上春樹はいまや日本の作家ではない。「相棒」も、"buddy"(英)であり、"complice"(仏)であり、"kumpel"(独)である。世界中でHaruki Murakamiが読まれている今、本作品の翻訳問題は決して看過できないだろう。

今日も、世界中の街角で誰かがページをめくる度に、「僕」と「相棒」がパン屋を襲撃する。しかし、そこでワグナーの官能的な旋律に耳を傾けているのは、三人の「男」たち——パン屋の主人と「僕」、そして「相棒」——なのである。そこに「直子」の面影を見ているのは、一九八五年の村上春樹と、彼の第一言語を解する僅《わず》かな者たちに過ぎない。

註

（1）本稿は「村上春樹『パン屋襲撃』論――『相棒』ヴェーヌス・『妻』ゼンタとの愛の襲撃」『札幌大学総合論叢』第二十五号（二〇〇八年三月）を大幅に加筆修正したものである。

（2）石倉は女「相棒」説を論証することには慎重な姿勢を崩さない。この箇所に付した注で次のように述べる。「仮に『相棒』が女性でなかったとしても、それはそれで構わない。『妻』にとって問題なのは、かつて『僕』が誰かと濃密な関係をもっていたという事実自体なのだから」（一一四頁―一一五頁）。

（3）コップに挿したピンクと水色の歯ブラシが同棲生活の象徴であったことは、ベッドでふかす煙草が意味するもの（後述）と同じく、やがて理解されなくなるだろう。

（4）「歯磨粉」から「虫歯」へのイメージの連鎖は山﨑眞紀子氏にご教示いただいた。

（5）フロイトを援用しつつ「海底火山」を読み解こうとした王の結論は、それが「無意識」の中に「抑圧」された「僕」の「欲望」の象徴であるというものである（四〇―四三頁）。

（6）念のために参考文献を。フロイト『精神分析入門』上巻（新潮文庫、一九七七、二一二―二一三頁）。

（7）加藤は『トリスタンとイゾルデ』に着目し、短編「パン屋襲撃」を本稿とは別の隠喩で読み解いている。主人公がパン屋の主人から強奪しようとしたパンは、その店の主人の娘であり、彼は娘を与える代わりに『トリスタンとイゾルデ』の愛のテーマを説いて聞かせたのだという。つまり、「襲撃」とは結婚の許可を将来の義父に頼みに行くことの隠喩だということになる。加藤はここに、布団店を営む陽子夫人の実家に居候した若き村上自身の伝記的事実を添え、極めて説得的に論じた（二六二―二六八頁）。加藤氏の不在は余りに大きい。

（8）髙橋はワグナーの思想的な保守化について言及した上で、『さまよえるオランダ人』と『タンホイザー』を（「僕」と「相棒」が拒絶していたはずの）国民国家の象徴として読む（四四―四九頁）。

（9）連作『パン屋を襲う』（二〇一三年）は、「ブルーレイ・レコーダー」が登場するなど、オリジナル版とは年代設定すら違う（Hansen, p. 419）。

（10）『さまよえるオランダ人』の船のテーマが、短編「パン屋再襲撃」の最終文と呼応しているという読みは、読書会の折に村上春樹の研究者・余瑞云氏からご指摘いただいた。

参考文献

石倉美智子『村上春樹サーカス団の行方』専修大学出版局、一九九八年。

加藤典洋『村上春樹の短編を英語で読む　一九七九−二〇一一』講談社、二〇一一年。

髙橋龍夫「村上春樹『パン屋再襲撃』の批評性——グローバリズム化へのレリーフ」『専修国文』第八十三号、二〇〇八年。

フロイト『精神分析入門』新潮文庫、一九七七年。

ミリントン、バリー原著監修『ヴァグナー大事典』平凡社、一九九三年。

村上春樹『風の歌を聴け』講談社、一九七九年。

——『ノルウェイの森』講談社、一九八七年。

——「パン屋再襲撃」『マリ・クレール』一九八五年八月号。

——『パン屋再襲撃』文藝春秋、一九八六年。

——「パン屋襲撃」『早稲田文学』一九八一年十月号。

——『パン屋を襲う』新潮社、二〇一三年。

——『村上春樹全作品　一九七九−一九八九』第八巻、講談社、一九九一年。

ルービン、ジェイ『ハルキ・ムラカミと言葉の音楽』新潮社、二〇〇六年。

王書瑋「抑圧の反復——『パン屋再襲撃』論」『千葉大学人文公共学研究論集』第四十巻、二〇二〇年。

Hansen, Gitte Marianne. and Michael Tsang "Politics in/of Transmediality in Murakami Haruki's Bakery Attack Stories" *Japan Forum*, 32.3, 2020.

Murakami, Haruki. "Der zweite Bäckereiüberfall" *Der Elefant verschwindet*, Berliner Taschenbuch, 2006.
———. "La second attaque de boulangerie," *L'elephant s'evapore: nouvelles*, Seuil, 1998.
———. "The Second Bakery Attack," *Playboy*, Jan. 1994.
———. "The Second Bakery Attack," *The Elephant Vanishes*, The Harvill Press, 1993.

◉歴史／物語（hi/story）◉

第4章　『海辺のカフカ』における時空——少年Aをめぐる方法としての歴史性

髙橋　龍夫

はじめに——歴史を包摂する物語として

近年の文学研究の動向の一つに、文学と歴史との間について、その境界を取り払い、隣接するジャンルとして捉える議論が挙げられる。例えば、アメリカを代表する歴史学者の一人、ピーター・ゲイは、近代におけるリアリズム文学から歴史的情報を得る有益性について次のように指摘しつつ、小説の歴史的記録としての役割を評価する。

リアリズムの小説はさまざまな意味合いを含みこんでいるが、それは、まさに登場人物が時空間の中でその力を試されるからだ。あたかも彼らが実在しており、成長したときに自分の文化や歴史を刻んだ一つの小宇宙になるかのようだ。登場人物は自分の世界、つまりこの世界にしっかりと根をおろした個人として扱われる。

（ゲイ、七頁）

また、『私にはいなかった祖父母の歴史――ある調査』において、二十世紀の悲劇に葬り去られた個々人の足跡を、歴史的記録と想像力によって現実の時空に描き出したイヴァン・ジャブロンカも、「名もない人たちは、私の家族なのではない。私たちみんなの一員なのである。だから、決定的に消え去ってしまう前に、彼らが残した生の足跡や刻印を、彼らがこの世を通り過ぎた時に意図せずに残した、彼らの生きた証拠を再び見出すことは緊急のこと」（三頁）だと述べる。ジャブロンカは、『歴史は現代文学である――社会科学のためのマニフェスト』においても、「小説家は、環境や時代に応じて変化する習俗に関心を持ち、同時代の民主的な歴史を書く」（五三頁）ものだとし、「現代文学による歴史を作ることを可能にする」（二五九頁）のだと述べている。ジャブロンカによれば、現代文学はあたかも社会科学を実践しているかのように、環境や時代とともに生きる名もなき市民の歴史を生み出すというのである。

本書を翻訳した真野倫平もこうしたジャブロンカの議論を受けて、歴史記述の側面から文学との関係性を踏まえ、「現代の歴史学が抱える様々な問題――歴史と記憶の対立、歴史のフィクション性、表象不可能性など――を整理するのに役立つだろう」（真野、六二頁）と論じている。

さらに、小倉孝誠は歴史と文学との関係性における近年の一連の議論、特にピエール・ノラ編『記憶の場』やポール・リクール『記憶・歴史・忘却』以降のフランス文学・思想の動向を受けて、次のように指摘する。

二十世紀末以降、歴史、記憶、忘却は人文科学と社会科学全般の大きな主題になっており、文学もまた例外ではない。リテル、エネル、ビネ、ヴュイヤールそしてゲーズラの作品は、そのことを雄弁に証言しているのだ。付言するならば、これら特筆すべき事件を語る作品だけでなく、戦後社会の政治的、経済的、文化的な変貌を個人の生涯の中に落とし込むことで歴史を浮き彫りにするという点では、アニー・エルノーの一連の作品も文学と歴史学の遭遇を証言している。歴史の表象は今や、文学の避けがたいテーマになったと言えるだろう。

（小倉、一四八頁）

歴史が前例のないほど加速化する現代の状況において、過去は急速に忘却され、個人と集団で記憶は風化していく。風化していくからこそ、現代人は記憶とその保全にこだわるのである。

（小倉、一五三頁）

こうした議論からは、文学は、たんに読者の感情に訴え登場人物への共感やストーリー展開への興味といった個人の内面やイメージを豊かにするだけでなく、ある時代や社会の中に生きる個々人の体験や記憶を共同体的記憶へと敷衍《ふえん》し、一つの歴史として刻み込む役割を担うものとして、改めて措定されるようになってきている。現代文学は、フィクションでありながら歴史を包摂し、物語によって現実の人々の記憶を浮き彫りにする役割を担うものといえよう。

村上春樹がこのような近年の一連の議論に意識的に与しているのかどうかは断定しがたい。だが、少なくとも二〇〇二年九月に新潮社から書き下ろしとして刊行された『海辺のカフカ』は、物語でありながらきわめて歴史性にこだわったテクストとして、こうした議論の系列に位置する作品だと思われる。その顕著な事例として『海辺のカフカ』の登場人物はそれぞれ、歴史的出来事に人生を左右されるような事情を抱えるよう設定されている。

例えば、戦時中に父を戦後の混乱の中で母を亡くし、戦後は生涯孤独の身となる小学校の教師だった岡持節子は、第二次世界大戦の出征で結婚したばかりの夫を亡くし、そのために身体の生理的な状況に混乱が生じて担任をしていた子供たちのうちの中田少年に暴力を振るってしまう。優秀だが家庭内暴力を受けていたらしい小学四年生の中田少年は一九四四年のこの事件を契機に記憶を失い、以後、六十三歳ほどになる現在に至るまで知的障害をもち生活保護で暮らさざるを得なくなる。両者ともに、直接的、もしくは間接的に戦争によって人生が大きく左右された存在といえる。

一方、佐伯さんも二十歳だった一九六九年に、小学生以来の恋人、甲村家の長男が学生運動の最中に対立セクトの幹部と間違えられて鉄パイプで撲殺されるという悲劇に直面する。「海辺のカフカ」という歌がヒットしながらも、二十歳で音楽大学を退学し、絶望の中で所在不明となり、その後五十代になる現在まで、傷を背負いあたかも死を待つかのようにひとり静かに日々を送っていく。

彫刻家として世界的な名声を手に入れていた田村浩一も、佐伯さんとおぼしき過去の苦悩を抱えた妻が家出したことで虚無的な人生を送ることになり、母を喪失した田村カフカ自身も母から見放されたという記憶に苛まれ、父からの呪いさえ被ることになる。

さらに、いわゆるトランスジェンダーとして生きる青年の大島さんも、遺伝子による一種の血友病を患っているが、定期的に広島の大学病院に通っていることから、広島に落とされた原子爆弾に被爆した親からの遺伝的影響を被ったとも推測される。

彼らはいずれも第二次世界大戦や学生運動といった歴史的事実による状況下にあって現実に翻弄された存在であり、相互に関係性を持てば、史実の負の要素の影響下に、ともすると暴力性を発動させてしまう状況に置かれる。そうした彼らは山梨や高松、神戸や徳島、中野区野方など、現実に存在する具体的な地名において活動しており、物語の舞台設定は彼らの歴史性を担保する役割を担う。

換言すれば、『海辺のカフカ』はフィクションでありながら史実と地名を踏まえて展開する個々人の体験と記憶の集積として紡がれた物語であり、読者は、そうした登場人物の体験と記憶を共有することで、実際の歴史を体現しながら物語を受容することとなる。こうした点で、『海辺のカフカ』は先述した文学と歴史の関係性の議論と軌を一にする創作方法といえるであろう。

村上春樹は、以後、歴史性を駆使した方法により、オウム真理教を容易に想起させる宗教団体を背景に様々な事情を抱えた登場人物が交錯する『1Q84』（新潮社、BOOK1・2、二〇〇九、BOOK3、二〇一〇）及び、第二次世界大戦とアウシュビッツの時代に翻弄された画家の人生が照射される『騎士団長殺し』（新潮社、二〇一七）へと結実していくのである。

このように『海辺のカフカ』の各登場人物が歴史性を帯びている点を鑑《かんが》みた場合、実は、主人公の田村カフカ少年も四歳で母と別れて傷を負うといった個人的体験だけでなく、実は特定の歴史的事実を背後に抱えた存在として設定されているのではないだろうか。ここでは、まずこの点について検証した上で、各人物造型の諸要素や関連するテクストとの関係性に目を向け、四国を舞台としたことの意味も併せて確認してみたい。あらかじめ結論を述べれば、『海辺のカフカ』は、二十世紀の悲惨な歴史的事実に翻弄された人々をフィクションの中で設定し、そうした悲痛な個人的記憶を共同体的な記憶へと還元する物語であるといえよう。作品における方法的歴史性は、読者を介して過去から未来へと継承されていく意志を有していると思われるのである。

田村カフカ少年の人物造型における歴史性の予見からは、総じて、『海辺のカフカ』が二十世紀の悲惨な史実を背景に、四国において鎮魂と再生によるカタルシスを得る物語という構図が改めて見えてくるはずである。

1　複合小説における歴史性の是非——インタビューを基点に

村上春樹は『海辺のカフカ』を執筆するにあたって、「事実的に間違っていることがあると困るんで、いちおう行って調べてきました。実際に一人で夜行の長距離バスで行って、レンタカーでマツダ・ファミリアを借りて、そのへんをぐるぐるまわってということです。たいして長くはない。二泊三日くらい。」(『少年カフカ』、「Special Interview」、二五頁）と発言していることから、舞台設定における事実確認をしていたことがわかる。しかしながら、すでに多くの指摘があるように、カフカ少年の訪れる甲村記念図書館は架空の図書館であり、意識を失ったカフカ少年が目覚める神社も、ナカタさんと星野青年がカーネル・サンダースから提供されるマンションも、物語の上では想像の場所ということになる。

だが、香川県のNPO法人から依頼を受けて、二〇二一年二月に『海辺のカフカ』バーチャルツアーの講師を担当した際[1]、その準備のために、筆者は前年の十二月末に高松を再訪して作品の舞台に関連する場所をフィールドワークしてみた。その結果、やはり村上春樹は、高松とその周辺の土地について綿密に調査し、作品の舞台としてふさわしい場所を様々に想定しながら作品を完成させた節が見られるのである。

その詳細については別稿に譲るが、『海辺のカフカ』の空間設定に現実性を持たせたということは、登場人物たちの行動範囲を現実と符合させようとする意識や、舞台設定における空間表象に何らかの意味を持たせようとする観点が働いていたと見てもよいだろう。桑子敏雄が人間と環境とのかかわりを理解する視点に時間を組み込んだ「空間の履歴」(桑子、四七頁）の概念を提案したように、空間には履歴があり、人間の身体性に伴う歴史が刻まれている。そうだとすれば、高松という具体的な土地の細部にこだわったこと自体、少なからず、登場人物における「空間の履歴」と歴史との関係性を施したと推定される。それは、先述したように、ナカタさん、佐伯さん、田村浩一、大島さんなどの登場人物の履歴に歴史的現実を付与したこととも密接な関係をもつ。『海辺のカフカ』が、現実と非現実との間の境界線を越えて双方を往還する物語であることは従来から指摘されているとおりだが、同時に、現実の歴史を踏まえながら、史実を背負いつつその時空に生きたであろう架空の人物が作品世界を牽引《けんいん》する物語でもあるのである。『海辺のカフカ』は、措定されたイメージ世界と現実が共振する点でも、文学が歴史を包摂する点でも、いわゆる自己表現としての近代小説からは距離を置いた物語として創作されているといえよう。

実際、村上春樹は『海辺のカフカ』について、インタビューで次のように述べている。

「ただ読者でも多くの人は、分からないと言うんです。なぜナカタさんが殺しているのにカフカ君の手に血がつくのかと。それは、あり得ることなんです。なぜあり得ることかというと、普通の文脈では説明できないことを物語は説明を超えた地点で表現しているからなんです。物語は、物語以外の表現とは違う表現をするんですね。それによって人は自己表現という罠から逃げられる。僕はそう思う。

いま世界の人がどうしてこんなに苦しむかというと、自己表現をしなくてはいけないという強迫観念があるからですよ。だからみんな苦しむんです。僕はこういうふうに文章で表現して生きている人間だけど、自己表現なんて簡単にできやしないですよ。〔中略〕だって自分がここにいる存在意味なんて、ほとんどどこにもないわけだから。タマネギの皮むきと同じことです。一貫した自己なんてどこにもないんです。物語という文脈を取れば、自己表現しなくていいんですよ。物語がかわって表現するから。

僕が小説を書く意味は、それなんです。僕も、自分を表現しようと思っていない。」

（『文学界』、「ロング・インタビュー『海辺のカフカ』を語る」、二一一頁）

こう物語の存在意義を率直に語る春樹は、「物語と物語を重層的に重ねて話を創っていくしかないのではないか、それは何だというと、やはり複合小説なんですね、ドストエフスキー的な一九世紀的な」と述べ、「その中にいろんな人の姿を描き込む力がなければ」（四一頁）ならないと力説する。

このように、村上春樹は、架空の人物を設定するに当たって、様々な時代に生きた各登場人物そのものの立場に作者自身が各々立ち入り、自ら呼応しながら物語を構築していることがわかる。「物語がかわって表現する」というように、読者の前に差し出された『海辺のカフカ』は、読者の境遇や年齢層を問わず、いずれかの登場人物や時代に感情移入し、個人的体験との呼応により共感を得ながら物語に没頭することを可能にする、いわば複合的な様相を呈した物語だといえよう。そうした世界を描くためには、複数の空間軸と時間軸を設定する必要があり、各登場人物は、現実の時間の中に歴史的必然性を担う設定が要請されてくるのである。

ちなみに、このインタビューでは、春樹自身の執筆意識が率直に語られており、『海辺のカフカ』の執筆方法においても多分に自覚的かつ意識的に挑戦したことを知ることができる。インタビューした小山鉄郎も、村上春樹から様々な話題を巧みに引き出しており、本インタビューは、『海辺のカフカ』に関する資料的価値だけでなく、春樹の物語論を理解する上でも欠かせない貴重な文献といえる。

その中でも『海辺のカフカ』に関する発言で特に注目すべきは、小山による「悪というものに対する極めて強い意識」を描いた点についての質問に対して、オウム真理教による地下鉄サリン事件の影響を「大きいですね。ものすごく大きいと思います」（『文学界』、「ロング・インタビュー『海辺のカフカ』を語る」、二七頁）と証言していることである。『海辺のカフカ』の登場人物たちは、鈴木和成が集約するように「ナカタさんは一九四五年の戦争という暴力の、佐伯さんは一九七〇年の全共闘という暴力の」（鈴木、二三七頁）犠牲者として描かれるのだが、加えて一九九五年の地下鉄サリン事件も「海辺のカフカ」執筆に大きな影を落としていることが本人の言及からもわかる。

そうした一九九〇年代の社会的事件の影響を語る村上春樹なのだが、インタビューの中で、一点、気になる箇所がある。それは、その二年後に起きた神戸連続児童殺傷事件について、「神戸の少年Aの事件はどうですか、あの事件は今度の作品に何か関わりがありますか」という小山の質問に対しては、次のように応答するだけなのである。

「あの一四歳の少年の事件についてては、ちょっとなぜかわからないけど、まったく意識していなかった。あの事件についてては、そんなによく知らないんです。よく覚えていないけれど、そのとき日本にいなかったからかな。読んだ人から相似形みないなものがあるとは言われましたけれど。」

（二九頁）

このように、「まったく意識していなかった」と答える以外に何もコメントせず、事件の影響をあっさりと否定し、さりげなくやり過ごしてしまっている。

だが、この発言は、時に垣間見せる、春樹特有の自己韜晦《じことうかい》とも見ることができるのではないだろうか。私見によれば、むしろ、まだ数年前に起きたばかりの生々しい少年Aの事件を意識しつつ執筆したがゆえに、インタビューでは上記のようにカムフラージュしたのではないかと思われる。あるいは神戸連続児童殺傷事件は、被害者が十代前後の子どもたちであったという痛ましい出来事であり、さらには犯人自身が十四歳の少年で、加害者側の事情や少年の家族の状況も十分に考慮しなければならない極めてデリケートな事件であったことも、春樹がインタビューで明言せずに慎重な姿勢を見せた理由ではないかとも考えられる。

春樹自身はコメントを避けてはいるが、地下鉄サリン事件に悪への強い意識を抱きつつ『海辺のカフカ』

を執筆したのであれば、やはり、その二年後に日本を震撼させた少年Aの事件についても、実は相当に着目していたのではないだろうか。そう仮定した上で、改めて、カフカ少年の人物造型における史実的影響関係を、作品の時間軸と人物設定との関係性から検討してみたい。

この件については、既に加藤典洋が田村カフカの人物造型をめぐって次のように指摘している。

作者は、主人公の少年が、神戸連続殺傷事件の犯人の少年（酒鬼薔薇聖斗少年）のように、その中に別人格（バモイドオキ神）を住まわせ、「自分自身を自分から追い出した」解離性人格障害（多重人格）を病んだ少年であることを、読者に示そうとしているのではあるまいか。〔中略〕無関係だと村上自身は述べているが、この小説には、神戸児童連続殺傷事件が、かなり深く影を落としている。

（加藤、一六二頁、一七〇頁）

このように述べる加藤は、同論文の注においても、「酒鬼薔薇聖斗少年の書いた言葉、手記を読むと、この小説との近親性が、疑えない感じになるのもたしかだ」（加藤、一六二頁）と付記している。加藤の指摘は、少年カフカの人物造型を分析する上で大変示唆的だと思われる。ただし、残念ながら田村カフカと少年Aの人物設定の類似性を提言するに留まり、その具体的な検証には至っていない。

そこで本論でも加藤と同様の立場に立ちつつ、作品の時間設定の仕掛けにこだわりながら、田村カフカの人物造型について少年Aとの関連性の深さの再検証を試みたい。佐伯さんやナカタさんと同様に、十五歳のカフカ少年にも、実は、重い歴史性がその背後に付与されていると思われるのである。

2　時間設定の仕掛けから――少年Aとカフカ少年と

ここで、作品の時間構造を物語の叙述にそって確認しておきたい。第九章では、カフカ少年が神社で意識を失って倒れていた日は五月二十八日と明記され、この日はカフカ少年が高松に来てから十日目と語られる。また、第一九章の冒頭で「月曜日で、図書館は閉まっている」と語られる日は高松に来て十四日目であることから、この「月曜日」は六月一日と推定できる。したがって『海辺のカフカ』は六月一日が「月曜日」の年の物語であり、逆算するとカフカ少年が中野区野方から家出した五月十八日も「月曜日」ということになる。この時間設定を一覧表にして日時を整理した程珮涵も「カフカは家出をした日は五月一八日午後三時ごろ、月曜日である」（程珮涵、五一頁）と指摘している。

問題は、西暦何年の物語なのか、という点にある。本書刊行は二〇〇二年、そこから最も近い六月一日が「月曜日」になる年は一九九八年である。その前は一九九二年だが、この時点では明石海峡大橋はまだ完成していないので除外される。そこで、「海辺のカフカ」における現在時間は一九九八年と想定され、一九九八年の出来事として奇数章と偶数章で物語が展開していると考えられるのである。実際、加藤も次のように述べている。

> 一九四四年一一月に九歳だったことになり、生まれた年は一九三四年（一一―一二月）か一九三五年（一―一一月）。五月一八日が月曜日であることから、『海辺のカフカ』は一九九八年の話だとわかるが、一九九八年五月現在、ナカタさんの年齢は六三歳である。
>
> （加藤、一六三頁）

ただし、第二二章で、トラックで神戸についた星野青年がナカタさんに四国へのルートを説明する場面で、「そうだよ。このへんで大きな橋といえば、四国に行く橋のことだね。三本あって、ひとつは神戸から淡路島を越えて徳島までいく橋、もうひとつは倉敷の下あたりから坂出にわたる橋だ。それから尾道と今治を結ぶやつもある。一本ありゃそれで間に合うはずなんだが、政治家がでしゃばってきて三本もできちまった」という会話がある。一九九八年当時では、三本目の来島海峡大橋は一九八八年に着工しつつも未完成の段階で、開通するのは一年後の一九九九年五月のことであった。したがって、時間設定を一九九八年と推定することと矛盾が生じてしまう。だがこれについては、作品発表の二〇〇二年以降の読者を想定して、橋の完成を先取りした設定にしたのではないかと推測される。

一般的に言って、作品内で特定の時間に言及しない場合、読者は作品が発表された時期を現在時間として読むことになろう。『海辺のカフカ』の場合は、日時だけでなく曜日も明記されていることから、作品の現在としての特定の年代の推定が可能となっているわけであるが、むしろ、読者に対して年代の推定をあえて要請し、カフカ少年の原型を暗に示そうとしているとさえ思われるのである。そうした日時にこだわる手法は、拙稿（高橋、二〇一八）でも論じたように、後に『騎士団長殺し』で更に巧みに用いられるようになる。

作品の現在が一九九八年だとすれば、カフカ少年の高松滞在時期は一九九八年五月十九日（火曜日）から六月十二日（金曜日）までの二十五日間、ナカタさんと連れ立った星野青年のそれは一九九八年六月一日（月曜日）から六月十二日（金曜日）までの十二日間となる。(2) このように、あえて年代を特定した理由は、以下に述べる諸要因が絡んでくるからである。

村上春樹自身は否定しているものの、先述したように、『海辺のカフカ』は一九九七年に起こった神戸連続児童殺傷事件も執筆契機の大きな要因になっていると推測される。その理由の一つは、カフカ少年の父、ジョニー・ウオーカーの格好をした田村浩一による二十匹ほどの猫殺しにも暗示されていよう。神戸連続児童殺傷事件の犯人少年Aは、殺傷事件を起こす前の小学五年生の頃から野良猫を何匹も殺し、解剖したり頭部を学校の門に置いたりした。結果的に「小学校を卒業するまでに、二〇ぴきの猫を殺し」（高山、一六二頁）ている。偶然とは思えない二十匹ほどの猫殺しという行為は、『海辺のカフカ』では少年Aからカフカの父へと移譲されてはいるが、人間の持つ心の闇の表出をめぐる重要な要件として、実際の事件になぞらえていると思われる。

その他にも多くの類似点がある。河信基によれば、少年Aは「一九八二年五月某日」（河、三頁）、神戸市北区生まれとある。後年、実際の誕生日が明らかにされたが、河は事件の社会的影響力を配慮してか誕生日を五月生まれと伝えている。ここで注意したいのは、田村カフカも五月十九日生まれであり、「五月某日」生まれとされた少年Aと同じ誕生月に設定されていることである。

しかも、その少年Aを育てた両親は「ともに一九四九年生まれの団塊の世代」（河、三頁）として神戸市須磨区で暮らしていた。周知のように村上春樹も一九四九年生まれで、幼少時代は神戸に連なる西宮、芦屋に住み、神戸高校時代は神戸三宮駅前のレコード屋を贔屓《ひいき》にしていた（平野、二八二頁）。春樹は少年の両親と全く同世代、かつ同郷人なのである。

加えて、少年Aが「世界でただ一人ぼくと同じ透明な存在である友人[3]」という空想上のもう一人の自分（バモイドオキ神）の存在を設定して自己内対話をしていたことは、先の加藤（二〇〇四）の指摘にもあるように、田村カフカが「カラスと呼ばれる少年」と自己内対話をする設定を容易に想起させる。

さらには、少年Aの家庭環境において、母親の過干渉や度重なる折檻と、喘息のあった少年Aの弟に母がつきっきりだった時期があったことで、「愛情に飢えていたんですね。お母さんの子宮に戻りたかったんじゃないか、と私たちは話し合いました。〔中略〕あの子は親から全く愛されていないと思っていましたからね。だれにも愛されていないという虚無感が非常に強かった」（高山、一八六頁）とあるように、母からの愛情が切断されていた思いを本人が抱いていたことも事件の要因とされている。この点も、カフカ少年が、四歳時に、理由もわからず姉だけを連れて自分のもとから失踪した母親に対し深く傷つき、愛情の欠如を自覚する設定としたことを想起させるのである。

ちなみに、少年Aの事件の経緯をルポした河信基（一九九八）も高山文彦（一九九九）も、神戸在住の少年Aが、阪神淡路大震災での崩壊の現場と犠牲者に対して強い衝撃を受けたこと、そしてオウム真理教の事件報道に対して宗教団体による想像を超えた行為と麻原彰晃の存在に多大な関心を抱いたことを強調している。村上春樹は、周知のとおり、阪神淡路大震災に際して『神の子たちはみな踊る』（新潮社、二〇〇〇）を刊行し、地下鉄サリン事件については『アンダーグラウンド』（講談社、一九九七）と『約束された場所で――underground 2』（文芸春秋、一九九八）において事件の被害者と加害者に直にインタビューしており、二つの事件の社会的衝撃と個々人への多大な影響力の問題を巡り、作家として大きな責務を抱き行動したことはよく知られている。そうした関心の持ち方からしても、神戸連続殺傷事件という悲惨な事件を起こしてしまった少年Aが、犯罪に至る成長過程において一九九五年の二つの事件から心理的に甚大な影響を受けた点も、村上春樹にとって看過できない事件だったのではないだろうか。

なお、時間設定の分析からは逸脱するが、少年Aの住んでいた神戸市須磨区の北須磨団地の高台の家から見下ろす眼前には、広大な森が広がっている。その一角には少年にとって自転車で家から五分とかからない地点に「異界への分かれ道」（高山、二〇八頁）ともされる猿田彦神社が存在する。また、少年Aの家のあたりを団地造成以前は「白岩」といい、谷と山や幾重にも広がっていたという。さらに自宅の北方には彼がしばしば訪れていた「タンク山」があり、森に囲まれたその地で被害者児童の遺体が発見されている。

こうした少年Aに関わる地理的条件を確認すると、例えば、少年の家の眼前に広がる「広大な森」は、作中の役割は異なるとはいえ『海辺のカフカ』における四国の森を連想させる。また、猿田彦神社は、中野区でナカタさんが田村浩一を刺し殺した同日に、高松市内で意識を失っているうちにカフカ少年のTシャツに血がつくという事件が起こる神社（高松市内南西に位置する石清尾《いわせお》八幡宮と思われる）を想起させる。さらに、少年Aの自宅付近の「白岩」という旧地名も、高松の神社から星野青年が持ち帰る「入り口の石」という設定を思わせる。「タンク山」についても、加藤典洋による「ナカタさんの受難の舞台となる山が『お椀山』と名づけられ、この事件との照応を感じさせる」（加藤、一七〇）との指摘もある。(4)

このように『海辺のカフカ』における舞台設定の契機には、神戸連続殺傷事件のフィールドとの関連性が想起されるのである。高松とその周辺の空間的ディテールは、実は須磨区の少年Aの住宅近隣における犯罪に至る足取りと無縁ではなく、むしろ、須磨区の空間をトレースするような地理的条件の置き換えさえ想像させるのである。

ここまで少年Aとの類似性にこだわってきた理由は、カフカ少年の行動における時間軸が、少年Aの行動したそれと接続していると考えられるためである。

先に、『海辺のカフカ』の時間設定を一九九八年五月から六月の出来事と想定した。その場合、田村浩一が中野区野方でナカタさんに殺され、高松にいるカフカ少年のシャツにも血が付くのは一九九八年五月二十八日である。一方、神戸連続児童殺傷事件は、その前年の一九九七年の五月二十四日から五月二十七日にかけて起きている。したがって、村上春樹は、現実の事件の起きた一九九七年五月二十七日の翌年翌日、一九九八年五月二十八日に父が殺されるように設定したことになる。しかも、犯行当時十四歳だった少年Aと同月の誕生日にもなぞられるカフカ少年が、まさに十四歳最後の日に家出をし、十五歳の誕生日を迎える五月十九日に高松を訪れることで物語を始動させている。

つまり、『海辺のカフカ』の時間軸は、現実の事件の「年」「月日」と犯人の「年齢」から、あえて各々その次の数字である「一九九七年→一九九八年」、「五月二十七日→五月二十八日」、「十四歳→十五歳」を付与することで、史実を踏まえつつ、それを物語によって乗り越えていくことを数字によっても暗示させたと思われるのである。(5)

阪神淡路大震災とオウム真理教の事件に衝撃を受け、春樹と同世代で同郷人でもある親の愛情不在の思いを抱き、ついにはなんとも痛ましい事件を神戸で起こしてしまった十四歳の少年を直視した春樹は、物語の中で歴史的背景としてカフカ少年に背負わせることを試みたのではなかったか。そのために、犯人の実年齢の次の年齢から物語を発動し、実際の犯行のあった年・月・日の翌年・翌日に父殺しをあえて設定したと思われるのである。『海辺のカフカ』は、実際に起きた社会的事件に対し、ある意味似たような環境に置かれた少年を十五歳で家出させ、四国巡礼の地・高松の甲村記念図書館における大島さんと佐伯さんとの出会いによって、十五歳の少年に新たな再生への道を歩ませるべく、物語を創作したのだと推測されるのである。だとすれば、ここにも、「物語がかわって表現する」という春樹の創作意識が大きく反映されているといえよう。

以下は、カフカ少年が高松に到着した五月十九日の朝に、琴平電鉄（高松琴平電気鉄道株式会社）の琴電志度線(6)とおぼしき「二両連結の小さな電車」に乗り、あらかじめ雑誌『太陽』の写真で見て「不思議なほど強く心をひかれた」甲村記念図書館に向かうシーン（上巻第五章）の一節である。

僕は窓に顔をつけ、知らない土地の風景を熱心に眺める。なにもかもが僕の目には新鮮にうつる。僕はこれまで東京以外の町の風景というものをほとんど見たことがなかったのだ。

（上・五八頁）

線路は海沿いをしばらく走ってから内陸に入る。高く茂ったとうもろこしの畑があり、葡萄棚があり、傾斜地を利用したみかんの畑がある。ところどころに灌漑用の池があって、朝に光を反射させている。平地を曲がりくねって流れる川の水は涼しげで、空き地は緑の夏草におおわれている。犬が線路わきに立って、通り過ぎる電車を見ている。そういう風景を眺めていると、僕の心にもう一度あたたかく穏やかな思いが戻ってくる。

（上・五九頁）

天井が高く、広くゆったりとして、しかも温かみがある。開け放された窓からはときおりそよ風が入ってくる。白いカーテンが音もなくそよぐ。風にはやはり海岸の匂いがする。ソファのかけごこちは文句のつけようがない。部屋の隅には古いアップライト・ピアノがあり、まるで誰か親しい人の家に遊びに来たような気持ちになる。ソファに腰かけてあたりを見まわしているうちに、その部屋こそが僕が長いあいだ探し求めていた場所であることに気づく。僕はまさにそういう、世界のくぼみのようなこっそりとした場所を探していたのだ。

（上・六四頁）

カフカ少年は高松に到着し十五歳になった日の朝、初めて見る四国の穏やかな風景に癒やされ、甲村記念図書館に深い安堵を得る。春樹は、少年Aをめぐる歴史的負荷から再生の道を歩ませるべく、まずは「あたたかく穏やかな思い」「親しい人の家に遊びに来たような気持ち」によって少年に癒やしを与えているのである。

3　歴史を背負う登場人物たち——四国・香川との接点から

村上春樹は、『海辺のカフカ』において、第二次世界大戦や学生運動での暴力による被害者として、ナカタさん、軍事演習で逃亡した二名の兵士、学生運動で殺された佐伯さんの恋人、甲村家の長男、そして二十歳で失意に陥る佐伯さんと血友病の大島さんを登場させる。と同時に、暴力の加害者として、ナカタさんの父親、ナカタさんの担任、岡持節子（戦争の被害者でもある）、そしてカフカ少年を虐待してきた彫刻家・田村浩一を登場させている。二十世紀の史実に基づき不可避な状況に置かれた登場人物たちのさまざまな暴力と苦悩を描くことで、人間の持つ暴力性が、関連した人々の一生涯と、後世の人々の運命までも左右してしまう深刻な事態を本作は具体的に示している。先述したように、各時代に翻弄され人生が大きく左右されてしまった彼らを架空の人物として設定し、複層的な時空の中で各人生を歩ませることで、複合小説としての試みを実践した。その中でも特筆すべきなのは、作品執筆において時系列として最も身近だった神戸連続児童殺傷事件をめぐって、社会、地域、家庭環境の影響下にあった少年の神戸須磨区の造成団地と隣接する森において発動される暴力的実態を、四国・香川に移植して田村カフカ少年の人物造型や時間（及び空間）設定に反映させ、物語によって救済と再生への道を描こうとしたのだといえよう。

四国は、香川出身の空海を発祥とするお遍路の巡礼の地であり、深い森と穏やかな瀬戸内海を有し、村上春樹が愛読する『雨月物語』(7)の第一話「白峰」の舞台――崇徳上皇陵のある四国第八十一番霊場、白峯寺《しろみねじ》――があるなど、救済と再生において最適な地でもある。神戸からは海を挟んではるか南西に位置する四国は、春樹にとってもある種、特別な感慨を抱く土地だったのではないかと思われる。

既に春樹の初期短編「ニューヨーク炭鉱の悲劇」(『ブルータス』一九八一)でも四国が取り上げられているが、小山鉄郎は、『ノルウェイの森』(講談社、一九八七)、『ねじまき鳥クロニクル』(新潮社、一九九四―一九九五)、『スプートニクの恋人』(講談社、一九九九)、『色彩と持たない多崎つくると、彼の巡礼の年』(文藝春秋、二〇一三)、「木野」(短篇集『女のいない男たち』文藝春秋、二〇一四、所収)などに四国が登場することを具体的に指摘しながら、次のように述べている。

その冥界のような、死者の世界、あの世的な世界、異界である「四国」(死国)をめぐり、死者たちとの魂の出会いを通して、成長し、再び生の世界に帰ってくるというのが、村上作品の一貫したテーマです。村上春樹の物語にとって、「四国」はそんな聖なる場所、聖地だと思います。

(小山、二〇一四)

小山も取り上げている『スプートニクの恋人』では、小学校教師の「ぼく」は、仕事をしばらく休んで、「すみれ」という女性をギリシャに探しに行くのだが、その際に、「ぼく」は行き先を「四国」と答える。香川、徳島、愛媛県は、大小さまざまな島の浮かぶ波の穏やかな瀬戸内海に面しているが、この瀬戸内海は日本のエーゲ海とも呼ばれている。村上春樹は一九八六年(三十七歳)から一九九〇年(四十一歳)までの約五年間、バブル期の日本におけるメディアや文壇の喧噪《けんそう》から逃れるためエーゲ海を囲むように位置するイタリアとギリシャに滞在した。村上春樹は陽子夫人を伴って、自然と歴史に恵まれたイタリアや、大小の島々の点在する孤絶したギリシャの島などを転々としながら、静かで穏やかな環境の中でほぼ誰とも会わず『ノルウェイの森』や『ダンス・ダンス・ダンス』を執筆している（高橋、二〇一二）。東京の喧噪から離れた瀬戸内海地域は、かつて春樹自身体験したエーゲ海沿岸を彷彿させるような静かな癒しの場所であり、十五歳になる孤独な少年を癒やし再生させる場所として、瀬戸内海に面した高松市はまさに恰好のロケーションなのだといえよう。

一方、人物造型と四国という接点を顧みた場合、田村浩一や佐伯さんについても関連する背景が推測される。例えば、四国・愛媛出身の作家に大江健三郎がいるが、村上春樹は「一〇代の頃、大江健三郎のファンだったんですよ。よく読んでました」（柴田、二〇〇六、一六三頁）と語っているように、大江健三郎の愛読者であった。(8)

『風の歌を聴け』が第八十一回芥川賞候補、『1973年のピンボール』が第八十三回芥川賞候補となった際の芥川賞の選考委員をしていた大江健三郎は、『1973年のピンボール』について次のように評価している。

新時代のスタイルを表しているが、散文家としての力の耐久性には不安がある。そのような作品として、村上春樹の仕事があった。

そこにはまた前作に繋げて、カート・ヴォネガットの直接の、またスコット・フィッツジェラルドの間接の、影響・模倣が見られる。しかし、他から受けたものをこれだけ自分の道具として使いこなせるということは、それはもう明らかな才能というほかにはないであろう。

（大江、三一二頁）

十代に大江のファンだった春樹にとって、芥川賞は逃したものの、大江の評価は、思いの外、心強く感じたことであろう。春樹は『海辺のカフカ』において、田村カフカと佐伯さんを出会わせるラストシーンを四国の森の中に設定したのは、四国の森を作品に描く大江健三郎のモチーフを継承したともいえるのではないか。

ちなみに、カフカの父・田村浩一は「ジョニー・ウオーカー」の姿に扮するが、大江健三郎の小説『個人的な体験』（新潮社、一九六四）では、生まれてくる子どもに対して父としての自覚に欠ける主人公が「ジョニー・ウオーカー」を飲み明かすシーンがある。春樹があえて田村浩一の扮装としてウイスキーの固有名詞「ジョニー・ウオーカー」を用いたのは、こうしたシーンが描かれる大江の小説を意識してのことではないだろうか。『個人的な体験』の主人公の子どもは、障害を抱えて生まれてくるが、そのことも知的障害を背負わされたナカタさんの設定を想起させる。また、アフリカを夢想し現実逃避する主人公は鳥《バード》というが、田村カフカが自己内対話する存在が鳥（カラス）であることも興味深い。春樹は登場人物や舞台の設定において、四国出身の大江を継承している節が見られるのである。

一方、田村浩一は世界的に知られる彫刻家であるが、晩年に香川にアトリエを構えていた石の彫刻家に、世界的に有名なイサム・ノグチがいる。先述したように、カフカ少年が高松入りした五月十九日に琴電志度線に乗って移動したとするならば、作中の記述を丹念にたどってみると、甲村記念図書館のロケーションはちょうどイサム・ノグチのアトリエにほど近い琴平電鉄屋島駅から八栗寺駅を結ぶ北側のエリアに位置すると推測される。(9) 田村浩一は佐伯さんらしき人物と約十年前に離別しているが、イサム・ノグチも女優の山口淑子との離婚歴がある。また、星野青年が持ち上げる「入り口の石」は高松におけるカフカ少年と佐伯さんとを接近させる装置として設定されているが、イサム・ノグチのアトリエ近辺の高松市牟礼町、及び庵治町は、庵治石の産地として広く知られており、多くの職人が石工業を営んでいる。村上春樹は、少年Aの自宅周辺の旧地名「白岩」との連関性をも含め、そうした高松特産の庵治石のイメージを舞台設定に取り入れたのではないだろうか。

また、小山（二〇一四）も同様のことを指摘しているが、田村カフカ少年にとって母的な存在としても十五歳の少女に遡《さかのぼ》った存在としても重要な役割を担う佐伯さんという姓は、香川県出身の空海の父方の姓でもある。空海、すなわち弘法大師は、香川県東かがわ市出身であり、七八八（延暦七）年、十五歳の時に京に上っている。これは、カフカ少年が十五歳を迎えて佐伯さんと巡り会う設定にも通じてくる。周知のとおり、空海の足跡を残す四国内の聖地を結んで参拝するようになったのが四国八十八ヵ所の巡礼（四国遍路）であり、そうした巡礼に縁の深い土地柄で「入り口の石」は開閉され、カフカ少年は時空を超えた異界としての四国の深い森に踏み込み、十五歳の佐伯さんと邂逅《かいこう》を果たすことで再生へと導かれる。執筆時に「いちおう行って調べてきました」という村上春樹が、四国の歴史的由来や神秘的ともいえる自然に着目した必然性は、こうした点にも散見されるだろう。

なお、巡礼という観点では、『海辺のカフカ』の次の長編小説のタイトルが『色彩と持たない多崎つくると、彼の巡礼の年』であることも想起させよう。実際、『海辺のカフカ』の結末では、星野青年は名古屋に戻り、カフカ少年も名古屋を通過する時点で物語が終結する。そして十一年後に発表される『色彩と持たない多崎つくると、彼の巡礼の年』では、名古屋から物語が始動する。これは偶然の一致ではなく、村上春樹が地名をもとに連作を意識している証であろう。実際、後者冒頭では、主人公つくるの高校一年生（十六歳頃）の記憶から始まっており、カフカ少年の次の年齢に当たる。

ところで、『海辺のカフカ』には、さまざまな形での「血」の場面が描かれている。「血」のイメージは、特に高松の神社で気を失っている間にカフカ少年のTシャツに真っ赤な血が付いていたシーンに顕著だが、それはナカタさんの田村カフカ殺しと連動して暴力との関連が一つのポイントとなる。だが、「血」はたんなる暴力や死のイメージだけではなく、後世に継承される「血筋」としての生命力のイメージでもある。佐伯さんとカフカ少年の最後の邂逅のシーンとの関連で連想するのは、四国・愛媛に一八九五年に一年ほど滞在したことのある夏目漱石の『こころ』（『朝日新聞』、一九一四）である。『海辺のカフカ』の第一三章では、大島さんとカフカ少年の会話の中に、漱石の作品『虞美人草』『三四郎』『坑夫』の話題が挿入されるが、『こころ』は話題に上らない。だが『こころ』では、自殺をする先生が、学生の「私」に遺書を送り、それを帰省先から東京に戻る汽車の中で読むという設定の中で「血」の継承の話題が上る。先生はその長い遺書の冒頭で「私は今自分で自分の心臓を破って、その血をあなたの顔に浴びせかけようとしているのです。私の鼓動が停まった時、あなたの胸に新しい命が宿る事ができるなら満足です。」と綴《つづ》り、末尾では「記憶して下さい。私はこんな風にして生きて来たのです。」（下・五五章）と結んでいる。

一方、カフカ少年は、東京に戻る前日の六月十一日(木)に、高知の森の中で、亡霊と思われる佐伯さんと最後の別れを交わすが、佐伯さんは、まさに『こころ』の先生のように、カフカ少年に「あなたに私のことを覚えていてほしいの。あなたさえ私のことを覚えていてくれれば、ほかのすべての人に忘れられたってかまわない」（下・四七、三七九頁）と伝える。そしてカフカ少年は、左腕にピンを刺した佐伯さんの血をなめる。「僕は喉の奥に彼女の血を受け入れる。それは僕の心の乾いた肌にとても静かに吸いこまれていく。自分がどれほどその血を求めていたか、はじめてそのことに思いあたる。」（下・四七、三八二頁）——これは「血」によって佐伯さんの死をカフカ少年が受け継ぐ死と再生のシーンといえよう。死にゆく者から生きゆく者へと命の継承の象徴的存在として、漱石と春樹の双方の作品に「血」が用いられているのは偶然ではないと思われる。

なお、すでに指摘されているように、タイトル表記の「海辺」だけでなく、四国・高知を舞台に母の死というモチーフでも共通する安岡章太郎の『海辺の光景』（講談社、一九五九）との接点[10]も想起されよう。春樹自身が第三の新人の作家たちの作品を好んでいたことも周知の事実である。

このように、『海辺のカフカ』の各人物造型については、四国の様々な要素とも接点を持ち、作品全体が四国の風土や歴史、及び関連するテクストを暗示する設定となっているのである。

おわりに――歴史性における救済と再生と

『海辺のカフカ』第五章は、作品のキーパーソン、佐伯さんと大島さん、そしてキープレイスの甲村記念図書館が一気に紹介され、この章から物語は始動する。村上春樹は、東京から高松に到着した当日、一人で訪れたカフカ少年の眼を通して、高松から甲村記念図書館に至る風景と、図書館内部の雰囲気までも克明に描写する。先述したように、香川の穏やかで懐かしい風景と由緒ある甲村記念図書館によって、孤独な少年の心は癒やされていく。カフカ少年も、ナカタさんと星野青年も、石瀬尾八幡宮とおぼしき神社を介してシンクロし、香川の土地柄を活かした「入り口の石」の存在によってカフカ少年と佐伯さんは和解することになる。その背景には、空海、四国巡礼、『雨月物語』、大江健三郎、夏目漱石、安岡章太郎など、四国と縁の深い歴史と文化、そして豊かな自然が巧みに配置される。そうした中で、二十一世紀を生きていくカフカ少年と星野青年に対しては、心を浄化し未来への希望を与え、二十世紀の時代に翻弄され亡くなった佐伯さんとナカタさんに対しては、穏やかな鎮魂を施すことになろう。

村上春樹は、周到に四国の地理的設定を施した『海辺のカフカ』という作品を通して、第二次世界大戦のはかり知れない犠牲、無意味な死さえもたらした学生運動の余波、少年の殺傷事件の生々しい記憶など、さまざまな暴力の発動した二十世紀の痛ましい歴史上の出来事の担い手とその犠牲になった人々に向けて、レクイエムとカタルシス、鎮魂と再生とを表現しようとした。とりわけ、瀬戸内海の穏やかな海と神秘的な四国の深い森を配するにあたり、光と水に満ちた穏やかで明るい初夏から梅雨入りの期間が選ばれたことも、少年Aの事件を乗り越えるための、少年カフカの再生には不可欠な季節であったろう。(11)

『海辺のカフカ』は、この「私」とは無縁でありながらも、ある時空を通して繋がっているかも知れない多数の人々を描くことで、史実を背負いながら生きたであろう人々の記憶を共同体の歴史として刻み込み、その記憶を次世代に継承させながら、同時代の人々に対しては救済と再生をもたらす物語といえよう。

こうして、二十一世紀初頭に発表された『海辺のカフカ』は、歴史性にこだわる村上春樹のスタンスとして、文学と歴史の間における近年の議論の系列に位置付けられる作品なのである。

註

（1）筆者は、特定非営利活動法人「せとうちJ・ブルー」と「村上春樹研究フォーラム」との共同企画として、「『海辺のカフカ』バーチャルツアー in 香川」を二〇二一年二月七日と二十日の二回に分けて実施した。
（2）加藤典洋は、「年表一・一九九八年五月十八日〜六月十二日の物語」（加藤、二〇〇四）にて具体的に滞在行程を一覧表にまとめている。
（3）「少年A」による神戸新聞社への『犯行声明文』（一九九七年六月四日）より引用。
（4）第二次大戦中の山梨が舞台となっている「お椀山」については、小学生でも登れて作品同様に広くなだらかな丘陵の地点もある、山梨県北杜市に隣接する長野県南牧村の飯盛山がモデルではないかと筆者は想定している。
（5）ちなみに、物語が終熄する一九九八年六月十二日についても、前年の一九九七年同月同日は、地下鉄サリン事件の法廷において、幹部の遠藤誠一が、麻原彰晃の指示について初めて詳細な証言をした日でもある。
（6）『海辺のカフカ』の詳細な描写を辿ると、高松からほぼ瀬戸内海沿いを東方面に向う琴電志度線ではないかと思われる。
（7）『村上さんのところ　コンプリート版』（新潮社、二〇一五）では、村上春樹は旅行用のｉＰｏｄにも『雨月物語』の朗読を入れて持参するほど、『雨月物語』を愛読していると述べている。
（8）大江健三郎と村上春樹との比較分析については、横道誠「村上春樹『世界の終りとハードボイルド・ワンダーランド』の三つの論点」（『MURAKAMI REVIEW』〇号、二〇一八）で詳しく知ることが出来る。
（9）これについては、筆者が担当した〈『海辺のカフカ』バーチャル・ツアー in 香川〉第一回（二〇二一年二月実施）でその詳細を論じた。
（10）これについては、上田穂積「海辺をめぐるイストワール：安岡章太郎『海辺（かいへん）の光景』と村上春樹『海辺（うみべ）のカフカ』」（『徳島文理大学研究紀要』、二〇一三）で詳細に論じられている。
（11）なお、少年Aの事件そのものは、現在に至るまで、その社会的影響力や当事者の贖罪の是非の問題として未だ議論されている。『海辺のカフカ』の場合、歴史的事実の贖罪や解決を標榜するのではなく、あくまでもカフカ少年が不可避的に置かれた家庭環境や社会事情からの再生の問題において、少年Aの事件を同時代的歴史性としての端的な事例として背景に付置したのだと思われる。

参考文献

イヴァン・ジャブロンカ、田所光男訳『私にはいなかった祖父母の歴史――ある調査』名古屋大学出版会、二〇一七年。（原典：Ivan Jablonka, *Histoire des grands-parents que je n'ai pas eus. Une enquête*, Seuil, 2012）

イヴァン・ジャブロンカ、真野倫平訳『歴史は現代文学である　社会科学のためのマニフェスト』名古屋大学出版会、二〇一八年。（原典：Ivan Jablonka, *L'histoire es tune littérature contemporaine. Manifeste pour les sciences*, Seuil, 2014）

大江健三郎「芥川賞選評　個性ある三作家」『文藝春秋』第五八巻第九号、一九八〇年。

小倉孝誠『歴史をどう語るか　近現代フランス、文学と歴史学の対話』法政大学出版局、二〇二一年。

加藤典洋『村上春樹　イエローページ　PART2』荒地出版社、二〇〇四年。

桑子敏雄『感性の哲学』ＮＨＫブックス、二〇〇一年。

小山鉄郎「村上春樹の四国学」『琉球新聞』、二〇一四年十二月二十五日。

柴田元幸『翻訳教室』新書館、二〇〇六年。

鈴木和成「村上春樹の四国、中国を行く――〈約束された場所〉へ（下）」『文學界』、二〇一三年。

髙橋龍夫「世界のハルキへ　成長する作家の分水嶺」『渡航する作家たち』翰林書房、二〇一二年。

高山文彦『「少年A」14歳の肖像』新潮社、一九九九年。

程珮涵「村上春樹の作品における並行する物語――『世界の終りとハードボイルド・ワンダーランド』と『海辺のカフカ』を中心に――」『東吳大學日本語文學系碩士論文』曾秋桂指導教授、二〇二一年。

河信基『酒鬼薔薇聖斗の告白　悪魔に憑かれたとき』元就出版社、一九九八年。

ピーター・ゲイ、金子幸男訳『小説から歴史へ　ディケンズ、フロベール、トーマス・マン』岩波書店、二〇〇四年。（原典：Peter Gay, *Savage Reprisals*, New York: W. W. Norton & Company, 2002）

ピエール・ノラ編、谷川稔監訳『記憶の場　フランス国民意識の文化＝社会史　1対立・2統合・3模索』岩波書店、二〇〇二

年―二〇〇三年。（原典：Pierre Nora *Les Lieux de mémoire*, Gallimard, Bibliothèque illustrée des histoires, Paris, 3 tomes : t. 1 La République. 1 vol., 1984, t. 2 La Nation 3 vol., 1986 , t. 3 Les France 3 vol., 1992, présentation en ligne.）
ポール・リクール、久米博訳『記憶・歴史・忘却（上・下）』新曜社、二〇〇四年・二〇〇五年。（原典：Paul Ricœur, *La Mémoire, L'Histoire, L'Oubli*, Edition du Seuil, 2000; rééd. Coll. «Points Essais», 2003）
平野芳信『村上春樹　人と文学』勉誠出版、二〇一一年。
真野倫平「イヴァン・ジャブロンカにおける歴史記述の問題について」『南山大学ヨーロッパ研究センター報』、二〇一八年。
村上春樹『海辺のカフカ』新潮社、二〇〇二年。
――「Special Interview」『少年カフカ』新潮社、二〇〇三年。
――「ロング・インタビュー『海辺のカフカ』を語る　聞き手・湯川豊、小山鉄郎」『文学界』、二〇〇三年。

＊本研究は、ＪＳＰＳ科研費研究補助金（JP19K00516, 代表：小島基洋）の助成を受けたものである。

第5章　村上春樹作品にみる「神話的思考」と物語の構造

内田　康

構造主義について、私があなたに教えられることは何もありません。
（村上春樹、「構造主義」『夜のくもざる』、一九六頁）[1]

神話的思考とは、いわば一種の知的な器用仕事《ブリコラージュ》である。
（C・レヴィ＝ストロース、『野生の思考』、二二頁）

はじめに

本章は二〇二〇年十二月五日、オンライン形式で開催された村上春樹研究フォーラム主催第四回村上春樹研究セミナー「神話的思考と近代の物語」において、「村上春樹の神話と物語」と題して行なった講演の内容を基《もと》に、大幅な加筆修正を施したものである。筆者は同年七月まで十年間、台湾北部の淡江大学に勤務し、日本語日本文学に関して教鞭を執《と》る傍《かたわ》ら、学内に設置された「淡江大學村上春樹研究中心」の成員の一人として、単著『村上春樹論――神話と物語の構造』（二〇一六）をはじめとする村上春樹研究の成果を継続的に発表してきた。当日の講演および本章では、そのほとんどが台湾で公刊されたものである如上《じょじょう》の研究のポイント部分をダイジェストし、既発表の論考中では明確に提示しえなかった理論的背景をも交えつつ述べたが、より詳細かつ具体的な分析について興味を持たれた向きには、先に挙げた拙著に手を伸ばして直接ご参照いただけたら、筆者の幸いこれに過ぎたるはない。

1　村上春樹文学と神話的「構造」

さて、セミナーで掲げられた「神話的思考と近代の物語」なるテーマは壮大に過ぎ、筆者の力の及ぶ範囲はもちろん、限られた紙幅をも大きく超えている。もっとも、もしこのようなテーマを扱うのであれば、あるいはソ連、ロシアの歴史詩学研究者エレアザール・メレチンスキー（一九一八―二〇〇五）の『神話の詩学』（二〇〇七）あたりが、日本語でも読めるものの中ではそれに相応しい内容を具《そな》えていると言えるかもしれない。原著の刊行が村上春樹の作家デビューに三年も先立つ一九七六年の本書では、日本の作家自体、一人も取り上げられていないけれども、近代の物語の中に見出される「神話的思考」について概観するためにはまさに打って付けの書物である。全体が三部構成で、第一部では近現代を中心とした神話理論（J・G・フレイザー、L・レヴィ＝ブリュール、E・カッシーラー、C・G・ユング、J・キャンベル、M・エリアーデ、C・レヴィ＝ストロース、R・バルト、A・J・グレマス、N・フライ、M・バフチン、A・F・ローセフ等々）を整理、第二部では神話の古典的諸形態（宇宙起源論、歳時神話、英雄神話ほか）を具体的に分析し、第三部では「二十世紀文学の『神話主義』」と題して、現代文学における「神話化創作法」を、ジェイムズ・ジョイス、トーマス・マン、フランツ・カフカの三人はとくに念入りに、またD・H・ロレンス、ヘルマン・ブロッホ、ジョン・アップダイク、アルベルト・モラヴィア、ガブリエル・ガルシア＝マルケス、カテブ・ヤシンなどにも目配りをしながら詳細に論じており、多くの知見を得ることができる。たとえば仮に『ノルウェイの森』でトーマス・マンを、さらに『海辺のカフカ』や「恋するザムザ」等でフランツ・カフカを引用してもいる村上春樹をここに並べて、同じ枠組の中で対比させたとしても、必ずしも無理ではなかろう。

かかる研究をも参照しつつ考えてみると、近現代における「神話的思考」なるものを検討しようとした場合、我々はやはり、少なくともレヴィ＝ストロース以降の構造主義の成果あたりにまでは立ち返ってみる必要がありそうだ。村上春樹とレヴィ＝ストロースと言えば、柄谷行人が評論「村上春樹の『風景』」（『海燕』一九八九年十一・十二月号初出。後に『終焉をめぐって』（一九九五）所収）の中で『野生の思考』を引用し、『1973年のピンボール』（一九八〇）を大江健三郎の『万延元年のフットボール』（一九六七）と対比させつつ、八〇年代における村上文学の特質について指摘していたことが想起される。

〔……〕ゲームは構造から出来事を作り出す。〔中略〕それに対して儀礼と神話は器用仕事《ブリコラージュ》〔中略〕と同様に、出来事の集合を（心的面、社会・歴史的面、工作面において）分解したり組み立てなおしたりし、また破壊し難い部品としてそれらを使用して、交互に目的となり手段となるような構造的配列を作り出そうとするのである。

（レヴィ＝ストロース、一九七六、四一頁）

柄谷は、「大江がフットボールをもってきたのは、歴史を『構造から』作り出された出来事として見るため」だが、その上で、歴史と呼ばれるべきは「けっして構造に還元できない出来事性」であって、「『万延元年』と『フットボール』の結合は、いわば、歴史を構造において見、構造を歴史において見る企てを意味している」（柄谷、一一〇-一一一頁）とする一方、村上作品については次のように述べる。

このピンボールの比喩で村上がいいたいのは、歴史が構造（規則体系）から作り出された出来事であるというのみならず、もはや歴史は存在しないということである。「1973年」と「ピンボール」の結合は、こうしてリプレイとしての反復のみを強調する。〔中略〕

今日のコンピュータ・ゲームがピンボールの末裔であることはいうまでもないが、そこに「神話と儀礼」に近いロマンス（物語）が臆面もなく復活することに注意すべきである。むろんSFも神話の現在的形態である。この意味で、『羊をめぐる冒険』や『世界の終りとハードボイルド・ワンダーランド』が、そのような物語を復活させたことは、なんら不思議ではない。

（柄谷、一一一-一一三頁）

当時こうした「物語」批判の文脈から村上を論《あげつら》った批評では、柄谷に僅かに先立って出た蓮實重彦『小説から遠く離れて』（一九八九）も注目を集めた。蓮實は『羊をめぐる冒険』（一九八二）を、井上ひさし『吉里吉里人』（一九八一）、丸谷才一『裏声で歌へ君が代』（一九八二）、村上龍『コインロッカー・ベイビーズ』（一九八〇）などの同時代作品と、「宝さがし」「依頼と代行」「権力の委譲」といった題材を共有する同じ物語を語ったもので、「物語的な類型が作品の説話論的な構造に根拠を提供している」「退屈な作品」（一八四-一八五頁）だと切り捨てた。また後に、同様の問題意識を持つ大塚英志は、『物語論で読む村上春樹と宮崎駿——構造しかない日本』（二〇〇九）で、村上と宮崎駿の諸作品を、神話学者ジョーゼフ・キャンベルの「単一神話論」による英雄神話研究にウラジーミル・プロップ『昔話の形態学』の理論を加味した方法で分析し、「村上春樹という作家は、物語論的に物語ることを積極的に試み、そのことが村上の文学を汎世界化していった」(三四頁)、「村上春樹が神話と同一の構造をもっているのは構造から小説を導き出しているからである」(五〇頁)と主張している。実際村上の小説中に神話的な物語の話型を認める見解は枚挙に遑《いとま》がなく、作家本人までもが、かつて次のように述べていた(傍線引用者。以下同)。

> 僕はここのところジョーゼフ・キャンベルの『時を超える神話』と『生きるよすがとしての神話』という二冊の本を何度も繰り返して読んでいました。とても面白い本で、いろいろと啓発されるところがありました。僕らの心の中にある真の神話性とはなにかについて、鋭く考察した本です。僕の抱いてきた小説観ともかなり呼応するところがあります。
>
> (『「これだけは、村上さんに言っておこう」』、五七頁)

> 神話という元型回路が我々の中にもともとセットされていて、僕らはときどきその元型回路を通して同時的にものごとのビジョンを理解するんです。だからフィクションは、ある場合には神話のフィールドにぽっと収まってしまうことになる。物語が本来的な物語としての機能を果たせば果たすほど、それはどんどん神話に近くなる。
>
> (特別インタビュー「村上春樹、『海辺のカフカ』について語る」、『少年カフカ』、三三頁)

片や、村上を積極的に評価する研究者は、彼のこうした姿勢をむしろ肯定的に捉える。例えば浅利文子

『村上春樹　物語の力』（二〇一三）は、「村上は大塚英志の指摘したごとく『物語構造』の設計図をもとに、ある結末に到達しようと意図して書いているのではなく、全身を物語に浸しきって、無意識にひそむ「元型」から受け取るビジョンをもとに「ゼロから物語を立ち上げてい」くという、自動筆記を髣髴させる創作姿勢を示しているのである」（一六頁）と述べ、またM・C・ストレッカー（二〇一五）も、やはり村上を評価する内田樹のほか、フライやキャンベルをも踏まえながら、その作品世界に「神話的話型」の存在、およびギリシャ神話や日本神話の主人公たちのイメージの揺曳を認めている。(2) そもそも、問題が小説の中に神話的枠組を導入すること自体にあるわけではないのは、例えば井口時男が「同一の主題（レヴィ＝ストロース的に解されたオイディプスという主題）をめぐる二つの変奏」（井口、二〇〇四、二四五頁）として一対のかたちで描いて見せた、大江健三郎論と中上健次論の存在からも明らかだろう。(3) 私見によれば、恐らくポイントは、村上の文学が神話的構造に一見依拠しすぎているように見えること、およびその構造が多くの作品に反復して出現することにあるのではないかと推測される。

とはいえ、確かに村上の小説には類似した神話的物語構造が繰り返し現れるという側面が否定できないにせよ、彼がそのような作家である以上、その「構造」とはいかなるもので、作品中においてそれが如何に機能しているかを探究していくのは必要なことではないだろうか。また、そうした詳細な分析作業を通してこそ、同様に「神話的思考」を内包した作家たち、日本の大江や中上はもとより、メレチンスキーが取り上げた世界の文学者たちとも、具体的な対比研究が可能になるはずである。

そこで本稿では、他の作家との対比はひとまず措《お》き、検討範囲として村上春樹一人の小説作品を、デビュー作『風の歌を聴け』から近年の『騎士団長殺し』までの、彼が比較的重視している中長篇中心に限定し、幾つかの神話的「構造」の作中における様相を、あえて愚直に追究していくこととする。そして分析にあたっては、たとえば大塚英志も重視したキャンベルなどは先に確認したように、何よりも作家自身が彼への共感を表明していることもあって、方法を参照する価値は大いにある。しかしながら『千の顔をもつ英雄』の中で展開された「単一神話（原質神話／monomyth）論」は、基本的に前提を英雄神話の分析に置いているため、確かに村上作品への部分的応用は充分可能だとしても、これを単一的に適用することは躊躇せざるを得ない。詳細は後述するが、『1973年のピンボール』以後、村上の小説がしばしば複線的に展開することに端的に示唆されるように、彼の作品を包括的に理解しようとした場合には、少なくとも二種類のコードの存在を想定する必要があると考える。その二種類とは、一つは村上作品の商標のようになっている〈喪失〉のモティーフであり、これは彼の中長篇のほぼ全てに共通する。そしてもう一つは幾つかの長い長篇にのみ認められるもので、筆者はこれを〈父＝王殺し〉のモティーフとして把握する。四十年を超える小説家としてのキャリアの中で、村上春樹の〈物語〉はどのようなかたちで推移していったのか。以下の検討では、その点をこれら二つのコードに沿って分析していくことに主眼を置くが、もちろん、それによって彼の中長篇小説の全てが論じ尽くせるわけではない。ただ筆者としては、その過程で村上春樹という「文学者」の輪郭が、より鮮明になることを願うばかりである。

2 〈村上春樹の物語〉の構造分析――コード①〈喪失〉

村上春樹の、特に中長篇小説の中に〈喪失〉のモティーフが頻繁に登場することは、あらためて揚言するまでもなかろう。たとえば先にも言及したストレッカーは、これを神話の問題と絡めながら次のようにまとめている。「Journeys into the underworld, visitations to the dead, Orphean quests to recover those who have been lost, do indeed run throughout the full body of Murakami fiction.（拙訳：地下世界を旅して死者のもとを訪れ、喪われたものを取り戻そうとするオルフェウス的な探索は、村上の創作全体を貫いている)」(pp. 127–128)。日本のイザナキ神話とも対比が可能なギリシャ神話のオルフェウス譚《たん》は、喪《うしな》われた対象(亡き妻エウリュディケー)を探索の果てにいったん見出しながら、最終的に再び、かつ永遠に喪ってしまうという点で〈喪失〉を代表する神話と言ってよい。しかしながら、村上の小説を詳細に見ていくと、その〈喪失〉の描かれ方はもう少し手が込んでいるようだ。

最初に、彼のデビュー作『風の歌を聴け』(一九七九)から見ていこう。二十九歳になった語り手「僕」が、大学四年生の夏休みに帰省した際の出来事を回想した本作だが、中でも注目すべきは、作中で複数回言及されつつ、結局は失われてしまう三人の女性たちである。筆者は物語中における彼女たちの機能的立場について、次のような整理を施した(4)。

① 小指のない女の子 …「僕」の回復の過程に同行する〈伴走者〉→ 現在
② ビーチ・ボーイズの女の子 … 回復の可能性を含む〈表層的喪失〉→ 未来
③ 三番目に寝た女の子 … もはや回復不可能な〈深層的喪失〉→ 過去

少し補足すれば、③の過去の〈深層的喪失〉は、回復の可能性が完全に絶たれているという意味で絶対的な重さを持っている。それに対し②の〈表層的喪失〉は、③ほど決定的に失われてはおらず、だからこそ「僕」にとって未来での回復に向けた、いわば代償行為としての探索の対象ともなり得る。そして①〈伴走者〉は、「僕」との現在時の接触という点では一番前面に出る存在ではあるものの、物語の途中で姿を消し、またそれにも拘《かかわ》らずその時点で「僕」の探索の対象となることはない。作品に奥行きを齎《もたら》す、「僕」をめぐる女の

【図1】『風の歌を聴け』と『1973年のピンボール』の構造

	『風の歌を聴け』	『1973年のピンボール』	
①〈伴走者〉	小指のない女の子	双子の女の子	事務所の女の子(＝後の「妻」)
②〈表層的喪失〉	ビーチ・ボーイズの女の子	ピンボール	「髪の長い少女」
③〈深層的喪失〉	三番目に寝た女の子(＝「直子」)		

子たちの物語の共時的三層構造が、処女作においてすでに成立していた点はきわめて重要であろう。ちなみにこの構造は、ジェイ・ルービン『ハルキ・ムラカミと言葉の音楽』（二〇〇六）が、『羊をめぐる冒険』を引用しつつ述べた次のような指摘とも重なる。「喪失には三通りある。『あるものは忘れ去られ、あるものは姿を消し、あるものは死ぬ。そしてそこには悲劇的な要素は殆どない』」（一〇二頁）[5]。この喪失の三通りの型を筆者なりに言い換えるなら、忘れ去られる者が〈表層的喪失〉に、姿を消す者が〈伴走者〉に、そして死ぬ者が〈深層的喪失〉にとそれぞれ該当することになる。そしてここの『羊をめぐる冒険』の引用箇所の少し前に登場する「誰とでも寝る女の子」は、短い第一章の中だけで、〈伴走者〉の立場から〈表層的喪失〉へ、さらに死によって〈深層的喪失〉へと移行するわけだが、この展開は、初期三部作全体を通して「僕」の親友「鼠」が辿る道筋を、コンパクトな形でそのまま凝縮させており、そこに、羊をめぐる冒険譚とは一見関わりを持たないかの如き作品冒頭部の、一つの存在意義もあると言えるのではないだろうか。

処女作から抽出されるこれらの分析概念は、村上の他の小説にも見出せるが、重要な点は、このような一見固定したパターンが他作品において新たに変奏されていくことだ。【図1】をご参照ありたい。第二作『１９７３年のピンボール』の複雑さは、一つには作品全体が語り手「僕」の一人称とその友人「鼠」をめぐる三人称の複線構造の物語になっている点にあるが、それだけではなく、「僕」の語る世界も、①の〈伴走者〉と②の〈表層的喪失〉は、現実と超現実の二つに分離し、③の取り返しがつかない〈深層的喪失〉（＝「直子」）の回復の代償行為としての、ピンボールの探索《シーク＆ファインド》と再会の顚末《てんまつ》を描き出すに

【図２】『羊をめぐる冒険』と『ダンス・ダンス・ダンス』の構造

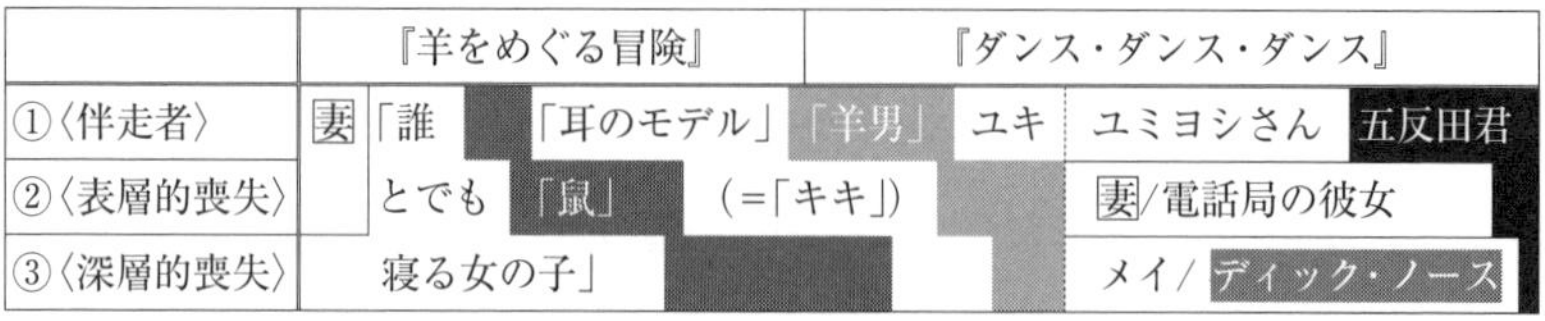

至っているのである。なお、これらの作品のもう一方のパートである「鼠」の物語については、従来『風の歌を聴け』の「小指のない女の子」と彼との間の隠蔽された関係を想定する解釈もあり[6]、極めて魅力的な読みであるのは確かだが、筆者はあえて、この失われた女の子たちをめぐる物語と「鼠」とは相互に没交渉で進行していき、最終的に彼は『羊をめぐる冒険』で喪われることになる、との立場を取る。その際「鼠」に関しては〈父＝王殺し〉というまた別のコードが絡んでくるので、後程それについて述べる時に再度取り上げることにしよう。

さて、さらに続けて、『ダンス・ダンス・ダンス』（一九八八）を含めた八〇年代の四部作の世界を俯瞰的に見ていく。【図２】の中で白抜き文字にしてあるのは男性の登場人物を示している。これらの「僕」という語り手を同じくする四部作のうち、今となっては短めの長篇と言うよりも中篇と呼ぶ方が相応しい前半の二作と、長めの長篇である後半の二作とでは、明らかな相違が見て取れる。すなわち、前者が断片的な描写を複雑に配置しながらも物語中の人物設定としてはスタティックな構造をとっているのに対し、後者は、先に「誰とでも寝る女の子」や「鼠」を例に述べたように、作中における何人かの登場人物の立場が〈喪失〉の三層構造の中で徐々に変化を遂げていき、それが物語にダイナミックな印象を付加しているのである。こうした点に、村上春樹の小説家としての進化を認めることができる。

ここで、また新たな分析概念の枠組を導入したい。これは、今まで述べてきた〈喪失〉の三層構造とはまた別の範疇に属する【他者】【分身】【メディウム】の三つで、物語内

【図３】〔資格〕と〔役割〕

〈喪失〉の三層構造

〔資格〕（emic）		〔役割〕（etic）
▶〈伴走者〉	⇔	▶【他者】（男性主人公にとって特別な女性） 「直子」「誰とでも寝る女の子」「キキ」
▶〈表層的喪失〉		▶【分身】（男性主人公にとって特別な男性） 「鼠」「五反田君」
▶〈深層的喪失〉		▶【メディウム】（超常能力、非現実的） 「双子」「耳のモデル」「ユキ」「羊男」

【図４】「僕」と【他者】・【分身】・【メディウム】

僕と関わる【他者】／【分身】		両者をつなぐ【メディウム】
▶『1973年のピンボール』		
「僕」⇔【他者】（「直子」）の代理としての「ピンボール」	☜	「双子の女の子」
▶『羊をめぐる冒険』		
「僕」⇔【他者】としての「誰とでも寝る女の子」	☜	「耳のモデル」（後の「キキ」）
「僕」⇔【分身】としての「鼠」（幽霊）	☜	「羊男」
▶『ダンス・ダンス・ダンス』		
「僕」⇔【他者】としての「キキ」（前作では【メディウム】）	☜	「ユキ」
「僕」⇔【分身】としての「五反田君」	☜	「羊男」

における人物の働きを指す。概念の混乱を避けるため、仮に〈喪失〉の三層構造に属する機能的立場を〔資格〕、また、新しく提示した三種の働きを〔役割〕と名付けよう。この〔役割〕とは、語り手を含む男性主人公と二元的に対峙する人物たちのうちでも特別な意味を持つ存在で、女性の場合が【他者】、男性の場合は【分身】となり、今まで見てきた四部作の場合で言えば、【他者】としては「直子」や「誰とでも寝る女の子」が、また【分身】としては「鼠」と「五反田君」とが挙げられる。そして【メディウム】は、柘植光彦・浅利文子両氏の研究でも注目される「媒介者」的人物とも重なるが、[7] 基本的に筆者の場合、所謂〈伴走者〉に相当する中でも予言など明らかに超常的能力を発揮する、いささか非現実的なキャラクターを指し、女性版の「耳のモデル」「ユキ」、および男性版の「羊男」が

該当する。この【メディウム】の働きの例としては、「僕」と死者としての【他者】＝「誰とでも寝る女の子」とを霊媒的口寄せで結びつける「耳のモデル」、および彼が【分身】としての「鼠」や「五反田君」と再会する契機となる「羊男」の場合を、ひとまず挙げておく。村上作品のテクスト分析にあたって一体なぜこのように異なる二方面からの分類が必要なのかというと、〈資格〉も〈役割〉もテクスト内部、或いはテクスト間を跨《また》いで変位していくことがよくあるものの、その動きは相関関係にあるわけではないので、各々独立して把握した方が混乱を避けやすいだろう、と考えるためである（【図3】および【図4】を参照）。

　或いは如上の概念を説明するには、構造言語学者ケネス・リー・パイクの言う「イーミック（emic）」と「エティック（etic）」の差異を念頭に置くとわかりやすいかもしれない。ここで池上嘉彦『記号論への招待』（一九八四）における説明を借用すると、「記号現象に対してその背後に想定されるコードとの関連で『同じ』と『異なる』を規定しようとする視点」が「イーミック」、一方「そのようなその記号現象固有のコードを想定することなしに規定を行なう視点」が「エティック」ということになる（七九頁、傍点原文、以下同）。例えば親族関係における「おじ」「おば」は、細かく分ければ父方か母方か、また両親より年上か年下か、といった客観的差異があるわけで、それを「エティック」な区分だとすれば、言語や文化の違いによって異なった呼称を用いる時の用法が「イーミック」な区分というわけだ。従って筆者の分析の中では、〈喪失〉等のコードを背景にした〈資格〉は「イーミック」な分類、一方そうしたコードが背景にない〈役割〉の方は「エティック」な分類だと言える。筆者のテクスト分析におけるこうした着想は、池上嘉彦の邦訳もある、パイクの影響を強く受けた民俗学者アラン・ダンダス『民話の構造――アメリカ・インディアンの民話の形態論』に負っている。ダンダスは、フランスでのクロード・ブレモンやアルジルダス・グレマスとはまた別の方向へとプロップの形態学研究を発展させ、その方法はメレチンスキーによっても評価されている。(8)ついでながら言えば、筆者の提示する分析用語には、「機能」「深層」「表層」等も含め、表面的にではあるが、ここに挙げた諸家の物語論、ナラトロジーのそれを思わせるものがあると感じられる向きもあろうし、さらに二項対立とその媒介項という発想も、確かにレヴィ＝ストロースの構造主義的神話論の一端に通じている(9)。ただし筆者は、このように構造への還元が可能だと示すことで村上春樹の文学を貶《おとし》めようなどとは、毛頭思っていない。そうではなく、村上の〈物語〉の中にある「神話的思考」を多少なりとも目に見えるようなかたちにして、その意味するところを探ろうと考えているに過ぎないということを、ここであらためて強調しておきたい。

続いて時期をやや溯《さかのぼ》り、一九八七年刊のベストセラー『ノルウェイの森』に目を移そう。以上提示してきた概念によって端的に言うなら、これに先立つ三部作が、「直子」という【他者】の〈深層的喪失〉を抱え込んだ語り手「僕」が、本来〈伴走者〉だった「鼠」という【分身】の〈深層的喪失〉を見届けるに至る物語だったとすれば、『ノルウェイの森』は逆に、「キズキ」という【分身】の〈深層的喪失〉を抱え込んだ語り手「僕」が、もともと〈伴走者〉だった「直子」という【他者】の〈深層的喪失〉を見届けるに至る物語である、と整理することができる。村上自身、講談社の全作品版『ノルウェイの森』の自作解題で、彼が本作の中でやりたかったことは「『風の歌を聴け』の完全なるひっくりかえしである」（vii頁）と書き、具体的には文体や題材の問題などを挙げていたが、そこには他にこのような含意をも読み取ることが可能ではないか。これはつまり、八〇年代の村上にとっての最重要事項が、喪われてしまった【他者】と【分身】の哀悼にあったことを如実に示しており、これらが書かれた後に四部作を締めくくる『ダンス・ダンス・ダンス』が出た意義とは、それを「キキ」「五反田君」という新たな【他者】と【分身】の葬送によって再確認した上で、〈伴走者〉たる「ユミヨシさん」を伴侶として見出すことにあったと言えそうである。一方、「僕」がかつて、やはり〈伴走者〉だった「事務所の女の子」を妻にしながら、『羊をめぐる冒険』の冒頭で彼女との離婚に至ったのも、彼がそうした〈喪の作業〉を執行するまでは次の一歩を踏み出せなかったことを表しているのに違いない。

なお、本来ならもっと紙幅を費やして論じるべき、村上の八〇年代中期の代表作、一九八五年刊行の『世界の終りとハードボイルド・ワンダーランド』については、やや状況が異なる。周知のとおりこれは『～ピンボール』の後に書かれながら「失敗作」として封印された中篇「街と、その不確かな壁」(一九八〇)を原型として成立した小説だが、[10] この原型の方が、三部作や『ノルウェイの森』における「直子」たちを思わせる死んだ恋人(=〈深層的喪失〉)に直接逢いに行き、また別れるという、それこそオルフェウス神話そのままの構成をとっているのに対し、八五年の長篇では、この時期の村上作品としては例外的に、〈深層的喪失〉のモティーフが削除され、〈喪失〉の対象としては自己自身が浮上してくる。そして本作は、この自己の〈喪失〉をめぐって、その〈失われゆく物語〉としての奇数章と〈見出してゆく物語〉としての偶数章とが相互補完的に語られた小説であるというのが、目下の筆者の見解である。この作品が、しばしば村上の最高傑作だと評されるのも、あるいはこれが、神話的枠組を一旦露骨にトレースしながらも、それを振り落としつつ成立した一篇であるからかもしれない。ちなみに、その過程で脱落した〈深層的喪失〉との直接的邂逅というモティーフは、その後かたちを変えて『国境の南、太陽の西』(一九九二)や『海辺のカフカ』(二〇〇二)で反復され、やがて『騎士団長殺し』(二〇一七)で亡き妹「コミ」から「ドンナ・アンナ」へと昇華されるに至る、という見通しが立てられるのだが、はなはだ遺憾ながら本稿では詳述する余裕がない。村上文学における〈喪失〉のコードについては、それが『世界の終りとハードボイルド・ワンダーランド』を目下唯一の例外(もしくは極端な変形)として、作家のほぼ全ての中長篇作品に認められるため、言うべきことは多いものの、紙幅は限られている。そこで以下では、これまで述べてきた八〇年代までの村上と、九〇年代以降の村上とがどう

【図5】『国境の南、太陽の西』と『ねじまき鳥クロニクル』の構造

	『国境の南、太陽の西』	『ねじまき鳥クロニクル』	
①〈伴走者〉	有紀子（妻）	笠原メイ	加納クレタ⇒赤坂シナモン
②〈表層的喪失〉	大原イズミ	クミコ（妻）	（＝）電話の女＝208号室の女
③〈深層的喪失〉	島本さん		
④〈敵対者〉		綿谷ノボル	ギターケースの男⇒ナイフの男

異なるのか、という点に問題を絞って論を進めていくことにする。

『ねじまき鳥クロニクル』（一九九四―一九九五）は周知のとおり、元来『国境の南、太陽の西』の原型を内包しており、九五年に日本語版が全三部というかたちで完結するに至った。本稿では、二作を一続きの構造として捉える。【図5】に示したように、これらが二つの作品に分裂した結果、どういう事態が起こったかと言うと、語り手「僕」と、生死は定かでないものの〈深層的喪失〉を担った「島本さん」をめぐる物語、そして新たに浮上した〈敵対者〉を体現する「綿谷ノボル」との闘争を描く物語という、方向性の異なる二種類の小説が出来上がることになったのであった。この〈深層的喪失〉としての【他者】である「島本さん」と、〈敵対者〉としての【分身】「綿谷ノボル」とは、二つの小説を一体として見た場合、相補的関係にある。さらに『ねじまき鳥クロニクル』において重要なことは、八〇年代に死者としての〈深層的喪失〉の〈役割〉だった【他者】が、〈伴走者〉から〈表層的喪失〉に移行した「妻」へと、担い手を変化させたという点である。それにより、〈村上春樹の物語〉の焦点は、死者に対する拘《こだわ》りから、まだ生きているはずの〈表層的喪失〉の Seek & Find へと移っていくこととなった。また、実はこれはむしろ〈父＝王殺し〉のコードと関わる問題だが、本作品の【メディウム】が、第2部までの「加納クレタ」という女性から第3部で「赤坂シナモン」という男性に交替しているのも、「僕」が媒介される主要な対象が、〈表層的喪失〉たる【他者】としての「妻」から、〈敵対者〉たる【分身】としての「綿谷ノボル」に替わることで、物語のポイントまでが自己の【分身】との対決、或いはユング風に

言うなら「影」との対決へと変貌を遂げた様相を巧みに象徴しているように思われる。一方、〈喪失〉のコードの方は『ねじまき鳥クロニクル』の後、再び〈深層的喪失〉との直接邂逅を主眼の一つに据えた『海辺のカフカ』を除き、その前後に刊行の『スプートニクの恋人』(一九九九)でも『アフターダーク』(二〇〇四)でも、語り手「K」や女子学生「浅井マリ」は、【他者】としての〈表層的喪失〉に相当する「すみれ」や姉の「エリ」を最終的に奪還しきれず、再会の実現は二〇〇九年から二〇一〇年にかけて発表された『1Q84』での「天吾」と「青豆」のケースを待たねばならなかった。こう見ていくと村上春樹は、八〇年代までで【他者】としての〈深層的喪失〉の、また続くゼロ年代までで【他者】としての〈表層的喪失〉の、各々の物語群をサイクルとしては完結させ、さらにその後の二作、『色彩を持たない多崎つくると、彼の巡礼の年』(二〇一三)および『騎士団長殺し』では、【他者】としての〈伴走者〉(「木元沙羅」と妻「柚」)をめぐる物語を追究しようとしたかの如くである。では、村上は今後この問題をどう扱っていくのだろうか。筆者にはもとより答える術などない。あるいは、ひょっとすると彼は四十年間も保持し続けたモティーフの数々を全て捨て去り、まったく新しい試みを模索しているのかもしれない。だとすればこれまで苦心して彼の〈物語〉の総体を構造化してきた筆者としてはいささか残念だが、一方で愛読者の一人としてそれを期待している自分がいることも、否定できない事実である。

3　〈村上春樹の物語〉の構造分析——コード②〈父＝王殺し〉

ここまで、村上春樹文学における第一のコードの検討に少々紙数を使い過ぎた。もっとも、以上の分析からだけでも、彼の〈物語〉を俯瞰すると、それらが「神話的思考」にも通じる一定の要素の範囲内を移動しながら、その総体を形成してきたことが明らかになったのではないだろうか。さて、続く第二のコード〈父＝

王殺し〉については、神話との関わりで言えば、こちらの方が所謂《いわゆる》神話的冒険の物語に一層近いと考えられ、セミナーのテーマにもより相応しい。そして大塚英志が注目するジョーゼフ・キャンベルの英雄神話論に基く分析も、このコードの検討にこそ効力を遺憾なく発揮し得るであろうと、筆者は考える。

英雄の神話的冒険が通常たどる経路は、通過儀礼を説明するさいにつかわれる公式「分離―イニシエーション―再生」を拡大したもので、これを原質神話の核心を構成する単位だといってしまってもかまわないかもしれない。

英雄は日常世界から危険を冒してまでも、人為の遠くおよばぬ超自然的な領域に赴く。その赴いた領域で超人的な力に遭遇し、決定的な勝利を収める。英雄はかれにしたがう者に恩恵を授ける力をえて、この不思議な冒険から帰還する。

プロメテウスは天上に昇って、神々の火を盗みだして地上に降りてきた。イアソンはシュンプレガデスの二枚岩をかいくぐって大海に船出し、黄金の羊毛を護っていた巨竜を籠絡して羊毛を手に入れて帰還し、正統な王権を簒奪者から奪いかえす力を手に入れた。

（キャンベル、上巻、四四―四五頁）

まずキャンベルがここで、「英雄の神話的冒険」の代表例としてイアソンによる「金の羊毛伝説」、所謂アルゴナウタイの物語を挙げている点に注目しよう。『羊をめぐる冒険』における「羊」が意味するものが何かについては、作品刊行以来多くの説が提出されてきたが、もし我々がこれを神話的に読もうとするなら、真っ先にこの世界最古の〈羊をめぐる冒険〉譚を思い浮かべるべきではないだろうか。これと関連して、筆者が気になるのは小説中の次の記述である。「サイドテーブルには古い型のスタンドが載っていて、そのわきには本が一冊伏せてあった。コンラッドの小説だった。〔中略〕暖炉のわきにはガラス戸つきの作りつけの書棚があり、〔中略〕「プルターク英雄伝」や「ギリシャ戯曲選」やその他の何冊かの小説だけが風化をまぬがれて生き残っていた」（三〇〇―三〇二頁）。ここに出てくる「コンラッドの小説」が『闇の奥』を指し、延いてはそれを翻案したフランシス・コッポラの映画『地獄の黙示録』（一九七九）をも暗示している点は、これまで何度も指摘されてきたけれども、(11) それではもう一方のギリシャ関係の二冊は何故、ここでわざわざ言及がなされているのか。ギリシャ戯曲といえば、『海辺のカフカ』とも関わるソフォクレス『オイディプス王』なども想起されるが、この小説が〈羊をめぐる冒険〉であることからして、筆者はエウリピデス（『ノルウェイの森』にも登場した）の代表作で、金の羊毛伝説とも関わる『メデイア』を連想せざるを得ない。さらに、メデイアは『プルターク英雄伝』にも姿を見せ、牛頭の怪物ミノタウロス退治で有名なテセウスの毒殺に失敗していることから、(12) 要するにこの二冊は、本作の背後にメデイアを媒介とした二つの英雄神話――イアソンとテセウスの物語が配置されていることを示す符牒ではないか、というのが筆者の見解である。その場合「羊」を探索する「僕」がイアソン、不思議な力で彼を援助する「耳のモデル」がメデイア、「強大な地下の王国」の王で「右翼の大物」たる「先生」が、イアソンに羊毛探しを命じるペリアス王に相当するというのは、見やすい構図だろう。また、アポロドーロス『ギリシア神話』（高津訳、一八〇頁）によれば、メデイアはテセウスによってアテーナイを追放されたとあるので、「羊男」に姿を借りて「耳のモデル」を追い払った「鼠」がテセウス、ミノタウロスに当たるのが「羊」ということになるかと思われる。つまりこの小説は、冒頭部分で三部作の前の二作、『風〜』と『〜ピンボール』におけるオルフェウス型の〈喪失〉のコードを「誰とでも寝る女の子」を通して奏でておきながら、「耳のモデル」が登場するあたりからイアソン型の神話モデルに転換し、さらに彼女が消えて「鼠」がクローズアップされた後、背後に怪物退治のテセウス型の物語が同時進行的に布置されていたことが明らかになる、という、なかなか込み入った構造をしているわけだ。

ではなぜこの話型を統括するコードを〈父＝王殺し〉と見做《みな》すのかと言えば、ここで再びキャンベルを参照すると、つまり英雄の敵とは〈父親〉の持つ「執着」という面が〈竜＝怪物〉や〈専制君主＝王〉の姿をとって現れたものであり、この敵を斃《たお》して宇宙を再生させるのが英雄の使命である、ということになるためである。

> 英雄に殺される竜は、現状維持《ステータス・クオ》の怪物、過去に執着する亡者《ホールドファスト》にほかならない。〔中略〕権力の座を占めるこのものが敵であり竜であり専制君主であるのは、私利私欲のため特権を乱用するからである。
>
> （キャンベル、下巻、一六〇頁）
>
> 単刀直入にいうなら――英雄の仕事とは、父親における執着する面（竜、試練を課する者、人食い鬼の王）を屠りさり、その禁制から宇宙を再生産する生命エネルギーを開放するところにある。
>
> （一七七頁）

このコードを体現する神話的話型は村上作品では上述したテセウス型によって代表され、それを展開させるに充分な一定の長さを持った長篇に限って認められるようで、これまでに発表された限りで言えば、『羊をめぐる冒険』『ねじまき鳥クロニクル』『海辺のカフカ』『１Ｑ８４』『騎士団長殺し』の五作品が該当すると考えられる。これらを検討するに際しては三つのポイントがある。第一のポイントは、作品中の他の神話的話型との相互関係である。『羊をめぐる冒険』の場合については既に述べた。あるいは『ねじまき鳥クロニクル』については、「トオルは現代のテーセウスとなって、半人半牛の牛河というミノタウロスが見張る、コンピュータのネットワークから成る、暗い、入り組んだ迷宮に進入する。あるいは、トオルはオルフェウスもしくは日本の国生みの神いざなぎとなって、亡き妻を追ってたどりついた黄泉の国の底で、妻の肉体が腐敗するさまを見ることのないよう妻から言われる」（ルービン、二五五頁）といった指摘から、ルービンが、本作が語り手「岡田亨」を軸にテセウス型とオルフェウス型の二つの神話的モデルが合体した物語であることをいみじくも言い当てていたことがわかる。この二つの小説を見ただけでも、作品ごとに背景に置かれた神話的モデルの組み合わせが変化していることは明らかだろう。また神話的イメージは時に、より重層的になる場合もあり、『ねじまき鳥クロニクル』は、やはり作品中に引用されたモーツァルト『魔笛』が、それ自体多彩な神話性を有しているし、[13]オイディプス神話の枠組から始まって終局ではオルフェウス型の物語に変容する『海辺のカフカ』の場合も、筆者は以前、本作はオイディプス神話よりも、むしろ『観無量寿経』や『大般涅槃経』等の仏典に見える阿闍世《あじゃせ》の物語（これもやはり一種の神話に他ならない）を背景にした方がわかりやすいことを指摘した。[14]さらに、「天吾」と「青豆」が最終的に「リトル・ピープル」の領《うしは》く世界を脱出する『１Ｑ８４』の場合、オルフェウス型のモデルよりも、作中でも言及のある『古事記』に語られているところの、大国主神話を踏まえた方が、より適切であるように思われる。このように詳細な検討を通じ、村上の小説創作における神話的構造の用い方の種々の様相が、より明らかに見えてくるはずだ。

　次に第二のポイントは、〈喪失〉のコードについて分析した際に出した〈役割〉の中でも男性主人公と関わる【分身】の、〈父＝王殺し〉のコードにおける諸相である。『羊〜』で〈父＝王〉に相当するのは「羊」という謎の怪物で、【分身】たる「鼠」は、それと刺し違えるように自らも命を絶つ、という結末を迎えていた。これが『ねじまき鳥〜』になると、主人公トオルの【分身】である義兄「綿谷ノボル」は、〈表層的喪失〉としての【他者】である「クミコ」を苛《さいな》むが、最終的には井戸の底の異世界ではトオルに、また現実世界では「クミコ」によって、息の根を止められるに至る。このように初期には〈伴走者〉だった【分身】は後に〈敵対者〉へと変貌するわけだが、それも『1Q84』までで、『騎士団長殺し』になると、〈敵対者〉は語り手「私」と【分身】「免色渉」双方の内部に巣食う存在として描かれているかに見える。このようにエティックな概念としての〈役割〉は、コード間の差異とは無関係なかたちで、分析概念としての有効性を保持しているのである。

最後にポイントの第三、このコードと不即不離で村上の抱く〈「王位継承」回避〉の思想について指摘したい。端的に『1Q84』で述べられているが、神話的〈王〉が斃された後、フレイザー『金枝篇』ではその斃した者が後継者となると考えられていた。[15] この説の妥当性自体は、ここでは問わない。重要なのは、村上にも強い影響を及ぼした映画『地獄の黙示録』が、一方でこの思想を取り入れながら一方ではそれを拒否している点だ。

彼〔引用者注:ウィラード〕は無言で武器を投げ出し、即位したばかりの王位から退く〈自己神格化の自己放棄〉。民衆がすべてそれにならって、武器を投げ出す。〔中略〕コッポラは、「荒地」を下敷きとしながら、これもまた　根本的なところで換骨奪胎してしまったわけだ。

（立花、一一六頁）

「エンディングにおいて、カーツを殺したウィラードは、第二のカーツとして、原住民から受け入れられる。ここのところで、私は、私自身の未来のヴィジョンを示そうと思った。我々の時代はすさまじい戦争をやりつづけてきた。しかし、将来においては、我々は戦争がない世界を築くことができるだろう。そういうヴィジョンを示すため、私はウィラードに武器を投げ捨てさせ、それを見た原住民たちもそれにならって自分の武器を投げ捨てるという場面を作った。」

（六二二—六二三頁。コッポラの発言より）

立花隆の解釈を敷衍するなら、この映画における〈王殺し〉が「王位継承」の回避へと繋がっていったように、その影響を受けて『海辺のカフカ』など作中にまで引用する村上も、こうした暴力の連鎖による継承過程の回避を小説で企図しており、それはコード②と関わる五作品を通じて一貫していると筆者は考える。つまり彼は既存の「神話的思考」に盲目的に寄りかかっているわけではなく、それを現代の社会状況に合わせて変形させているのであって、これは今を生きる物語作家＝文学者の態度として、きわめて注目に値するものと言えよう。

おわりに

本稿では、作品のあらすじにさえほとんど触れもせず、もっぱら抽象的な用語を振り回すことに終始したとの憾《うら》みがある。もしここから、分析結果に基いて「神話的思考」に根差した世界の近現代小説の中での村上春樹の位置づけなどに持っていけていれば、セミナーのテーマにもより相応しいものとなっていたであろうが、それは今後の課題としたい。レヴィ＝ストロースによれば、「神話的思考の本性は、雑多な要素からなり、かつたくさんあるとはいってもやはり限度のある材料を用いて自分の考えを表現することである。〔中略〕したがって神話的思考とは、いわば一種の知的な器用仕事《ブリコラージュ》」（レヴィ＝ストロース、一九七六、二二頁）なのであって、それは「出来事の集合を〔中略〕分解したり組み立てなおしたりし、〔中略〕構造的配列を作り出そうとする」（四一頁）ことにも通じる。筆者の分析が、村上春樹という作家の〈器用人《ブリコルール》〉としての卓越性を多少なりとも明らかにするのに役立ったとしたら嬉しく思う。彼はまさに「出来事の集合」としての神話的〈物語〉を材料として、それらを「分解したり組み立てなおしたりし」ながら、新たな小説の「構造的配列」

を紡《つむ》ぎ出《だ》してきたのである。

最後に、こうした神話的な物語構造が村上文学に何を齎しているのかについて、少しだけ触れてみたい。村上は、例えば柴田元幸や川上未映子との対談で、物語における「倍音」ということを口にしている。「小説にとって〔中略〕より大事なのは、意味性と意味性がどのように有機的に呼応し合うかだと思うんです。それはたとえば音楽でいう「倍音」みたいなもので、その倍音は人間の耳には聞きとれないんだけど、何倍音までそこに込められているかということは、音楽の深さにとってものすごく大事なことなんです」（村上／柴田、三三三頁）。「自我レベル、地上意識レベルでのボイスの呼応というのはだいたいにおいて浅いものです。でも一旦地下に潜って、また出てきたものっていうのは、一見同じように見えても、倍音の深さが違うんです。一回無意識の層をくぐらせて出てきたマテリアルは、前とは違うものになっている」（村上／川上、三九頁）。内田樹はさらにこれを受け、「倍音的エクリチュール」という表現を編み出している[16]。これはあるいは、ユングの次のような言葉にも通じるものではないだろうか。

元型とともに語る者は、千の声をもって語り、人を摑み、圧倒し、同時にその語るところのものを、一回限りの移ろいゆくものから永遠にあるものの域にまで高めます。

（ユング、四五－四六頁）

村上本人は、ユングは感覚的に近すぎるからこそ敬遠しているとも言うが[17]、筆者にはその「近さ」とは、彼の無意識における「神話的思考」の構造との「近さ」の謂《い》いであるように思われてならない。

註

（1）本章では村上春樹作品の本文について、講談社版の『全作品』第一期・第二期に所収の場合はそれを用い、他は初出・初刊単行本に拠って、引用時は巻数等の詳細を省略し、その頁数のみを示した。
（2）「内田樹は、『ムラカミ・ワールドは『コスモロジカルに邪悪なもの』の侵入を『センチネル』（歩哨）の役を任じる主人公たちがチームを組んで食い止めるという神話的な話型を持っている（略）どれも、その基本構造は変わらない」と、正しく指摘している。こうした「神話的話型」は、ノースロップ・フライやジョーゼフ・キャンベルが作品分析の拠り所とした「神話的原型」に類似している」（四四―四五頁）。ここでストレッカーが引用しているのは、「『父』からの離脱の方位」（内田樹、二〇一〇、六一頁）である。
（3）具体的には、大江論は井口（一九九三）所収「オイディプスの言葉――大江健三郎論」（初出は『群像』一九八七年十一月号）、中上論は井口（一九八七）所収「「天皇」の誘惑」（同じく『杼』第五号）である。
（4）以下の論述は、図表等を含めて主に内田康（二〇一六）の内容から抄出している。
（5）ここでのルービンの『羊をめぐる冒険』からの引用は、講談社全作品版で三九頁。
（6）斎藤（一九九四）や平野（二〇〇一）等を参照。
（7）柘植（編）（二〇〇八）所収の柘植の諸論考、および浅利（二〇一三）を参照。
（8）メレチンスキー（一九九四）を参照。
（9）レヴィ＝ストロース（一九七二）第十一章「神話の構造」、特に二四八頁を参照。
（10）『文學界』一九八〇年九月号掲載。村上は全作品版『世界の終りとハードボイルド・ワンダーランド』自作解題（vi頁）で本作を「志のある失敗作」と称していたが、近年の村上（二〇一五ａ）2015-03-25, #2328では「失敗作だとは思っていません」と見解を修正している。
（11）例えば、加藤（二〇〇六）所収の「自閉と鎖国」一〇頁などを参照。
（12）河野（訳）（一九五二）、二八頁。
（13）坂口（二〇一三）を参照。

(14) 内田康（二〇一七）を参照。
(15) フレイザー（二〇〇三）上、三〇三頁および『1Q84』Book2、二四一頁。
(16) 内田樹（二〇一〇）「倍音的エクリチュール」、特に二〇一頁等を参照。
(17) 村上（二〇一五b）「物語のあるところ・河合隼雄先生の思い出」、三〇〇頁。

参考文献

浅利文子『村上春樹 物語の力』翰林書房、二〇一三年。

アポロドーロス『ギリシア神話』岩波文庫、高津春繁（訳）、一九五三年。

井口時男『物語論／破局論』論創社、一九八七年。

――『悪文の初志』講談社、一九九三年。

――『危機と闘争　大江健三郎と中上健次』作品社、二〇〇四年。

池上嘉彦『記号論への招待』岩波新書、一九八四年。

内田樹『もういちど村上春樹にご用心』アルテスパブリッシング、二〇一〇年。

内田康『村上春樹論――神話と物語の構造』瑞蘭國際（台北）、二〇一六年。

――「村上春樹文学と「阿闍世コンプレックス」――『海辺のカフカ』を例として――」『台灣日本語文學報』42期、台灣日本語文學會（台北）、二〇一七年。

――「〈父なるもの〉の断絶と継承の狭間で――村上春樹『騎士団長殺し』と、〈父殺し〉のその先」『近代文学試論』第56号、広島大学近代文学研究会、二〇一八年。

大塚英志『物語論で読む村上春樹と宮崎駿――構造しかない日本』角川書店、二〇〇九年。

加藤典洋『村上春樹論集①』若草書房、二〇〇六年。

柄谷行人『終焉をめぐって』講談社学術文庫、一九九五年（原単行本は一九九〇年）。

キャンベル、J『千の顔をもつ英雄』上下、人文書院、平田武靖ほか（訳）、一九八四年。

グレマス、A・J『構造意味論——方法の探究』紀伊國屋書店、田島宏・鳥居正文（訳）、一九八八年。

河野与一（訳）『プルターク英雄伝（一）』岩波文庫、一九五二年。

斎藤美奈子『妊娠小説』筑摩書房、一九九四年。

坂口昌明『《魔笛》の神話学——われらの隣人、モーツァルト』ぷねうま舎、二〇一三年。

ストレッカー、M・C「無意識と神話の心　村上春樹の作品におけるバランスの問題」『世界文学としての村上春樹』東京外国語大学出版会、柴田勝二ほか（編）、二〇一五年。

立花隆『解読「地獄の黙示録」』文春文庫、二〇〇四年（原単行本は二〇〇二年）。

ダンダス、A『民話の構造——アメリカ・インディアンの民話の形態論』大修館書店、池上嘉彦（訳）、一九八〇年。

柘植光彦（編）『村上春樹——テーマ・装置・キャラクター』至文堂、二〇〇八年。

パイク、K・L『文化の方法——40の行動原理』彩流社、片田房（編訳）、二〇〇〇年。

蓮實重彦『小説から遠く離れて』日本文芸社、一九八九年。

平野芳信『村上春樹と《最初の夫の死ぬ物語》』翰林書房、二〇〇一年。

フライ、N『批評の解剖』法政大学出版局、一九八〇年。

フレイザー、J・G『初版　金枝篇』ちくま学芸文庫、吉川信（訳）、二〇〇三年。

ブレモン、C『物語のメッセージ』審美文庫、阪上脩（訳）、一九七五年。

プロップ、V『昔話の形態学』水声社、北岡誠司・福田美智代（訳）、一九八七年。

村上春樹『少年カフカ』新潮社、二〇〇三年。

——『「これだけは、村上さんに言っておこう」』朝日新聞社、二〇〇六年。

——『村上さんのところ【コンプリート版】』新潮社、二〇一五年a。

——『職業としての小説家』スイッチ・パブリッシング、二〇一五年b。

村上春樹／川上未映子『みみずくは黄昏に飛びたつ』新潮社、二〇一七年。

村上春樹／柴田元幸『翻訳夜話2　サリンジャー戦記』文春新書、二〇〇三年。

メレチンスキー、E『神話の詩学』水声社、津久井定雄・直野洋子（訳）、二〇〇七年。

ユング、C・G『創造する無意識——ユングの文芸論』平凡社、松代洋一（訳）、一九九六年。

ルービン、J『ハルキ・ムラカミと言葉の音楽』新潮社、畔柳和代（訳）、二〇〇六年。

レヴィ＝ストロース、C『構造人類学』みすず書房、荒川幾男ほか（訳）、一九七二年。

——『野生の思考』みすず書房、大橋保夫（訳）、一九七六年。

Strecher, M. C. *The Forbidden Worlds of Haruki Murakami.* University of Minnesota Press, 2014.

◉海外作家◉

第6章　『羊をめぐる冒険』をめぐるゴールドラッシュの点と線
――初期三部作に刻まれたジャック・ロンドンの痕跡

星野　智之

はじめに

一個の作家が生涯の一定の期間にわたって作品を生み出し続けるとき、その創作の航跡は直線的ではまずあり得ない。作家の内面に起因するものか外的な事象がもたらすものかはそれぞれで異なるにせよ、幾度かの転舵《てんだ》がそこに刻まれるのが当然であるからだ。だからどんな作家にも、その創作活動を俯瞰《ふかん》すれば「ここが転針のポイントだった」と映る作品が必ず存在する。夏目漱石でいえば、低徊趣味の警世家的姿勢を離れて、起伏を孕《はら》んだストーリー展開によって人間心理を浮かび上がらせることを重視しはじめた『三四郎』であったり、〝修善寺の大患〟による執筆中断がもたらした断層の痕跡を残しつつ、それをより本質的な人間存在の問題への探求につなげた『行人』であったりがそれに当たるのかもしれず、また大江健三郎で見れば、過剰な性描写で作品世界を攪拌《かくはん》し、その溶液の中に戦後日本の虚無や退嬰《たいえい》を結晶化させる手法を採った『われらの時代』や、故郷・四国の森に封じられていた歴史性や神話性を解き放ち、そこに現代史を二重写しにして重層的な世界を構築してみせた『万延元年のフットボール』をそうした例に挙げることもできるだろう。

ここでデビュー以来四十年以上に及ぶ村上春樹の軌跡をこうした視点から見直してみれば、一九八二年に発表された『羊をめぐる冒険』こそ、この作家にとって最初の大きなカーブを曲がった作品としてクローズアップされる。デビュー作『風の歌を聴け』、第二作『1973年のピンボール』に続いて同一の主人公が描《お》かれ、それぞれ一九七〇年と一九七三年の出来事を描いた前二作の後を受けて作品内の時間が一九七八年に設定された、いわば前二作と合わせて一つのクロニクルを構成する一編なのだが、しかし作品世界の中に響く音色は前二作とはその調性を大きく異にしているからだ。その相違をもたらすものとして挙げられるのが、三作を通じての主人公である〝僕〟が世界を見る際の視座の問題がある。芦屋市と思しき港街でのひと夏の日々がスケッチされたデビュー作『風の歌を聴け』、そして「渋谷から南平台に向う坂道」に翻訳事務所を構える主人公の日常が描かれる『1973年のピンボール』では〝僕〟の視点は固定され、逆に周囲を通り過ぎていくものを傍観しているような印象が支配的だった。「あらゆるものは通りすぎる。誰にもそれを捉えることはできない。僕たちはそんな風にして生きている」（一九〇頁）という『風の歌を聴け』に掲げられたアフォリズムは、主人公と世界とのそうした接触のありようを象徴する。さらに周囲との交流をなかば意図的に断念し、積極的に関与しようとしない主人公の姿勢は『1973年のピンボール』の中では、「靴箱の中で生き」ているようだとも評される。

「僕は不思議な星の下に生まれたんだ。つまりね、欲しいと思ったものは何でも必ず手に入れてきた。でも、何かを手に入れるたびに別の何かを踏みつけてきた。〔中略〕三年ばかり前にそれに気づいた。そしてこう思った。もう何も欲しがるまいってね。」

彼女は首を振った。「それで、一生そんな風にやってくつもり？」
「おそらくね。誰にも迷惑をかけずに済む。」
「本当にそう思うんなら、」と彼女は言った。「靴箱の中で生きればいいわ。」

（一一四頁）

しかし『羊をめぐる冒険』に至って、〝僕〟は定点からの傍観というスタイルを放棄する。そして「靴箱」を離れ、『風の歌を聴け』以来の親友であり相棒である〝鼠〟の消息を確かめる旅に出ることを選択する。いくつかの印象的なシーンをコラージュすることで成り立っていた前二作における〝僕〟の世界観はここでパラダイムシフトを起こし、主人公が何かを求めて世界の中を移動する中でさまざまな人物や事象と遭遇し、そこに物語が生起していくという、その後の村上春樹の長編小説に特徴的な構造が姿を現すことになるのだ。『羊をめぐる冒険』におけるこうした転針は、実はかなり自覚的に行なわれたものと考えられる。というのも、この作品を執筆した前後の消息については村上春樹自身が対談集などを通じて何度か言及しているからで、例えば『村上春樹、河合隼雄に会いにいく』（一九九六年）の中では、村上春樹は河合隼雄に対してこう発言している。

自分の文体をつくるまでは何度も何度も書き直しましたけれど、〔中略〕文章としてはアフォリズムというか、デタッチメントというか、それまで日本の小説で、ぼくが読んでいたものとはまったく違った形のものになったということですね。〔中略〕

でも、ぼくは小説家としてやっていくためにはそれだけでは足りないということは、よくわかっていたのです。それで、そのデタッチメント、アフォリズムという部分を、だんだん「物語」に置き換えていったのです。その最初の作品が、『羊をめぐる冒険』という長編です。ぼくの場合は、作品がだんだん長くなってきた。長くしないと、物語というのはぼくにとって成立しえないのです。

（六七—六八頁）

事実、以降の長編小説を見てみれば、『羊をめぐる冒険』のストーリーを引き継いだ『ダンス・ダンス・ダンス』では、〝僕〟は今度は『羊をめぐる冒険』の中で姿を消したガールフレンドを探して札幌からハワイへと追跡劇を展開することになり、さらに『ねじまき鳥クロニクル』や『海辺のカフカ』、あるいは『1Q84』や『騎士団長殺し』などでは、そうした主人公が世界を移動していくことがある種のスイッチとして機能して、世界そのものが改変されるまでになる。

主人公が作品世界の中を移動することが物語を起動させ、さらにその物語が長い射程距離で展開していくための駆動力を生む。そうしたその後の長編小説群のありようを決定づける、いわば文学的な発明がなされたという点において、『羊をめぐる冒険』とは村上春樹の作品群の中でもとりわけ重要な里程標《りていひょう》と目されるべき一編であると見ていいのだろうと思う。であるとするなら、この作品において主人公の〝僕〟が、そして親友の〝鼠〟が、それぞれの移動の先に目指した場所とはどこであるのかを確かめることは、決して意味のないことではない。それはつまり作者・村上春樹が目指した場所でもあるからだ。村上春樹は自らの文学における最初の旅で、どこを目的地として選んだのか、なぜそこが目的地として選ばれたのか、さらにはその目的地は後の作品にどのように関係していくことになるのか。

この稿ではそんな問いかけに対する回答を示すことを通して、『羊をめぐる冒険』という作品が持つ真の意味を、明らかにしていきたいと考える。

1 〝十二滝町〟を同定する

『羊をめぐる冒険』における旅の目的地。『1973年のピンボール』の中で誰にも行き先を告げぬままに故郷の街から消えた〝鼠〟と、その後を追った〝僕〟がたどり着いた場所。それは「そもそも人間の住む土地じゃない」と評される、〝十二滝町〟という北海道の町だった。この架空の町は、北海道のいったいどこにあると設定されているのか?

この問いに関しては、村上春樹は作品の中にかなり詳細な手がかりを書き込んでおり、特定することは実はさほど難しくない。その所在に関する情報をまとめると、まず「札幌から道のりにして二六〇キロの地点である」(二七一頁)と明言され、その行程は「旭川で列車を乗り継ぎ、北に向かって塩狩峠を越え」、さらに「もうひとつ列車を乗り換え」「東に向きを変えた」(二八〇―二八二頁)先にあると説明されている。「列車が終点である十二滝町の駅に着いた」(二八六頁)という記述も見えることから、その土地には一つの路線の終着駅があることが知れ、かつその路線については「全国で三位の赤字線」という注釈も加えられている。

「この線だってさ、あんた、いつなくなるかわかんねえよ。なにせ全国で三位の赤字線だもんな」と年取った方が言った。
これよりさびれた線が二つもあることの方が驚きだったが、僕は礼を言って駅を離れた。
(二六九頁)

これらの記述から、〝十二滝町〟のモデルとして浮かび上がるのが、北海道中川郡美深町《びふかちょう》の仁宇布《にうぷ》地区である。[1] 美深町は東京二十三区を合わせたよりもなお広い町域を有する町なのだが、仁宇布はその東端に位置する地区で、札幌駅からかつて存在した仁宇布駅までは国鉄の営業キロ数にして二五六・三キロメートル。『羊をめぐる冒険』が発表された三年後の一九八五年までは旭川から塩狩峠を越えて北上する宗谷本線から枝分かれする形で、美深町の中心部にある美深駅から東へと旧国鉄美幸線《びこうせん》が延びていた。仁宇布駅はその終点であり、そしてこの美幸線は長らく〝全国一の赤字線〟と呼ばれていた。[2] また作中では、〝十二滝町〟の駅ロータリーには「大規模稲作北限地」（二六九頁）と記された案内板が立っているが、一般的に美深町は日本における稲作の北限地とされてもいた。[3]

さらに『羊をめぐる冒険』の発表から三十年余を隔《へだ》てた二〇一四年、〝十二滝町〟探しは新たな展開を迎えることになる。村上春樹が前年、「文藝春秋」誌上で発表した短編「ドライブ・マイ・カー」に関して、作中に登場した北海道に実在する地名である中頓別町《なかとんべつちょう》が単行本収録時に変更されるという、ちょっとした事件が起こったのだ。作者はこの経緯について、同作を収めた短編集『女のいない男たち』の「まえがき」の中で「『ドライブ・マイ・カー』は実際の地名について、地元の方から苦情が寄せられ、それを受けて別の名前に差し替えた。」（一二頁）と簡単に触れているが、この際に中頓別町という地名から改変されたのが、〝上十二滝町〟という架空の地名であった。〝上〟といえば地図上では北に当たるわけで、つまり〝十二滝町〟は〝上十二滝町〟の南方に位置していると考えるのが自然であろう。[4] そして現実の中頓別町の南に広がっているのが（町境を接してこそいないが）美深町であり、特に仁宇布は北海道道一二〇号美深中頓別線の起点が置かれ、終点である中頓別町中頓別と直接に結ばれているのである。[5]

こうした複数の事実を付き合わせたとき、『羊をめぐる冒険』に登場した〝十二滝町〟が、美深町の仁宇布をモチーフとして創造されたことは、まず疑い得ない。であるとするなら、次に問われるべきなのは、この美深町仁宇布という土地が物語の舞台として選ばれたのはなぜか、という点であろう。

この問題を考える際、にわかに注目されるのが、『羊をめぐる冒険』に半年ほど先立って発表された「彼女の町と、彼女の緬羊」（「トレフル」一九八二年二月号）という短編小説だ。というのも、村上春樹の作品発表の行程を俯瞰してみると、いくつかの長編にはそれに先行する短編が存在していることに気づかされるからだ。『ノルウェイの森』（一九八七年）における「螢」（「中央公論」一九八三年一月号）や『ねじまき鳥クロニクル』（「新潮」一九九二年一〇月号―）における「ねじまき鳥と火曜日の女たち」（「新潮」一九八六年一月号）はその代表だが、「街と、その不確かな壁」（「文學界」一九八〇年九月号）の世界観が『世界の終りとハードボイルド・ワンダーランド』（一九八五年）へと引き継がれ、「4月のある晴れた朝に100パーセントの女の子に出会うことについて」（「トレフル」一九八一年七月号）のプロットが『国境の南、太陽の西』（一九九二年）や『1Q84』（二〇〇九年）へとやがて発展していった例もあるように、村上春樹の短編はしばしば、いわば大作の油絵に挑もうとする画家の手になる素描のように、やがて描かれるべき長編の場面や主題をスケッチするものとして機能する。そして『羊をめぐる冒険』との関係において、こうした機能を果たしている作品と考えられるのが、「彼女の町と、彼女の緬羊」なのである。

詳しく見ていこう。後に短編集『カンガルー日和』に収録される、札幌を舞台に旧友との再会と交歓が淡々とした筆致で描かれたこの掌編の中に、主人公が札幌のホテルで〝R町〟という北海道の町の広報番組を目にする場面がある。この番組は「町役場の広報課に勤めている」という「若い女の子」が自らの故郷である〝R町〟を案内するという体裁で作られているのだが、そこで発せられる「人口七千五百の小さな町です」や「町のはずれには町営の牧場があって〔中略〕百頭の緬羊が飼育されています」（五三頁）といった町の説明には、『羊をめぐる冒険』の〝十二滝町〟との類似が見て取れる。『羊をめぐる冒険』では〝十二滝町〟の人口に関して、駅員が「約七千って言ってるけど、本当はそんなにもいないさ」（二八九頁）と発言しており、さらに主人公を山上の〝鼠〟の別荘へと案内するのは「十二滝町営緬羊飼育場」の管理人である。北海道と羊とを結びつけた作品であることからしても、「彼女の町と、彼女の緬羊」という習作を長編として発展させたのが『羊をめぐる冒険』であると見て矛盾はなく、つまり〝十二滝町〟の原型はこの〝R町〟にあると推測できるのではないか。であるならば、『羊をめぐる冒険』の舞台に美深町仁宇布が選ばれた理由を〝R町〟の特徴の中に見出すことができる可能性もある。そう考えて「彼女の町と、彼女の緬羊」を読み直すとき、テレビの中で広報課の女の子が語ったある言葉が重要な意味を持って浮かび上がってくることになる。それは〝R町〟の歴史について語った、この説明である。

「明治の中頃にはこのR町の近くを流れるR川に砂金が発見されたために、一大砂金ブームになったことがあります。しかし砂金が取り尽くされてしまうとブームも去り、幾つかの小屋の跡と山を越える小さな道だけが当時の面影を偲ばせています」

（『カンガルー日和』、五四頁）

2　二つのクロンダイクを結ぶ糸

実はこの〝砂金〟の産地を探すことが「彼女の町と、彼女の緬羊」から『羊をめぐる冒険』へと続くラインを読み進むうえで重要な意味を帯びてくると考えられるのだが、その前段階として、まず旧国鉄美幸線についてここで触れておきたい。

一九六四年に開業した国鉄美幸線は、美深駅を起点とした営業距離二一・二キロメートルの路線。終点の仁宇布駅で別の路線と接続することはなく、つまりは典型的な〝盲腸線〟[6]であった。

もっとも、美幸線はもともと盲腸線として計画されたわけではない。この路線の敷設を定めた一九五三年制定の鉄道敷設法別表第１４４号の２によれば、美幸線とは「天塩国美深ヨリ北見国枝幸ニ至ル鉄道」と規定されている。つまり本来の計画では、仁宇布はあくまで途中駅に過ぎず、さらに五七・五キロメートル先の北《きた》見枝幸《みえさし》駅まで美幸線は延伸し、そこで別路線につながる予定だったのである。美幸線という路線名も〝美深〟と〝枝幸〟とを結ぶという意味で付けられたものだ。しかし先行開業した美深↔仁宇布間の赤字が増大するとともに路線の収益性が疑問視され、延伸予定区間ではトンネルや高架橋も完成し路盤整備も済んで、あとはただレールを敷設するばかりになっていたにもかかわらず、結局、仁宇布↔北見枝幸間を列車が走ることはなく、延伸計画は反故《ほご》にされて、仁宇布は盲腸線の終点として取り残されることになったのである（このときに造られた鉄道トンネルは、現在は自動車道路用に転用され、仁宇布と中頓別とを行き来する際に使われている）。

そして、美幸線のいわば幻の終着駅となった北見枝幸の周辺こそが、かつて金山と密接な関係があった土地であった。というのも一八九八年（明治三一年）、堀川泰宗という人物の探検によって、この一帯を流れる幾つかの川筋が優良な砂金地であることが広く知られるようになったからである。パンケナイ川（現・枝幸町）、ウソタンナイ川（現・浜頓別町）、さらにペーチャン川（現・中頓別町）に次々と金田が発見され、北見枝幸一帯は空前のゴールドラッシュに沸いた。『枝幸町史　上巻』（昭和四二年発行）では当時の様子が、「枝幸の砂は全部金であるとか、枝幸に行けば道ばたの草にまで金が生っている」（八七九頁）とかといった噂が全国にまで広がったために人々が「雲霞のごとく」この地に押し寄せ、砂金採取場では「人間ばかりで身体の屈伸さえ自由にならないありさま」（八六八頁）であったと紹介されている。そしてこのゴールドラッシュ

到来とともに与えられた北見枝幸一帯の別称が、〝東洋のクロンダイク〟というものだった。(7)

クロンダイクとは、カナダとアメリカ（アラスカ州）の国境付近に広がる地域の呼び名であり、一八九六年に金鉱が発見されるとシアトルやサンフランシスコから一攫千金を狙う人々が大挙して訪れた土地だった。わずか二、三年後には明治の日本人たちが北見枝幸を〝東洋のクロンダイク〟と呼んだことから考えても、このカナダ辺境の地に巻き起こったゴールドラッシュが、当時からいかに世界的な注目を集めていたかがわかるだろう。ユーコン川とクロンダイク川の合流点にはドーソンという街が生まれ、一〇万もの人々がこの街を目指して荒野を進んだといわれる。もっとも、一年のうちの七ヶ月は厳寒の日々が続くという亜北極気候と峻険《しゅんけん》な地形に阻まれて、ドーソンにまで辿り着けたのは三万人ほどに過ぎなかったらしい。そして、その三万人の中に、実は後に高名な作家となる若者がいたのだ。『野性の呼び声（*The Call of the Wild*）』（一九〇三年）や『白い牙（*The White Fang*）』（一九〇六年）などの作品で知られる、ジャック・ロンドン（一八七六―一九一六年）である。

このジャック・ロンドンという小説家の存在こそが、『羊をめぐる冒険』における〝鼠〟や〝僕〟の終着地の意味を考える上での、重要なキーなのではないかと筆者は考えている。ジャック・ロンドンのクロンダイクに向けての彷徨《ほうこう》が、〝東洋のクロンダイク〟北見枝幸と結ばれるはずでありながら、行き止まりの場所として取り残されることになってしまった仁宇布という土地への旅という形で作中に像を結んだものなのではないかと。

そう考える根拠は、もちろんクロンダイクの符合だけではない。村上春樹はジャック・ロンドンという小説家に深甚な興味を抱いていることが、多くの作品から読み取れるからである。一九九〇年五月二一日付の朝日新聞夕刊の文化欄には「ジャック・ロンドンの入れ歯」というエッセイが寄せられており、(8)短編集『神の子どもたちはみな踊る』に収められた一編「アイロンのある風景」（「新潮」一九九九年九月号）では、主人公の順子とどこか影のある年長の知人である三宅の二人が焚き火をしながら、ジャック・ロンドンの小説『たき火（*To Build a Fire*）』（一九〇八年）について語り合うシーンが作品の核に置かれている。また、『海辺のカフカ』（二〇〇二年）における〝田村カフカ〟と並ぶもう一人の主人公の名も興味深い。〝ナカタさん〟というその名は、ジャック・ロンドンが雇っていた日本人の使用人と同姓だ。それもジャック・ロンドンにとってナカタは使用人の域を超え、義姉イライザ以外では唯一の心を許せる存在であったという。(9)

さらにそれ以上に、『羊をめぐる冒険』の世界とジャック・ロンドンの結びつきを、直接に証言している存在もある。それが、『羊をめぐる冒険』の後日譚として発表された『ダンス・ダンス・ダンス』だ。『羊をめぐる冒険』の発行日一九八二年十月十三日からぴったり六年後の一九八八年十月十三日に刊行されたこの作品が描くのは、『羊をめぐる冒険』で〝僕〟が〝十二滝町〟を訪れてから四年半後の世界。『羊をめぐる冒険』の中で〝十二滝町〟の山荘から忽然《こつぜん》と姿を消した恋人の消息を知る手がかりを求め、〝僕〟は再び〝十二滝町〟への旅の出発点となった札幌に向かう。そしてこのとき、〝僕〟が手にしている本が、ジャック・ロンドンの伝記なのである。

札幌までの列車の中で、僕は三十分ほど眠り、函館の駅近くの書店で買ったジャック・ロンドンの伝記を読んだ。ジャック・ロンドンの波瀾万丈の生涯に比べれば、僕の人生なんて樫の木のてっぺんのほらで胡桃を枕にうとうとと春をまっているリスみたいに平穏そのものに見えた。少なくとも一時的にはそういう気がした。

（上・四八頁）

なんの前触れもなく、ジャック・ロンドンが現れる。そしてこれ以後、作中で言及されることも二度とない。ジャック・ロンドンとは何者なのかという説明も一切なされない。

このシーンが示すものは何か？　それが唐突で前後の脈絡を欠くものに見えるだけに、逆にこの記述が主人公の旅の幕開けに置かれたことには作者の何らかの意図が働いているとも見える。であるとすれば、その意図とはどこにあるのか？

考えられるのは、これは一種の指標（インデックス）[10]であるということだ。『羊をめぐる冒険』では〝東洋のクロンダイク〟と重なる〝十二滝町〟へ向けて、北海道の中を移動する物語が語られた。それからきっかり六年後に刊行された『ダンス・ダンス・ダンス』でも北海道内の移動が再び繰り返されることになるのだが、そこから展開していくストーリーの糸の端緒にこの指標を付すことで、最初の移動もジャック・ロンドンの旅が下敷きとなっていると示そうとしたのではないか。二作の発行日の日付をまったく同じ十月十三日に重ねて設定したのは、反復性を強調し、二つの旅を重ね合わせるための作者の計算であったのではないか。そうとでも解釈しない限り、『ダンス・ダンス・ダンス』におけるジャック・ロンドンの唐突な登場に合理的な意味を見出すのは難しいように思われる。

3　ジャック・ロンドンと〝鼠〟の双子性

ではなぜ、『羊をめぐる冒険』においての〝十二滝町〟への移動は、ジャック・ロンドンのクロンダイクへの遠征と重ね合わせられることになったのだろうか？　この点を考えるに際しては、ジャック・ロンドンの作品に関する村上春樹の想いが最も直接的に語られている『アイロンのある風景』こそ、やはり最初に参照すべき作品ではないかと思う。

順子はいつものようにジャック・ロンドンの『たき火』のことを思った。アラスカ奥地の雪の中で、一人で旅をする男が火をおこそうとする話だ。火がつかなければ、彼は確実に凍死してしまう。日は暮れようとしている。〔中略〕物語の情景はとても自然にいきいきと彼女の頭に浮かんできた。死の瀬戸際にいる男の心臓の鼓動や、恐怖や希望や絶望を、自分自身のことのように切実に感じとることができた。でもその物語の中で、何よりも重要だったのは、基本的にはその男が死を求めているという事実だった。〔中略〕この旅人はほんとうは死を求めている。それが自分にはふさわしい結末だと知っている。

（『神の子どもたちはみな踊る』、四四―四五頁）

この短編の主人公・順子はジャック・ロンドンの作品である『たき火』の主人公について、直覚的にこのように認識する。『たき火』という作品がクロンダイクの凍てついた荒野を舞台に、死と隣り合わせの彷徨を描いているところからして、その主人公とはジャック・ロンドンが自身の姿を投影した存在だろう。であれば、順子の口を借りて語られるこの感想は、つまり村上春樹がジャック・ロンドンその人に対して抱いた印象にほかならない。死に抗い、旺盛な生を志向しながら、それでも死に強く惹きつけられ続けた作家。村上春樹の目にはジャック・ロンドンとは、そんな姿に映っていたのではないか。そしてそれこそが、『羊をめぐる冒険』においてまず〝鼠〟にジャック・ロンドンと同じように〝クロンダイク〟への道を辿らせようとした動機でもあるのだと思える。というのも、そもそも〝初期三部作〟において、〝鼠〟は常に強く死に惹きつけられている存在だったからだ。加藤典洋の指摘にもあるように、前作『１９７３年のピンボール』の中で

〝鼠〟の日々を描いたパートとは、つまり〝鼠〟がついに自殺を果たす物語とみて間違いないだろう。[11]「まるで壊疽みたいに」「体の中で腐っていく」（『羊をめぐる冒険』、三八〇頁）自らの「弱さ」に苛立ちながら、それでも「俺は俺の弱さが好きなんだよ。〔中略〕どうしようもなく好きなんだ」（同、三八三頁）と叫ばざるを得ない〝鼠〟の姿は、「順子を深いところで揺さぶったのは、物語の中心にある〔中略〕根元的ともいえる矛盾性だった」という『たき火』の主人公、イコール作者であるジャック・ロンドンと重なるのだ。

さらに「アイロンのある風景」ではもう一人の登場人物である三宅も、順子に対してジャック・ロンドンに関する自分の考えを語る。二人の対話のシーンを改めて見てみよう。


「ジャック・ロンドンというアメリカ人の作家がいる」

「焚き火の話を書いた人だよね？」

「そうや。よう知ってるな。ジャック・ロンドンはずっと長いあいだ、自分は最後に海で溺れて死ぬと考えていた。〔中略〕あやまって夜の海に落ちて、誰にも気づかれないまま溺死すると」

「ジャック・ロンドンは実際に溺れて死んだの？」

三宅さんは首を振った。「いや、モルヒネを飲んで自殺した」

「じゃあその予感は当たらなかったんだ。〔中略〕」

「表面的にはな」〔中略〕「しかしある意味では、彼は間違ってなかった。ジャック・ロンドンは真っ暗な夜の海で、ひとりぼっちで溺れて死んだ。アルコール中毒になり、絶望を身体の芯までしみこませて、もがきながら死んでいった。〔後略〕」


（『神の子どもたちはみな踊る』、六一－六二頁）

正直に言えばこの場面の設定もまた、やや不自然であると断ぜざるを得ない。ジャック・ロンドンは確かにアメリカの近代文学史に大書される作家ではあるが、しかし日本人にとっては広く知られた存在というわけではないだろう。さらにいえば、二人の対話で語られる『たき火』という作品は、この作家にとって『野性の呼び声』や『白い牙』のような代表作でもない(12)。そんな地味な短編小説を知っている二人がたまたま知り合いであり、そして二人はたまたま同時にその作品のことを考えていて、そこからこの対話が始まることになる。およそ蓋然性に乏《とぼ》しい設定のもとに「アイロンのある風景」という短編は成り立っていることになる。しかし、おそらく作者はその不自然さを承知の上で、ジャック・ロンドンについて登場人物に語らせる必要があった。もっと言えば、三宅という人物の口から語らせる必要があったのではなかろうか。

かつて加藤典洋はこの三宅という人物について、「順子のような存在の心を開き、そこからの声を自分を無にして受け止める、別種の父性のたたずまいをもっている」として、そこから千石イエスを連想したが(13)、順子にとってそうした父の代償的存在である三宅は、しかし同時に自分の妻子を捨てた、つまり父であることを放棄した存在でもある。一方で、後述するがジャック・ロンドンは実の父親には親子であることを遂に生涯にわたって認めてもらうことができなかった、つまり父であることを放棄された人物だ。立場は逆だが、両者は父と子の関係を持ち得なかった者という共通項を持っている。そして思えば〝初期三部作〟において金持ちである父親を忌み嫌っていた〝鼠〟もまた、父と子との関係が毀損《きそん》された存在であった。つまり〝鼠〟は、同じ関西の神戸市周辺にルーツを持つ三宅という人物を蝶番《ちょうつがい》として、ジャック・ロンドンと結びつけられているのである。そしてそうした前提に立てば、ここで三宅が語ったジャック・ロンドンの死に対する「予感」は、『1973年のピンボール』に描かれた〝鼠〟に関するある一つのシーンを私たちに思い起こさせることになる。

眠りたかった。

眠りが何もかもをさっぱりと消し去ってくれそうな気がした。眠りさえすれば……。

目を閉じた時、耳の奥に波の音が聞こえた。〔中略〕

これでもう誰にも説明しなくていいんだ、と鼠は思う。そして海の底はどんな町よりも暖かく、そして安らぎと静けさに満ちているだろうと思う。いや、もう何も考えたくない。もう何も……。

（一九八頁）

海での死を予感する（そして最終的にはどちらも自死を選択することになる）ジャック・ロンドンと〝鼠〟。もちろん、入水《じゅすい》が自殺の方法としてはまれなものではない以上、海と死のイメージが結びつくこともさして珍しいことではなく、ここに見える相似も偶然なのかもしれない。しかし同じ村上春樹の手によって十九年の歳月を隔てて書かれた、冬の海の波音がバックに響く二つの文章が、静かに共鳴しているような印象を与えるのも間違いない。それというのも、「金持ちなんて・みんな・糞くらえさ」（一二頁）という『風の歌を聴け』の〝鼠〟の言葉とともに幕を開ける初期三部作においては最初の時点から、ジャック・ロンドンの影が作品中に強く刻印されていたからである。

4　初期三部作に射すジャック・ロンドンの影

その事実を象徴的に示す存在が、『風の歌を聴け』に登場する架空の作家、デレク・ハートフィールドである。このハートフィールドとは、いったい何者なのか?

そのモデルとしてまず挙げられるのが、『グレート・ギャツビー』の主人公であるジェイ・ギャツビーであり、そしてその作者であるスコット・フィッツジェラルドであることは衆目の一致するところだろう。ハートフィールドという姓を分解すれば、〝hurt(傷)〟と〝field(戦場)〟という二つの語が浮かび上がる。ここで指し示されるのは、職業軍人時代に心に傷を負ったギャツビーの姿だ。そもそも、『風の歌を聴け』という村上春樹のデビュー作自体が、作者が愛してやまない『グレート・ギャツビー』へのオマージュとしての性格が色濃い。一九七九年に発表された『風の歌を聴け』と、その二十七年後に村上春樹自身が訳出した『グレート・ギャツビー』、それぞれの冒頭部分を比べてみよう。

「完璧な文章などといったものは存在しない。完璧な絶望が存在しないようにね。」

僕が大学生のころ偶然に知り合った作家は僕に向ってそう言った。僕がその本当の意味を理解できたのはずっと後のことだったが、少くともそれをある種の慰めとしてとることも可能であった。完璧な文章なんて存在しない、と。

(『風の歌を聴け』、三頁)

僕がまだ年若く、心に傷を負いやすかったころ、父親がひとつ忠告を与えてくれた。その言葉について僕は、ことあるごとに考えをめぐらせてきた。

「誰かのことを批判したくなったときには、こう考えるようにするんだよ」と父は言った。「世間のすべての人が、お前のように恵まれた条件を与えられたわけではないのだと」

父はそれ以上の細かい説明をしてくれなかったけれど、僕と父のあいだにはいつも、多くを語らずとも何につけ人並み以上にわかりあえるところがあった。だから、そこにはきっと見かけよりずっと深い意味が込められているのだろうという察しはついた。

（『グレート・ギャツビー』、九頁）

主人公が、かつて自分に向けて語られた言葉を反芻《はんすう》し、それについての自分の想いを述懐する。この冒頭部分からは文章の構成も内容も、強い相似性を感じられるはずだ。そんな書き出しから始まる『風の歌を聴け』に登場するデレク・ハートフィールドの出自を『グレート・ギャツビー』の周辺に求めることは、ごく自然であるに違いない。

しかしこうしたことを前提としても、ハートフィールドの人物像がフィッツジェラルド（及びその創造物であるギャツビー）にのみ拠《よ》っていると考えることには、違和感がある。ハートフィールドは確かにフィッツジェラルドの衣装を身にまとってはいるが、その服の下にある身体は別人のものではないのか、という疑念が払拭《ふっしょく》できない。その疑念を生み出す原因となっているのが、ジャック・ロンドンという存在なのである。

実際、『風の歌を聴け』で語られるハートフィールドのプロフィールには、ジャック・ロンドンを想起させる要素が数多く含まれている。例えば「父親は無口な電信技師であり、母親は星占いとクッキーを焼くのがうまい小太りな女だった」（一九四頁）という表現。前述のようにジャック・ロンドンは実の父親には生涯にわたって認知を拒まれ、母親がやがて結婚した男性を父親として育つというやや複雑な生い立ちを有しているのだが、その育ての父親であるジョン・ロンドンは鉄道の保線技師などを務めた実直な労働者であり(14)、また実の父親とされるW・H・チェイニーなる人物は占星術師だった。またハートフィールドは「月間7万語ずつ原稿を書きまくり」（一九五頁）、結果として膨大な量の作品を生み出した作家と設定されているが、これも一日一千語のノルマを自らに課し、二十年近い作家生活の中で二十冊の長編小説と二百以上もの短編小説を発表したジャック・ロンドンの姿と重なる。

さらに重要なのは、作中で「レイ・ブラッドベリの出現を暗示するような短編」として紹介されるハートフィールド作の『火星の井戸』という短編小説である。この架空の作品では身体を持たず、意識だけの存在となって「我々は時の間を彷徨っているわけさ」（一五七頁）と語る火星人が登場し、一人の自殺志願者の青年に語りかけるのだが、この世界観はジャック・ロンドン最晩年の作品『星を駆ける者（*The Star Rover*）』（一九一五年）との強力な近親性を感じさせるのだ。ちなみにこの作品はジャック・ロンドンの伝記である『馬に乗った水夫』（アーヴィング・ストーン著／橋本福夫訳）においては『時空をさまよう者』という邦題があてられ、その内容については「呼吸も血の通いも困難なほど狭窄衣で締めつけられた囚人が苦痛に耐えるために意識的に自分の肉体を仮死状態におとしいれ、魂をとき放って時空をさまよわせる体験を語った小説」と紹介されている。もう一つ付け加えるなら、この『星を駆ける者』を書き上げた前年に出版されたジャック・ロンドンの長編のタイトルが『月の谷（*The Valley of the Moon*）』（一九一三年）なのである。『火星の井戸』のルーツが奈辺にあるかは、すでに明らかだろう。

ハートフィールドもジャック・ロンドンも死因は自殺。またジャック・ロンドンは日露戦争に従軍、廃人同然で保護されるという経験もしている。[15]〝戦場で傷を負った者〟と呼ばれるにふさわしい資格があるわけで、デレク・ハートフィールドが奇しくも村上春樹と誕生日が同じこのアメリカ人作家を置き換えたものであっても、何の不思議もない。

こうしてみてくると、『風の歌を聴け』『１９７３年のピンボール』『羊をめぐる冒険』の三部作の背後には、常にジャック・ロンドンの存在があったということになる。そうであるならば、ジャック・ロンドンのクロンダイクへの彷徨を下敷きにして展開された『羊をめぐる冒険』の結末もまた、その関係性から読み解かれるべきだろう。

若き日のジャック・ロンドンはクロンダイクまで辿り着くことはできたものの、当地で壊血病にかかり、持ち帰ることのできた砂金はわずかに四〜五ドル程度の価値しかなかった。しかし彼はその地での苛酷な体験を小説として発表することで、「どの熟練炭鉱者よりも、ゴールドラッシュから多額の収入を稼ぎ出す」(ストーン、一三九頁)存在となり、莫大な原稿料を手にする。そしてその資金をつぎ込み、〝狼城〟と称される山荘の建設を企図するのだが、なんと完成当日に原因不明の失火によってその理想郷は全焼してしまう。『羊をめぐる冒険』の最終盤では、いわば三部作全体の結末として、〝鼠〟の別荘が爆破され、〝僕〟がそこから立ち上る煙をじっと見つめる情景が描かれる。つまり〝鼠〟と〝僕〟の移動がジャック・ロンドンの旅路と重ね合わせられていたのと同じように、その物語の閉じられ方もまた、ジャック・ロンドンの人生の結末と平仄《ひょうそく》を合わせたものとなっているのである。〝東洋のクロンダイク〟へとつながるはずだった旧国鉄美幸線と思われる線路を走る列車から〝僕〟が三十分も見つめていたという煙もまた、ジャック・ロンドンの〝狼城〟を焼き尽くした煙を、置き換えたものだったのかもしれない。

5　盲腸線が示す〝鼠〟の運命

ここまで、『羊をめぐる冒険』における〝鼠〟と〝僕〟の旅の裏側に、ジャック・ロンドンが体験したクロンダイクへの旅が隠されていることを見てきた。また〝東洋のクロンダイク〟と呼ばれた砂金産出地があったことに加え、『火を熾す』を始めとする多くの作品でジャック・ロンドンが描いた、摂氏零下五十度をも下回る過酷な環境のクロンダイクを置き換えるには、日本の気象観測の歴史における最低気温であるマイナス四一・五度を記録した美深町を含む北海道北部が、物語の舞台として最適の地であったという側面もあるかもしれない。そしてもう一つ、中でも美深町の仁宇布という人に知られることのほとんどない辺境の土地が旅の終着点でなければならなかった理由があるとすれば、それを考えるためにはいま一度、旧国鉄美幸線に立ち戻る必要がある。

冒頭でも述べたが、ひと口に〝初期三部作〟といっても、『風の歌を聴け』『1973年のピンボール』の二作と『羊をめぐる冒険』との間には、一種の断層が存在する。しかし、その断層を認識しつつもやはり、『羊をめぐる冒険』を初期三部作、すなわち〝僕〟と〝鼠〟の世界へと還元させ、その流れの中で読み直すという営みも重要であろう。村上春樹にとって、アフォリズムやデタッチメントを離れ、物語をもって作品世界を貫くという明確な目的意識のもとに開かれたのがこの作品であるとして、しかしそれだけが目的であったのなら前二作とはまた設定の異なる新しい作品に向かうこともできたはずだ。だが村上春樹はあえてその方法を選択せず、前二作の続編という性格をこの作品に与えた。それはつまり強い物語性を備えた新たな完結編を接続させることによって、前二作の世界観を上書きし、一つの物語に収斂《しゅうれん》させせようとする試みであるからだ。この試みの跡をたどることは〝僕〟と〝鼠〟の世界を読み解くためには欠かせない。

そしてそうした視点に立てば、実は『羊をめぐる冒険』という物語の登場は、すでに『1973年のピンボール』において予告されていたことが了解されるのである。というのも『1973年のピンボール』の中では「入口があって出口がある。大抵のものはそんな風にできている。郵便ポスト、電気掃除機、動物園、ソースさし。もちろんそうでないものもある。例えば鼠取り。」という警句めいた断片に続いて、鼠取りに関する次のような印象的な挿話が示されるからである。

アパートの流し台の下に鼠取りを仕掛けたことがある。餌にはペパーミント・ガムを使った。部屋中を探し回った挙句、食べ物と呼び得るものはそれ以外に見当らなかったからだ。〔中略〕三日めの朝に、小さな鼠がその罠にかかっていた。〔中略〕ガムの切れ端が足下に転がっていた。つかまえてはみたものの、どうしたものか僕にはわからなかった。〔中略〕鼠は四日めの朝に死んでいた。彼の姿は僕にひとつの教訓を残してくれた。
物事には必ず入口と出口がなくてはならない。そういうことだ。

（一四頁）

この挿話は、『1973年のピンボール』という小説の真の意味を暗示している。つまりこの小説には、脚註(11)に挙げた加藤典洋の指摘の通り、〝鼠〟が出口のない〝鼠取り〟のような隘路《あいろ》に入り込み、そこでついには命を失うというストーリーが伏流しているのである。村上春樹はすでに冒頭近くで、この小説の意味を、つまり矛盾に満ちた〝鼠〟という男の精神の彷徨の行き着く先を、読者に示したのだ。
その意味では、先にも引用した〝鼠〟が海底について想いを巡らせる場面をもって彼は小説世界から退場し、それとともに〝僕〟と〝鼠〟の話は完結してよかったはずだ。いや、実際に脱稿の時点では、作者はここで二人の物語を語り終えたつもりだったのではないか。「何もかもが繰り返される……。僕は一人で同じ道を戻り、秋の光が溢れる部屋の中で〔中略〕コーヒーを立てた。そして一日、窓の外を通り過ぎていく十一月の日曜日を眺めた。何もかもがすきとおってしまいそうなほどの十一月の静かな日曜日だった。」（二〇七頁）という、〝僕〟の強い孤独が滲むラストシーンは、前作『風の歌を聴け』で語られたひと夏の日々の結末に印象的に置かれていた「あらゆるものは通りすぎる。誰にもそれを捉えることはできない。僕たちはそんな風にして生きている」という独白と確かに共鳴している。この印象的なリフレインはつまり終幕を告げる鐘として、二つの作品のそれぞれにおいてしかるべき位置に置かれたものではなかったろうか。

だからこそ、いったんは円環として閉じられた〝僕〟と〝鼠〟の世界に、今度は〝物語〟を持ち込んで再構築を図ろうと作者が決めたとき、出口を喪失した鼠というベースのフォーマットが敷衍されることになったのだろう。実は『1973年のピンボール』においてすでに、鼠は自死を選んでしまっていたのだ。ここで出口の喪失というテーマを放棄しては、『羊をめぐる冒険』と前二作とを接続することができず、〝僕〟と〝鼠〟を新たな物語の世界へ転送することも頓挫してしまう。だから『羊をめぐる冒険』においては、〝鼠〟は行き止まりの物語に迷い込むことがあらかじめ運命づけられていたのである。その意味で『羊をめぐる冒険』とはすでに予告された物語だったのだ。そしてその中では、〝鼠〟は自らの中に羊を取り込んだまま死を選ぶ。つまり〝鼠〟自身が鼠取りとなって羊による世界の改変を阻むという新たな物語が重ねられることになった。これによって『1973年のピンボール』において〝鼠〟の運命を暗示する章句として作者が潜ませた小さな挿話はそのまま、『羊をめぐる冒険』の中では物語全体を支える竜骨に転生したのである。

そして、こうして予告された物語として『羊をめぐる冒険』があったことは、美深町仁宇布がその舞台として選ばれたことと、おそらく無関係ではあるまいと思う。というのも、仁宇布に至る唯一の公共交通機関であるところの旧国鉄美幸線が盲腸線、すなわち他のどの土地とも繋がらない、いわば出口のない路線であったことが、作品の成立には必要とされたと考えられるからだ。

盲腸線の終着駅。それ以上に、出口が失われた物語が展開されるのにふさわしい場所もあるまい。東洋のクロンダイクへと繋がるはずだった場所。それでいて、結果的には鼠取りのような出口のない袋小路となってしまった場所。それが美深町仁宇布であったのだ。この二重三重の意味で舞台となるべき資格を持った土地が実在したことは、『羊をめぐる冒険』の物語が成立する上で重要なキーとして作用したと考えられ、ひいてはこの土地が新たな完結編と前二作とを〝三部作〟として着地させるうえで果たした貢献は、決して小さくはなかったはずである。

おわりに

最後に付け加えるなら、こうして村上春樹の小説世界に出現した〝入口と出口〟という概念は、その後の村上春樹の創作活動を貫く重要なテーマとなる。

入り口と出口。
死んでしまった友達と二人で通った小さなスナック・バーのことも思い出した。僕らはそこでとりとめもなく時を過ごしたものだった。〔中略〕
彼はもう死んでしまった。
あらゆる物を抱え込んで、彼は死んでいった。
入り口と出口。

（『ダンス・ダンス・ダンス』上、二九頁）

『羊をめぐる冒険』の続編である『ダンス・ダンス・ダンス』では、〝鼠〟を失った〝僕〟のこのような述懐が挿入され、『羊をめぐる冒険』がまさに入口と出口をめぐる物語であったことが改めて示されるのだが、それ以後も、例えば「すみれはどこかにうまく出口をみつけたのだ。〔中略〕それがどのような種類の出口であったのか、〔中略〕そこまでは知る由もない」（『スプートニクの恋人』、二四四頁）、「入り口の石を閉めてしまえば、それで話はしっかり終わるんだ。〔中略〕一度開けたものは、また閉めなくちゃならない。それが決まりだ」（『海辺のカフカ』下、三〇三頁）といった形で、〝入口〟と〝出口〟というキーワードはさまざまな作品の中に繰り返し現れるのだ。

「ここが世界の出口なんだね」
「そう」と青豆は答える。「ここが世界の入り口であり出口なの」

（『1Q84』BOOK3、五八八頁）

これらの物語の中で登場人物たちは入口と出口を求めて、作品世界の中を旅することになる。その旅が村上春樹文学の深化をもたらしたことはすでに冒頭で述べた通りだが、そんな村上春樹の物語群の出発点が、美深町仁宇布という北海道の片隅の行き止まりの土地であったことは、記憶に留められてもいいのではないかと思う。

註

（1）「別冊宝島743　僕たちの好きな村上春樹」（宝島社、二〇〇三年）において中村裕美が美深町仁宇布が十二滝町のモデルである可能性が高いことを指摘している。

（2）奇しくも『羊をめぐる冒険』と同年に出版された、当時の美深町長・長谷部秀見による『日本一赤字ローカル線物語』（草思社、一九八二年）より。

（3）一九六六年刊行の毎日新聞社『週刊エコノミスト』第四四巻第二七号に掲載された堀幸雄「北限の稲作・北海道美深町──農業新地図1──」より。

（4）日本の地名では古くから内裏がある京から近い土地から順に上・中・下と付けるのが一般的であるが、北海道においては例えば音威子府集落の北方に上音威子府集落が位置するといった具合に、必ずしもこの法則には縛られないようであり、北の方角や川上を「上」と称する場合が少なくない。

（5）北海道道美深中頓別線に関しては、起点が美深町仁宇布（北海道道四九号美深雄武線交点）、終点が中頓別町中頓別（国道二七五号交点）と、平成五年五月十一日建設省告示第千二百七十号で定められている。

（6）路線両端のどちらかが他の路線と連絡することなく行き止まりになっている地方路線がこう呼ばれる。

（7）当時のジャーナリズムによって「東洋のクロンダイク」の語が全国に広がった明治三二年には、砂金採掘の権利を得るため札幌鉱山監督署に膨大な件数の鉱区出願が申請され、その申請者の中には右翼の巨頭として知られる頭山満の名もある。『羊をめぐる冒険』の「先生」のモデルに擬せられる児玉誉士夫（加藤典洋・編『村上春樹 イエローページ』荒地出版社、一九九六年、七〇頁）は頭山満の三男・頭山秀三が主宰した天行会に深くかかわり、一九三二年の天行会独立青年社事件では頭山秀三とともに逮捕、投獄されている。

（8）「ジャック・ロンドンの入れ歯」を収録した『村上春樹 雑文集』（新潮社、二〇一一年）の中で村上春樹は「ジャック・ロンドンは昔から僕の好きな作家で、彼については何度か（どこでだったか思い出せないのだけど）エッセイを書いた記憶があります」（三三九頁）と記している。

（9）アーヴィング・ストーンによるジャック・ロンドンの伝記『馬に乗った水夫　ジャック・ロンドン、創作と冒険と革命』

（早川書房、二〇〇六年）では、この〝ナカタ〟について「イライザのほかにも、彼が愛し、心からの信頼をよせていた人間が一人だけいた。」「ジャックはこの日本人の召使に自分の唯一の息子を見出し、彼の知りえた唯一の息子の愛というものを、味わわせてもらったのだった。」（四四五―四四六頁）と紹介している。

（10）村上春樹は川上未映子との対談集『みみずくは黄昏に飛びたつ』（新潮社、二〇一七年）において、「英語で『Style is an index of the mind.』って言葉があるんですが〔中略〕index というのは『指標』のことですね」（一三三頁）と発言している。

（11）加藤典洋の編集による『村上春樹 イエローページ』では、「ここに街を出るまでの物語として語られているのは、鼠の自殺に至る物語である。（略）ここで村上は、（略）鼠の死を鼠の再出発に『置き換え』、換喩（メトニミー）的に再構成しているのである。」（四二頁）としている。

（12）柴田元幸によって『火を熾す』という作品名で翻訳されたジャック・ロンドンのこの作品には一九〇二年版と一九〇八年版の二つのヴァージョンが存在し、二〇〇八年に刊行された同名の短編集『火を熾す』（スイッチ・パブリッシング）には一九〇八年版が、二〇一七年に刊行された短編集『犬物語』（同）には一九〇二年版が収録されている。また『犬物語』の「訳者あとがき」において柴田元幸は、特に一九〇二年版に関して「日本語訳では入手しにくい」と記している。

（13）加藤典洋『村上春樹イエローページ PART2』（荒地出版社、二〇〇四年　一二一頁）。

（14）「実直な労働者」という表現はジャック・ロンドン研究会編（大浦暁生・監修）の『英米文学叢書 ジャック・ロンドン』内の年表の表現に準じた（二六一頁）。また、ここで紹介したジャック・ロンドンの事蹟は同じ年表内の記事（二六一―二八一頁）を筆者がまとめたものである。

（15）『英米文学叢書 ジャック・ロンドン』内の年表ではこの前後の経緯に関して「日露戦争が勃発すると、ハースト系新聞の特派員として日本へ赴く。日本軍当局は、外人記者の従軍に反対し、（略）京城まで連れ戻され、軍の監視下におかれる。（略）帰国後反日感情の強い従軍記を書き」（二七五頁）と記し、また『馬に乗った水夫』（橋本福夫・訳）の口絵（七頁）には「日露戦争に従軍したロンドンは廃人同然の姿で仁川に上陸、平壌までたどり着いた」というキャプションとともに平壌でのロンドンの姿を撮影した写真を紹介している。

参考文献

加藤典洋・編『村上春樹 イエローページ』荒地出版社、一九九六年。
加藤典洋・編著『村上春樹 イエローページ PART2』荒地出版社、二〇〇四年。
ジャック・ロンドン 柴田元幸・訳『火を熾す』スイッチ・パブリッシング、二〇〇八年。
ジャック・ロンドン 柴田元幸・訳『犬物語』スイッチ・パブリッシング、二〇一七年。
ジャック・ロンドン研究会『英米文学研究叢書 ジャック・ロンドン』三友社出版、一九八九年。
アーヴィング・ストーン 橋本福夫・訳『馬に乗った水夫 ジャック・ロンドン、創作と冒険と革命』早川書房、二〇〇六年。
＊同著者・同訳者による『馬に乗った水夫 大いなる狩人、ジャックロンドン』が一九六八年に早川書房より発行されている。
長谷部秀見『日本一赤字ローカル線物語』草思社、一九八二年。
日塔總・編著 枝幸町史編纂委員会・編纂『枝幸町史』上巻、一九六七年。
『別冊宝島７４３ 僕たちの好きな村上春樹』宝島社、二〇〇三年。
『週刊エコノミスト』第四四巻第二七号、毎日新聞社、一九六六年。
川上未映子 村上春樹『みみずくは黄昏に飛びたつ』新潮社、二〇一七年。

【テキスト】
村上春樹『風の歌を聴け』講談社、一九七九年／村上春樹『１９７３年のピンボール』講談社、一九八〇年／村上春樹『羊をめぐる冒険』講談社、一九八二年／村上春樹『カンガルー日和』平凡社、一九八三／村上春樹『ダンス・ダンス・ダンス』講談社、一九八八年／河合隼雄、村上春樹『村上春樹、河合隼雄に会いにいく』岩波書店、一九九六年／村上春樹『スプートニクの恋人』講談社、一九九九年／村上春樹『神の子どもたちはみな踊る』新潮社、二〇〇〇年／村上春樹『海辺のカフカ（下）』新潮社、二〇〇二年／村上春樹『１Ｑ８４ ＢＯＯＫ３』新潮社、二〇一〇年／スコット・フィッツジェラルド 村上春樹・訳『グレート・ギャツビー』中央公論新社、二〇〇六年。
＊作品からの引用は各書籍第一刷に拠る。

第7章　ここは僕の場所でもない
――フィッツジェラルドからチャンドラー、そして村上へ(1)

ジョナサン・ディル
［翻訳］小島　基洋

村上春樹は自身の愛読書として以下の三冊を挙げる。F・スコット・フィッツジェラルドの『グレート・ギャツビー』、レイモンド・チャンドラーの『ロング・グッドバイ』、フョードル・ドストエフスキーの『カラマーゾフの兄弟』だ。そして彼のオール・タイム・ベストは『グレート・ギャツビー』であると語っている（『グレート・ギャツビー』、三三三頁）。村上が三作品中、二作品をすでに自身の手で翻訳している事実は（さすがに『カラマーゾフの兄弟』は訳していないが）、両作が彼にとっていかに重要な作品であるかを示しているだろう。村上は個人的に『グレート・ギャツビー』と『ロング・グッドバイ』は切り離すことができず、合わせて読むべき作品であると考えている。これは、チャンドラーが『ロング・グッドバイ』をフィッツジェラルドの『グレート・ギャツビー』への直接的な応答として書いたのではないか、という彼の個人的な見解に由来するものである。

村上は、チャンドラーが一九六〇年代における自身のヒーローであり、『ロング・グッドバイ』は少なくとも十数回は読んだと述べている（McInerney）。また、『ロング・グッドバイ』の「訳者あとがき」では、『グレート・ギャツビー』と『ロング・グッドバイ』の関連性について詳述しており、「僕はある時期から、この『ロング・グッドバイ』という作品は、ひょっとしてスコット・フィッツジェラルドの『グレート・ギャツビー』を下敷きにしているのではあるまいかという考えを抱き始めた。……そういう言い方がいささか強引に過ぎるとすれば、その二つの小説をひとつに重ねたかたちで、あくまで個人的に、『ロング・グッドバイ』を読むようになった」（五四七頁）と述べている。『ロング・グッドバイ』に登場するロジャー・ウェイドという名のアルコール依存症の作家は、部分的にチャンドラー自身をモデルにしているのだが、作中で自分はフィッツジェラルドのファンだと述べている。この思いは作者チャンドラー自身のものでもあり、彼は当時、『グレート・ギャツビー』の映画の脚本を書き始めてもいた（結局は製作されなかったが、本人の力の及ぶところではない）。村上は、フィッツジェラルドとチャンドラーの伝記的な類似性――アイルランド系であること、アルコール依存症であること、ハリウッド映画の台本を執筆することで経済的に生き延びたこと――にも着目している。しかし、それ以上に、作家としての二人の共通点、例えば、二人が残した多くの手紙にも見られる、書くことへの本能的な欲求、あるいは美文家としての評判、そして何よりも感傷的でロマンチックな傾向性に興味があるようだ（五四八頁）。

三人の作家には興味深い類似点がある――フィッツジェラルドは世界大戦間の好況期にニューヨークを代表する作家となり、チャンドラーは第二次世界大戦後の好況期にロサンゼルスを代表する作家となり、村上はバブル経済以降の好況期に東京を代表する作家となったのだ。三者は、それぞれの都市の出身ではないものの、各都市を文学的想像力の中で見事に描き出した。そのために生み出されたのが、観察し、出会い、冒険をする一人称の印象的な語り手たちだ。村上はそのキャリアの初期に、日本の批評家からしばしば「都市小説」の作家と評されたのだが、それが意味するのは、都市で暮らす若者の生活や、彼らの孤独と孤立を描くタイプの作家であるということである。村上が初めて発表した短編小説「中国行きのスロウ・ボート」の語り手は、東京について「ここは僕の場所でもない」と述べる（四九頁）。この感情もまたフィッツジェラルドやチャンドラーが、それぞれの都市との関係で抱いた想いに由来している。「作家であるフィッツジェラルドとチャンドラーに共通するのは、彼らがニューヨークとロス・アンジェルスという都市に対して、終始、深い愛憎を抱いていたという事実である。それらの都市を舞台に、その二人の作家は多くの作品を書いたものの、実生活においては、そこを自分のための本来の場所だと感じたことは一度としてなかった」（チャンドラー、五五一頁）——このような感覚を両者がそれぞれの都市に抱いていたのだろうと村上は述べているが、それはおそらく村上自身が東京に対して抱いていた思いでもあるのだろう。

村上はフィッツジェラルドへの愛を再三にわたって記している。最初に翻訳した短編集『マイ・ロスト・シティー』の中で、彼はフィッツジェラルドを「自分のための作家」（一九頁）であり、「僕の師であり、大学であり、文学仲間」（一七頁）に他ならないと表現している。十六歳の時に初めて読んだフィッツジェラルドの物語のタイトルは忘れてしまったそうだが、その二年後に『グレート・ギャツビー』を読んだことは覚えているという。夢中になったきっかけは、十九歳で『夜はやさし』を読んだことによるそうだ。この小説への第一印象は、それ以前に読んだ作品と同じく、特に強烈なものではなかったが、数ヵ月後、再びこの小説に引き戻されると、新たな興味が沸き、あっという間に読み終えてしまったのだという。ついに彼はフィッツジェラルドの虜になったのだ。その後、村上はフィッツジェラルドの他の長短編を読み進めていくことになる。短編「冬の夢」と「バビロンに帰る」はそれぞれ二十回以上読み、その深い魅力がどこから来るのか、細かく分析したそうだ（一七頁）。作家の中には、一行目を読んだだけでその素晴らしさがわかるタイプと、時間をかけて真価がわかるタイプとがいる――村上はそう考えているのだが（一三―一四頁）、その分類に基づけば、フィッツジェラルドは後者に属することになる。ただし、一度その偉大さに気付いて以降、彼は常に村上と共にある作家であった。

フィッツジェラルドに深い敬意を抱いているにもかかわらず、その文学的影響を直接的に受けたかどうかという問いに対しては、村上の回答は慎重である。答えはイエスでもあり、ノーでもあるのだ――「文体やテーマや小説の構築やストーリー・テリングといった分野に関して言えば、彼の影響は殆んど無いに等しいような気がする。彼が僕に与えてくれたものがあるとすれば、それはもっと大きな、もっと漠然としたものだ。人が小説というものに対して（それが書き手としてであれ、読み手としてであれ）向わねばならぬ姿勢、と言ってもいいかもしれない。そして、小説とは結局のところ人生そのものであるという認識だ」（二一〇頁）。フィッツジェラルドの小説哲学が村上にどのような影響を与えたかという問題については、後ほどまた触れることにする。まずはフィッツジェラルドから直接的な文学的影響を受けていないという村上の第一の主張について、探ってみたいと思う。以下で論じるように、この村上の言明は明らかに言い過ぎているのだ。

村上春樹はいかに進化したのか――この点に関して、村上研究における支配的なパラダイムは、作家自身によって導入されたものである。彼は自分のキャリアを以下のような段階に分けて説明している。「まず最初に、物事から距離をとり、格言的な性質をもった作品群があり、次にストーリーを語る段階に入るのですが、最終的にはそれだけでは不十分であることに気づきました。自分の中で完全に整理したわけではありませんが、たぶんその時に「コミットメント」の重要性に気づいたのだと思います。コミットメントとは、人と人との関係のことだと考えています」（Murakami and Kawai, p. 79）。

村上が追い求めた「コミットメント」への転換を実際に彼がなしえたかについては、批評家の間で議論があるものの、基本的な流れはおおむね是認されており、その大きなターニング・ポイントは一九九五年であったと考えられている。ここで私は村上自身によって描き出された進化のプロセスの中で、あまり評価されていない側面に注目したいと思う。それは、村上が自身の初期の小説における「格言的」な性格を強調しているということである――それは、フィッツジェラルドの小説とも共通しているのだ。格言を村上の初期作品に見出すことは容易い。彼のデビュー作『風の歌を聴け』は以下のような格言から始まる――「完璧な文章などといったものは存在しない。完璧な絶望が存在しないようにね」（三頁）。実際、この考えに語り手の「僕」は慰めを感じるものの、「僕」のあまりに限られた文章力では、絶望から完璧には逃れることはできない。だが、幸いなことに、それでも彼はすぐに別の格言を見つけて、絶望を乗り越えることになる――「あらゆるものから何かを学び取ろうとする姿勢を持ち続ける限り、年老いることはそれほどの苦痛ではない」（四頁）。この言葉を胸に「僕」は生き延びてきたのだ。だが、決して楽ばかりではない。「何度となく手痛い打撃を受け、欺かれ、誤解され」てきている（四頁）。そして、二十代最後の年になって、彼は自分の物語を語ることにする。格言によって今日の自分を形成したように、執筆によって明日のあるべき自分に辿り着こうとするのだ。

格言的なニュアンスがあるという点で、『風の歌を聴け』の冒頭は、フィッツジェラルドの『グレート・ギャツビー』の冒頭と類似している。フィッツジェラルドの小説の語り手であるニック・キャラウェイも同様に、物語の冒頭を格言で飾る――「誰かのことを批判したくなったときには、こう考えるようにするんだよ……世間のすべての人が、お前のように恵まれた条件を与えられたわけではないのだと」（*The Great Gatsby*, p. 7／『グレート・ギャツビー』、九頁）。これはニックが（村上のケースと違い、「ある作家」からではなく）自身の父親から受けたアドバイスであり、彼はこれを実践しようとした結果、「ものごとをすぐにきめつけない」傾向を身につけることとなる。しかし、村上の「僕」と同じように、ニックも生きるための公式としては、この格言に限界があることを次第に感じるようになる。「自分の忍耐心についてこのように偉そうに講釈を垂れたあとで、それにもやはり限度があることを、進んで認めなくてはならない。人の営為は堅固な岩塊の上に築かれているかもしれないし、あるいは軟弱な泥地に載っているかもしれない。しかしあるポイントを過ぎれば、正直なところ何の上にあろうが、僕としてはとくにどうでもよくなってしまう」(*The Great Gatsby*, pp. 8–9／『グレート・ギャッビー』、一〇–一一頁)。適切な格言は若者にとって人生の秘訣、つまり、人生のすべてを勝ち取るための勝利の方程式であるように思えるものである。しかし、「僕」とニックは波乱万丈な人生の中で、結局のところ、一つの格言では全てを解決することはできないことを知るに至る。現実の人生は、それほど単純ではないのだ。

フィッツジェラルドの有名な「知性」の定義の背景には、このような気づきがある——「第一級の知性の資格は、二つの対立する観念を同時に抱きつつ、その機能を十全に果たしていけることにある」(*The Crack-Up*, p. 58／『ある作家の夕刻』、二七七–七八頁)。矛盾とパラドックスに満ちた人生においては、一つの格言が万能であるということはない。それどころか、時には相反する考えを同時に保持することを学ばなければならない。このフィッツジェラルドの名言は、『風の歌を聴け』にも登場する。ジェイズ・バーで「僕」が鼠と話すシーンだ(八一頁)。文学的野心に目覚めた鼠は、いくつかの名言を「僕」に披露するのだが、そのうちのひとつが、フィッツジェラルドの「知性」についての言葉なのである。だが彼はそれが誰のどの本に書いてあったのかを思い出せない。隣にいた「僕」も同様である。本来ならば、鼠がここで提示すべき出典は、フィッツジェラルドが『エスクァイア』(*Esquire*)誌に寄稿したエッセイ「壊れる」(“The Crack-Up”)なのだ。

フィッツジェラルドのエッセイ「壊れる」三部作（続いて「貼り合わせる」（"Pasting It Together"）、「取り扱い注意」（"Handle with Care"）が発表される）のファンであった村上は、その背景を自ら日本の読者に説明している——一九三五年はフィッツジェラルドにとって「不毛の季節」であり、作品は少なく、個人的な問題は多かったが、それでもこの「不毛の季節」の翌年に発表された一連のエッセイは文学的に重要な成果であったのだ、と。村上はそこにフィッツジェラルドの底知れぬ回復力を感じ取っている。

そしてその文章は、我々の心を強く打つ。そこにはまるで自分の肉を削り取りながら書いているような切々たる響きがある。しかもその文章はあくまで高潔であり、彼の選ぶひとつひとつの言葉が上質な悲しみに満ちている。そこにはもはや酔っぱらいの女々しい自己憐憫の響きはない。芝居がかった青臭い哲学的宣言もない。そこにあるものは、生きるという作業の本質的な切なさと哀しみを誰よりも真剣に引き受けて、じっと前を見据えながらなんとかまっとうに生きていこうとする一人の男のパセティックな、真摯な姿勢である。

（『バビロンに帰る』、二九五頁）

村上は明らかにこのエッセイ群に感銘を受けており、特に、「本質的な切なさと哀しみ」を抱えながらも「まっとうに生きていこうとする」ことに感動しているようである。『風の歌を聴け』にこのエッセイの影響がはっきりと見られるのは、だからなのかもしれない。

「もちろんすべての人生は崩壊の過程である」——エッセイ「壊れる」は、こんな一節から始まる（*The Crack-Up*, p. 58／『ある作家の夕刻』、二七七頁）。そして、フィッツジェラルドは、最近、自身の人生にますます重大な亀裂が入り始めたことを告白し、その深刻さを認識するのに時間がかかったのだと言う。続けて、「第一級の知性」についての引用と同じように、その解決策は、相反する考えと共存する方法を学ぶことにあると述べる――「努力なぞ無益なものだという意識と、闘うことは必要であるという意識のバランスを、上手にとらなくてはならなかった。また失敗は避けられないという確信と、それでもなお「成功」を希求する決意とのバランスを」（*The Crack-Up*, p. 59／『ある作家の夕刻』、二七九頁）。しかし、時が経つにつれて、それがだんだん難しくなっていったのだそうだ。さらに彼はこう続ける。

　十七年間というもの――意図的にぶらぶらして休息をとっていた真ん中あたりの一年をも含めて――物事はそんな具合に運んだ。様々な新しい雑事も、より良き明日への励みとなった。生きていくのは決して楽ではなかった。しかし「四十九歳までは、それでかまわないじゃないか」と私は自分に言った。「それくらいまでならなんとかやっていけるだろう。自分のような人生を送ってきた人間に、それ以上の何が求められよう」

　それなのに、四十九歳にはまだ十年を余したところで、私ははっと悟ったのだ、自分が早くも壊れてしまったことに。

（*The Crack-Up*, p. 59／『ある作家の夕刻』、二七九頁）

この文章が読者に想起させるのは――十七年ではなく、十五年、三十代最後ではなく二十代の最後の年を迎えてしまった――村上の「僕」だ。[2] あるいは「僕」はまだ壊れていないのかもしれないが、フィッツジェラルドと同じく、「僕」もまた、生きるための格言が通用しなくなったのだ。

村上の主人公「僕」と連作エッセイ「壊れる」のフィッツジェラルドとの間には、他にも類似点がある。二人とも、失ったものに対処するための戦略を考えてはみたものの、結局は満足のいくものが見つからなかったということだ。たとえば、フィッツジェラルドは、倦怠感から抜け出す方法を自分に教えてくれた女性のことを語る。

「いいこと！ 世界はあなたの目の中だけに存在するのよ——あなたの観念の中にあるものなの。あなたはそれを自分の望むままに大きくしたり、小さくしたりできる。なのにあなたは自分をちっぽけな、取るに足りない個人にしようとしている。あのね、もし私がひび割れたとしたら、私は自分と一緒に世界をもぱっくりひび割りさせちゃうでしょうね。いいこと！ 世界というのは、あなたがそれを知覚することによって、はじめて存在するのよ。だからこう言えばいいのよ。割れたのは自分じゃない。割れたのはグランド・キャニオンなんだって」

（*The Crack-Up*, p. 63／『ある作家の夕刻』、二八五-八六頁）

同様に村上の語り手「僕」もこう述べている。

生きることの困難さに比べ、それに意味をつけるのはあまりにも簡単だからだ。

十代の頃だろうか、僕はその事実に気がついて一週間ばかり口もきけないほど驚いたことがある。少し気を利かしさえすれば世界は僕の意のままになり、あらゆる価値は転換し、時は流れを変える……そんな気がした。

それが落とし穴だと気づいたのは、不幸なことにずっと後だった。

（九一―一〇頁）

また、『風の歌を聴け』を読み進めていくと、エッセイ「壊れる」の影響が再び現れる箇所が見つかる。例えば、「僕」と鼠が心を通わせる章では、鼠が『新約聖書』の一節を引用している。「塩もし効力を失わば、何をもてか之に塩すべき」（一四八頁）――これは、一九七〇年代の日本の酒場で口にされる文言としては、相当な違和感があるのだが、聖書そのものではなく、フィッツジェラルドへの言及ととらえれば、それほど奇妙ではないだろう。エッセイ「壊れる」の最初の部分は『新約聖書』の同じ箇所（『マタイ伝』五章一三節）からの引用で締めくくられているのである。

村上は二〇一九年に「壊れる」（『ある作家の夕刻』に所収）の翻訳を出版した。訳書の簡単な紹介文の中で、彼はこのエッセイへの愛着を記し、「昔から何度も読み返してきた」と説明している。彼は以前からこのエッセイを翻訳する野心を抱いていたが、『グレート・ギャツビー』の翻訳と同様に、年齢を重ね、もう少し経験を積んでから挑戦すべきだと感じたという。そして、このエッセイが自分の文章に与えた具体的な影響について、こう述べている。

僕はもちろんフィッツジェラルドの小説を愛好しているが、彼の小説から何か具体的な、技術的な影響を受けたかというと、それはあまりないと思う。精神的な影響を受けたということはあっても……。しかしエッセイに関しては、ある程度具体的な影響を受けてきたかもしれない。長いエッセイを書くときには、僕はいつもこの「壊れる三部作」と「私の失われた都市」を頭に思い浮かべるようにしているから。

（二七五頁）

ここまで述べてきたように、フィッツジェラルドのエッセイ「壊れる」の影響は、村上のエッセイにとどまらず、彼の小説にも直接的に見出すことができるのである。村上が初めて翻訳し、出版したフィッツジェラルドの短編集『マイ・ロスト・シティー』は、『風の歌を聴け』よりも後に出版されたものだが、彼はデビュー作を出版するずっと前から趣味でフィッツジェラルドの翻訳を始めている。であれば、過去に「壊れる」を翻訳しようとしている可能性はあるし、それを気に入ったために、そこからインスパイアされて『風の歌を聴け』の冒頭を書いたという可能性もある。このような経緯が実際にあったかどうかは別にして、『風の歌を聴け』に、エッセイ「壊れる」が影響を及ぼしていることは明らかなのである。

『風の歌を聴け』の冒頭における『グレート・ギャツビー』の影響に話を戻すと、ニックが「父親」からアドバイスを受けるという設定を、「僕」が「ある作家」からアドバイスを受けるという設定に置き換えたことに、大きな意義があるように思われる。父親の影響を失った村上は、新たな指針としてフィッツジェラルドをはじめとする作家たちに目を向けたのではないか。実際、村上は自身が翻訳した作家を「教師や助言者」（『夢を見る』、一四九頁）と呼んでいる。この点に関して、村上龍との初対談で話された内容は示唆に富む（村上龍、春樹『ウォーク・ドント・ラン』）。そこで村上は自身の父親の哲学――「飢え」（あるいは野心）を抑制すること――について語っている（六九頁）。村上は自身を「飢え」を知らずに育った少年であったと表現するのだが、この会話は、村上龍が、『朝日新聞』に寄稿された春樹の記事を賞賛したところから始まっている。この記事の中で、村上は十六歳のときに初めてフィッツジェラルドを読み、二十二歳のとき（彼が結婚した年齢。翻訳書『マイ・ロスト・シティー』の中では十九歳として言及されていた）、再び関心と興味を持つようになった、と述べている。その後の七年間（つまり作家としてデビューするまでの間）、気がつくとフィッツジェラルドを貪るように読んでいたそうだ。当時、自身がやっていたことを、自分の価値観や道徳観をゼロから再構築することだったのだと村上は説明する。この七年間が終わったとき、彼は書くための準備が整っていると感じ、その過程は一種の自己療法、あるいは自己変革であったと述べている（「フィッツジェラルドの魅力」）。

このように、村上は龍との対話の中で、フィッツジェラルドと自分の父親を明確に重ね合わせ、父親が抑え込もうとした「飢え」がフィッツジェラルドによって呼び覚まされたことを示唆しているのである。村上の父・千秋と同様に、フィッツジェラルドもまた、戦闘に参加する前に第一次世界大戦が終結するという幸運に恵まれた（本人は失望したようであるが）。しかし、フィッツジェラルドは生存者の罪悪感に苦しむどころか、逆の反応を示し、自らを高揚したジャズ時代のシンボルとして再創造した。村上のフィッツジェラルドに対する反応の一端は、戦争の後遺症に対するまったく異なる反応によって説明されるかもしれない。父から野心を抑え、現状を受け入れるように教えられた村上に向かって、フィッツジェラルドは、世界に出て自身の足跡を残すようにと励ましたのである。

村上がフィッツジェラルドから学んだもう一つのことは、小説の意義、あるいは書くことの意義に関する彼なりの見方であるように思われる。フィッツジェラルドによれば、それは、生命を維持させる力となり、人を破滅から救済することが可能であるという。先にフィッツジェラルドから「小説とは結局のところ人生そのもの」だと教えられたと述べたのは、このことである。フィッツジェラルドが村上春樹に与えた影響について多くの言及がある批評家の宮脇俊文も、この指摘に同意している。「書くことで悲劇や逆境を生き抜くことが、フィッツジェラルドの主な関心ごとであった。村上作品の主人公もまた、周囲の世界がどうであれ、生き延び続けるのだ」（Miyawaki, p. 271）と宮脇は説明する。この主張を裏付けるように彼は村上の文章を引用している。

フィッツジェラルドはどれほど深い絶望の中にあっても、常に文章の力というものを信じていたし、それは最後の最後まで彼の護符となりつづけた。彼は息を引き取る最後の瞬間まで、どれだけ女々しいと言われようとも、その文章の光輝にしっかりとしがみついていた。文章というものがあるかぎり、自分はいつか救済されるはずだと信じていた。勝者と見えたヘミングウェイは結局のところ文章に絶望し、自らの命を絶った。しかしフィッツジェラルドはそうではなかった。

(『バビロンに帰る』、二九六頁)

フィッツジェラルドには、自滅的なアルコール中毒者という一般的なイメージがあるが、村上はその内側に隠し持った強さを見通していたのだ。村上が「小説は結局のところ人生そのもの」だとフィッツジェラルドに教えられたというのは、このことを意味しているようだ。村上が彼から得た最も重要なものはこれだろうと指摘する宮脇は実に正しい。しかし、フィッツジェラルドから得たものはこれだけであり、彼の「文体やテーマや小説の構築やストーリー・テリング」の影響はほとんどないという村上の言を、鵜呑みにする必要はないと思う。これは明らかに言い過ぎである。

フィッツジェラルドが村上の文章に与えた影響のうち、最も明らかなのは、彼が好む一人称の語り口であり、この点については村上自身も認めている。

僕の主人公の主な仕事は、周囲で起こっていることを観察することです。彼は、自分が見なければならないもの、あるいは自分が見るべきものを、現実の時間の中で見ているのです。言ってみれば、『グレート・ギャツビー』のニック・キャラウェイに似ています。彼は中立であり、その中立性を保つためには、いかなる親族関係、垂直的な家族関係からも自由でなければならないのです。

(Wray, p. 140)

村上は、自身の初期の小説は、ギャツビーのいないニック・キャラウェイの人生を想像したものと考えることができる、とさえ言っているが、これでも十分とは言えないだろう(「書き手の痛み」)。村上の主人公たちがニックのような資質を備えているとすれば、彼らには対極にあるはずのギャツビーのような資質もある。男と男の友情、ひいてはライバル関係は、フィッツジェラルドにルーツをもつ村上小説の中心的な要素であり、それは「僕」と鼠の関係性からすでに始まっている。

特筆すべきは、『風の歌を聴け』の「僕」はフィッツジェラルドから文学的な影響を受けたという意識をまったく持っていないことだ。「僕」が執筆に関する知識のほとんどを学んだのは、フィッツジェラルドやヘミングウェイと同時代に活躍し、「文章を武器」にする術を知りながら、結局は「不毛」な執筆をし、「不毛」な人生を送ったデレク・ハートフィールドだ。彼は一九三八年に、右手にヒトラーの肖像画、左手に開いた傘を持って、エンパイアステートビルから飛び降り、その生涯を閉じた(六頁)。どうやら「僕」の文学の師は、フィッツジェラルドではなく、文章を護符として最後まで持ち続けることができなかったハートフィールドというマイナーな作家のようである。からくりを明かせば、もちろん、そんな作家は存在せず、村上が作り上げた架空の存在だということになるのだが[3]。

結局のところ、ハートフィールドは「おとり」である。彼は村上が尊敬する作家たち——ハートフィールドと同じく自滅的な傾向を持ちながらも、最後まで「文章を武器」として闘い続けることができ、その人生も書いたものも「不毛」とは程遠い——とは真逆である。村上にとって、その代表者は第一にフィッツジェラルドであり、また同時にレイモンド・チャンドラーである。このような見方をすることによって、ようやく「僕」と鼠の文学的出自が明らかになる。「僕」がフィッツジェラルドのニック・キャラウェイを最も明確にモデルにしているのだとすれば（フィッツジェラルドのエッセイ「壊れる」三部作が『風の歌を聴け』に響いている）、鼠はチャンドラーのテリー・レノックスを最も明確にモデルにしており、村上は、このレノックスこそがギャツビーをモデルにしていると考えているのだ。

チャンドラーの作風に最も強い影響を与えたのはヘミングウェイである、としばしば言われる（それは村上も認めるところである）。だが、村上個人としては、より広範な領域における精神的な影響という点では、フィッツジェラルドの方が重要であると述べている。チャンドラーとフィッツジェラルドに共通しているのは、村上が言うところの「崩壊への引き波」（チャンドラー、五四八頁）に対する「寡黙な、目には見えない力」であると、彼は主張している。つまり、二人とも自己破壊的な傾向を共有しており、書くことによって、それを抑制していたのである。村上は、二人が生み出したキャラクターを次のように見ている。

……彼らに対決すべき相手があるとすれば、それは自らの中に含まれる弱さであり、そこに設定された限界である。そのような闘いはおおむねひそやかであり、用いられる武器は個人的な美学であり、規範であり、徳義である。多くの場合、それが結局は負け戦に終わるであろうことを知りながらも、彼らは背筋をまっすぐに伸ばし、あえて弁明をすることもなく、自らを誇るでもなく、ただ口を閉ざし、いくつかの煉獄を通り過ぎていく。そこでは勝ち負けはもう、それほどの重要性を持たない。

（五四九頁）

このような自己破壊的な誘惑に直面する人物の一例として、村上は『ロング・グッドバイ』のロジャー・ウェイドを挙げ、彼が私立探偵フィリップ・マーロウと交わした会話を引用する――「酔っぱらいは何ひとつ学ばない。酔っぱらいはただずるずると崩壊していくだけさ。その崩壊の過程のある部分は、なかなか愉快なものだ。……しかしそれ以外の部分はとんでもなくおぞましいものだ」（Chandler 位置 No. 2612／チャンドラー、二五六–五七頁）。村上は、ここでのウェイドの「崩壊（disintegration）」は、フィッツジェラルドの「崩壊（cracked-up）」と同じだと論じている。ウェイドのような登場人物は、「オールを失ったボートに乗り、崩壊という巨大な瀑布に向けて川を流されている」（五四九頁）のだと彼は述べる。彼らは善戦を続けているが、多くの点で、彼らを支えるべき道徳心はすでに失われている。かろうじて残っているのは、彼ら自身の「美学と規範の残映だけ」である（五五〇頁）。

その手のキャラクターの中で最も重要な人物は、同じく『ロング・グッドバイ』に登場するテリー・レノックスである。マーロウは思いもよらずレノックスの人生に巻き込まれていることに気がつく――「その男には、私の心の琴線に触れる何かがあった」（Chandler 位置 No. 125／チャンドラー、一二頁）。レノックスはギャツビー同様、金と謎と犯罪のコネクションにまみれた男だが、マーロウはニック同様、中立的な観察者でい続けようとする――「私は彼の善し悪しを判断せず、分析もしなかった」（Chandler 位置 No. 1015／チャンドラー、一〇二頁）。しかし、時間が経つにつれて、これは次第に難しくなっていく。この変化のダイナミズムこそが村上が特に注意を向けたものであり、彼がフィッツジェラルドとチャンドラーを自身の作品にいかに取り入れたかを理解するには欠かせない要素となっている。村上は次のように説明する。

『ロング・グッドバイ』と『グレート・ギャツビー』の両方をお読みになった読者であればおそらく、語り手ニック・キャラウェイがジェイ・ギャツビーに対して徐々に抱くことになる直感的にして背反的な、そして抜き差しならぬほど深い思い――それはあまりに深いところに達しているので、本人にさえその距離感を正確にとらえることが不可能になっている――とほとんど同質のものが、マーロウとテリー・レノックスのあいだにも形成されており、そのような情感の静かな生まれ方と、おそろしく微妙な動き方が、どちらの作品においても、物語の展開の大きな要になっているということがおわかりになるはずだ。そしてどちらの場合においても、それはそもそも積極的に求められた思いではない。主人公（語り手）はとくに求めもしないまま、一種の偶然の蓄積によって、いやおうなく宿命的にその深みに絡め取られていくのだ。それではなぜ彼らはそのような深い思いに行き着くことになったのだろう？　言うまでもなく、彼ら（語り手たち）はそれぞれの対象（ギャツビーとテリー・レノックス）の中に、自らの分身を見い出しているからだ。まるで微妙に歪んだ鏡の中に映った自分の像を見つめるように。そこには身をねじられるような種類の同一化があり、激しい嫌悪があり、そしてまた抗しがたい憧憬がある。

（五五二－五五三頁）

テリー・レノックスは、鼠と同じように、財産を相続しながらも、金持ちに対して極めて批判的な男である。彼の富は、富豪の実業家ハーラン・ポッターの娘、シルヴィア・ポッターとの結婚によってもたらされたものである。マーロウと初めて会ったとき、テリーは酔っぱらっており、彼に家まで送っていってもらった。その後、テリーはマーロウのもとを訪れ、ある頼みごとをする。マーロウは彼のメキシコへの逃亡を手助けするが、その時、彼の妻シルヴィアが無残に殺害されたことを知る。しかし、それを知った後も、マーロウは大きな犠牲を払ってテリーを守り続ける。問題は、この得がたい忠誠心がどこから来るのか、ということだ。マーロウはレノックスの何に共感しているのだろうか。

サラ・トロット（Sarah Trott）によれば、この問いを解く鍵は、テリーが戦争体験者であることにあるという。この事実は、小説の中でテリーの顔の傷跡によって幾度も強調され、彼の白髪（戦時中のトラウマに起因することが示唆されている）によって暗示される。レノックスは、迫撃砲弾が彼らの塹壕に投げ込まれたとき、他の二人の兵士の命を救った戦争の英雄であるが、このことが、彼が現在抱えている身体的、心理的な傷の主な原因となってもいる。この体験があるがゆえに、マーロウがレノックスに感応しているのだとトロットは主張する。なぜなら、テキストでは決して明示されていないが、チャンドラーのマーロウ作品から幾つかの手がかりを抽出してみると、マーロウも戦争帰還兵であると推論することが可能であるとトロットは主張するのである。つまり、マーロウは戦時中のトラウマに対処するために、かの有名なハードボイルドな態度をとるが、テリーは、トラウマを抱えた退役軍人という、自分の中の解離した部分を探る機会を与えてくれるのだとトロットは主張する。マーロウはテリーを救おうとすることで、自分自身を間接的に助けようとしているのである。

作家チャンドラーは戦争帰還兵であり、実際、ドイツ軍の攻撃からただ一人生き延び、自身のＰＴＳＤと生き残ってしまったという罪責感に悩まされたようである（Trott p. 8）。また、チャンドラーは、登場人物に自分自身を重ね合わせることがある作家としても知られている。例えば、マーロウは作者チャンドラー自身の理想化されたバージョンととらえることができるかもしれないと、トロットは論じている。

マーロウは、作家チャンドラーがなりたかった自身の姿を体現したキャラクターだが、トラウマを本能的に保持しており、それは作者によって刷り込まれたものである。この探偵は、栄誉を期待して戦争に行ったが、代わりに体験したのは挫折であり、トラウマを負って帰ってきた何千人もの男たちをも体現しているのだ。マーロウは、チャンドラーを苦しめたトラウマを見るためのプリズムとなったのである。(p. 62)

チャンドラーの友人ナターシャ・スペンダーは、チャンドラーが『ロング・グッドバイ』に自分自身を書き込んだことに触れ、こう指摘する。「三人の登場人物はみな、作者と同様に酒飲みで、そのうち二人は崩壊し絶望している。……チャンドラー自身の性格のどの部分が優位になるかは作家の気分によって変わる。ロジャー・ウェイドは「悪い自分」、フィリップ・マーロウは「良い自分」、テリー・レノックスは「不安な自分」である」(Trott p. 173)。『ロング・グッドバイ』は治療小説と評されるかもしれない。トロットは、「チャンドラーが自らの戦闘体験のストレスによる心理的症状を取り除こうとしたもの」(p. 28) と読むことができるとも主張している。(4)

このことは、村上がなぜ『ロング・グッドバイ』に惹かれ、マーロウとレノックスの関係を新しい形で書き直す必要を感じたのかを説明できるだろうか。父・千秋に見られる心的外傷後ストレス障害、生き残った者の罪責感、アルコール依存の問題を村上は感知する。それに加えて一九六〇年代から七〇年代初頭にかけての自身の生存者としての罪悪感に苛まれた彼は、チャンドラーの小説に潜む治療のモチーフを敏感に察知し、同様のものを書くようになったのだろうか。村上が初期の小説でチャンドラーを意識していることは明らかであると私は考えている。例えば、ジェイズ・バーは、『ロング・グッドバイ』の冒頭でマーロウとレノックスがよく飲んでいたヴィクターのバーの代用品と見ることができるだろう。彼らの好物であるギムレットは、『風の歌を聴け』で「僕」がジェイズ・バーで離婚した女性と出会うシーンで登場するが、これは『ロング・グッドバイ』でシルビアの妹リンダ・ローリングがヴィクターの店に現れ、マーロウとギムレットを飲むシーンにちなんだものであろう。鼠とレノックスが不当な富に対して同じような反応を示すことはすでに述べたが、それ以上に村上が借用しているのは、マーロウとレノックスの酩酊を伴う最初の出会い、長い離別期間、そして最後の再会という物語構造である。『風の歌を聴け』がこの三部構成の第一部であるとすれば、「鼠」三部作の残り二作『1973年のピンボール』と『羊をめぐる冒険』はそれを完成させるためにある。村上のデビュー作が群像新人賞に応募されたときの原題「Happy Birthday and White Christmas」（この英語タイトルは、現在でも一部の日本語版の表紙に掲載されている）さえ、『ロング・グッドバイ』に由来しているのだろう。『風の歌を聴け』によると、それは鼠が毎年「僕」に送る小説の最初のページに必ず書いている文言で、「僕」の誕生日は十二月二十四日である。また、『羊をめぐる冒険』では、「僕」に依頼した仕事の経費のために、鼠が一〇万円の小切手を手紙に同封するシーンがある（一一九頁）。『ロング・グッドバイ』では、レノックスがマーロウを助けた後、メモを書いて一〇〇ドルの小切手と一緒に送っている――「感謝の言葉があり、メリー・クリスマスがあり、多幸を祈るとあり、そのうちにまた会えれば嬉しいと書いてあった」（Chandler 位置 No. 236／チャンドラー、二四頁）。これらのヒントから、「僕」と鼠の関係が、マーロウとレノックスの関係、ひいてはキャラウェイとギャツビーの関係に由来することは、容易く想像できる。

ニック・キャラウェイとジェイ・ギャツビーがフィッツジェラルドの二面性を、フィリップ・マーロウとテリー・レノックスがチャンドラーの二面性を反映していると考えられるように、「僕」と鼠は村上の二面性を反映しているとも考えられる。村上は過去のトラウマを捨てて東京で新しい人生を送ろうとしたために、この分裂が発生したのではないか。この場合、自己療法の手段としての執筆が、二つの「自分」を何らかの方法で再び結びつけようとする。村上はあるインタビューで、自分の中にもう一人の自分がいるように感じており、この二つの自分の関係を明らかにするために文章を書いているとも述べている（『夢を見る』五五―五六頁）。このもう一人の自分というのは、もう明らかだろうが、自分の過去や故郷、そして子どもから大人への移行期に失ったものにつながっている。これは、彼が東京で（そして最終的には世界の舞台で）成功するために、芦屋に残していかなければならなかった自分自身の一部なのである。

もちろん、村上がこのような個人的な動機で書き始めたからといって、小説そのものの出来が保証されているわけではない。この点で、フィッツジェラルドやチャンドラーのモデルは、治療的な動機を説得力のある文学作品に変える方法を彼に示す上で重要だった。フィッツジェラルドとチャンドラーが彼に示したモデルは、心理的緊張をさまざまな登場人物に拡散させる方法、独自の観察力とウィットで物語を担える魅力的な一人称の語り手を作る方法、そして主人公の影の一部を担う神秘的で重要な分身(たち)を登場させることによって、これらの物語にさらなる心理的深みを与える方法であったのだ。

註

（1）本稿は *Jonathan Dil, Haruki Murakami and the Search for Self-Therapy: Stories from the Second Basement.* London: Bloomsbury, 2022 の一章の一部 "This Is No Place for Me: From Fitzzgerald to Chandler to Murakami" を底本とし、訳者とも相談の上、一部変更を加えている。なお訳文のチェックに際して鷲野諒子氏にご協力いただいた。

（2）『風の歌を聴け』の「僕」は十五年の間、「ものさしを片手に恐る恐るまわりを眺め」ていたと語っており（八頁）、八年の間、絶望とともに書くことを続けてきたという（三―四頁）。

（3）ここで村上にインスピレーションを与えたのは、カート・ヴォネガットだと思われる。彼は、多くの物語にキルゴア・トラウトという架空の作家を登場させている。ヴォネガットがこの着想を得たのは、友人が次のように語ったからであった。「SFの問題点を知っているか？　それはね、物語そのものを読むより、その物語を誰かが語るのを聞く方がずっと楽しいってことなんだ」（Allen, "Kurt Vonnegut on Jailbird."）ヴォネガットはこれに同意し、自分が書かなくてもいいような話を自分の本の中で要約するためにトラウトを使うようになった。多くの批評家は、村上の初期の小説にヴォネガットとリチャード・ブローティガンの影響があることを容易に見抜き、村上もその影響についてオープンにしている。特にヴォネガットの『チャンピオンたちの朝食』は、手書きのイラストが挿入されるなど、『風の歌を聴け』と視覚的によく似ている（特に両作品のTシャツの絵は、強い類似性を持っている）。ブローティガンの小説『愛のゆくえ』（An Abortion: An Historical Romance 1966）も、村上の初期の小説と多くの類似点——奇妙な図書館と司書、美しいが不器用で後にセックス・ワーカーとなる女性、彼女の胸の描写、そして中絶という中心的なテーマなど——がある。

（4）ここで強調したいのは、トロットがこの試みを失敗とみなし、小説の最後でマーロウがかつてないほど幻滅してしまうことに注目していることだ。

参考文献

チャンドラー、レイモンド『ロング・グッドバイ』早川書房、二〇〇七年。

フィッツジェラルド、F・スコット『ある作家の夕刻――フィッツジェラルド後期作品集』中央公論社、二〇一九年。

――『グレート・ギャツビー』中央公論社、二〇〇六年。

――『バビロンに帰る　ザ・スコット・フィッツジェラルド・ブック2』中央公論社、二〇〇八年。

――『マイ・ロスト・シティー』中央公論社、二〇〇六年。

村上春樹「書き手の痛みが見えてきた：新訳『グレート・ギャツビー』　村上春樹さんインタビュー」『朝日新聞』二〇〇六年九月二十九日。

――『風の歌を聴け』講談社、一九七九年。

――「中国行きのスロウ・ボート」『中国行きのスロウ・ボート』中央公論社、一九八六年。

――『羊をめぐる冒険』講談社、一九八二年。

――「フィッツジェラルドの魅力：自分の精神を映す鏡」『朝日新聞』一九八〇年九月十二日。

――『マイ・ロスト・シティー』中央公論社、一九八一年。

――『夢を見るために毎朝僕は目覚めるのです：村上春樹インタビュー　一九九七―二〇〇九』文藝春秋社、二〇一〇年。

村上春樹、柴田元幸『翻訳夜話』文藝春秋社、二〇〇〇年。

村上龍、村上春樹『ウォーク・ドント・ラン　村上龍VS村上春樹』講談社、一九八一年。

Allen, William Rodney. "Kurt Vonnegut on Jailbird, His Watergate Novel." *NYPR*, December 6, 2013. Podcast, 24 mins. https://www.wnyc.org/story/kurt-vonnegut-jailbird/.

Chandler, Raymond. *The Long Goodbye*. New York: Ballantine Books, 1953. A Distributed Proofreaders Canada eBook.

Fitzgerald, F. Scott. *The Crack-Up*. Surrey: Alma Classics, 2018.

———. *The Great Gatsby.* London: Penguin Books, 2000.

McInerney, Jay. "Roll Over Basho: Who Japan is Reading, and Why." *New York Times*, September 27, 1992. https://www.nytimes.com/1992/09/27/books/roll-over-basho-who-japan-is-reading-and-why.html.

Miyawaki, Toshifumi. "A Writer for Myself: F. Scott Fitzgerald and Haruki Murakami." In *F. Scott Fitzgerald in the Twenty-First Century*, edited by Jackson R. Bryer, Ruth Prigozy, and Milton R. Stern, 267–78. Alabama: The University of Alabama Press, 2012.

Murakami, Haruki, and Hayao Kawai. "Thoughts on Individualism and Commitment." *Japan Echo* Autumn (1996): 74–81.

Trott, Sarah. *War Noir: Raymond Chandler and the Hard-Boiled Detective as Veteran in American Fiction.* Jackson: University Press of Mississippi, 2016.

Wray, John. "Haruki Murakami: The Art of Fiction." *The Paris Review* 170 (Summer 2004): 115–51.

◉紀行◉

第8章　村上春樹の紀行文と小説における相互影響について
――なぜ『多崎つくる』は名古屋にもフィンランドにも「行かずに」書かれたか

林　真

はじめに

村上春樹は『PAPER SKY』誌上のインタビューで、旅と小説の関係について語っている。どれだけ遠い場所に行っても出発点に戻って来なければならないという点で、旅行と小説の執筆には共通点があるとしたうえで、村上は次のように述べる。

そういう意味合いにおいて、旅行することと、フィクションを書くことは、似通った体験でもあります。最初は近い場所、便利な場所、誰でも知っている場所を訪れることから始めて、だんだんもっと遠い場所、もっと深い場所、もっと暗い場所、もっと危険な場所へと、我々は足をのばしていくことになります。サーファーがもっと遠くの、もっと大きな波を求めて、沖合に出て行くように。そうすることが、なんといっても、旅行者と小説家の nature なんです。

（九七頁）

すなわち村上にとって、旅行をすることと小説を書くことは本質的に結びついた体験なのである。では、村上の紀行文と小説の結びつきはどうだろうか。本章では村上の紀行文と小説の関係について、村上の紀行文と小説それぞれにおける描写の比較および、村上にとっての〈翻訳〉という概念の検討によって考察する。そのうえで、村上の紀行文が小説との強い影響関係のもとに成り立っているという点を明らかにしたい。

本章は三つの節によって成り立っている。第一節では、村上の紀行文と小説の描写の比較によって、二つの論点を提示する。第一の論点は、なぜ村上は自らの小説作品のために行なった取材について明言しない傾向にあるのかというもの。第二の論点は、上でも述べたように、村上の紀行文が彼自身による小説に強い影響を受けているのではないかというものである。第二節では〈翻訳〉という概念を通して村上の紀行文と小説の影響関係についての枠組みを提示し、第一節で提示したふたつの論点への回答を試みる。第三節では、紀行文「シベリウスとカウリスマキを訪ねて」と小説『色彩を持たない多崎つくると、彼の巡礼の年』との関係について具体的に考察することで、第二節で行なった考察を振り返りつつ補足する。

1　紀行文と小説をめぐる二つの論点

1―1　二つの論点

一九九九年に発表された『スプートニクの恋人』で主人公の「ぼく」は、失踪した片思いの相手、すみれを探しにギリシャの島へと向かう。島の名前は明示されていないが、そこでは村上が一九九〇年の旅行記『遠い太鼓』において巡った島々の要素が統合され、出現していると考えられる。たとえば『遠い太鼓』では、カヴァラ島からレスボス島へと向かうフェリーボートの上で見かけた「少年のような目」（三三四頁）をした兵士たちの様子が描かれる。『スプートニクの恋人』でも、目的の島へ行く途上のフェリーボートに同乗した「まだ子供のような澄んだ目」（一三四頁）をした兵士たちの様子が描かれる。

ここでは村上が実際に目にした出来事に取材して描写が行なわれているといえる。これは村上以外の小説家の作品においても、さほど珍しいことではないだろう。とはいえ、村上にとって取材がどのようなものであるのかということは慎重に検討しなければならない。というのも、自らの作品のために取材した場所について、村上はあまり語らない傾向にあるのである。たとえば、のちほど詳しくみることになるが、村上は『色彩を持たない多崎つくると、彼の巡礼の年』の作中に登場する名古屋やフィンランドという土地について、執筆前に訪れたことがあるという事実をはぐらかすような発言をしている。この、村上春樹にとって取材とは何かという点、さらにいえば、村上がどうして自分自身の行なった取材についてあまり言及しないのかという疑問が第一の論点である。

『スプートニクの恋人』に戻ろう。ここでさらに注目すべきなのは、二〇一五年発行の『ラオスにいったい何があるというんですか？』に収録されたギリシャのミコノス島とスペッツェス島への再訪記「懐かしいふたつの島で」が、明らかに『スプートニクの恋人』の影響を受けているという点である。『スプートニクの恋人』において、主人公は島をあとにして一泊することになったアテネでこう独白する。

ぼくは明日になれば飛行機に乗って東京に戻る。すぐに夏休みが終わり、限りなく続く日常の中に再び足を踏み入れていく。そこにはぼくのための場所がある。ぼくのアパートの部屋があり、ぼくの机があり、ぼくの教室があり、ぼくの生徒たちがいる。静かな日々があり、読むべき小説があり、ときおりの情事がある。

（二七一－二七二頁）

対して、村上は「懐かしいふたつの島で」の最後で次のように書く。

三時間後に船はピレエフス港に到着する。僕は荷物を肩にかけて、固い大地を踏みしめ、そして日常の延長線上に戻っていく。僕が属する本来の時間性の中に戻っていく。いずれは戻らなくてはならない、その場所に。

（『ラオスにいったい何があるというんですか？』、一一八頁）

この二つの文章の類似は、村上春樹の小説が彼の紀行文へ大きく影響を与えていることを示唆《しさ》しているといえるだろう。すなわちここでは、ギリシャへの訪問記『遠い太鼓』が『スプートニクの恋人』に影響を与え、『スプートニクの恋人』が、その出版後に行なわれたギリシャへの再訪の記録「懐かしいふたつの島で」に影響を与えるという一種の連鎖が生じているのだと考えられる。ではその過程において、村上の小説と紀行文はどのような関係を取り結んでいるのだろうか。この過程、特に、小説から紀行文への影響関係について明らかにするのが第二の論点である。

1―2　第一の論点

第一の論点である取材について、村上は、他者の作品を翻訳する際に取材に行くことの重要性をしばしば強調している。たとえば村上は『村上ラヂオ3』所収の「シェーンブルン動物園のライオン」というエッセイで、次のように述べている。

ジョン・アーヴィングの長編小説『熊を放つ』を翻訳していたとき、ウィーンのシェーンブルン動物園を訪れた。その動物園が物語の重要な舞台になっているので、実際にどんなところか自分の目で見ておきたかったから。

（六六頁）

また『翻訳夜話』では、質問者からマイケル・ギルモアの『心臓を貫かれて』を例に、翻訳に係《かか》る調べ事が好きかどうかを尋ねられ、あまり好きではないと述べたうえで、村上は次のように述べている。

ただこの本に関して言えば、僕はユタに行っていちおう取材みたいなことをやっていますけれども、実際の場所に行ってみるというのはけっこう大事なことです。だからこの本に出てくる場所は、だいたい自分で回ったんです。調べるというのはすごく時間がかかって大変だけど、でも、やる価値はあると思います。どれだけ自分がそれにコミットできるかという度合いになってくるから。

（村上／柴田、三一頁）

ここには、他者の文章を翻訳するという営みに対する、村上の誠実さをみてとることができるだろう。しかし、自らの作品のために取材した場所については、村上はあまり多くを語らない。『村上さんのところ』では、読者からの「物語のディテールについての取材をしていて、インスピレーションが色褪せてしまったり、当初のアイデアが変わってしまうことはありますか？」という質問に対し、「インスピレーションというようなものは、僕の場合あまりありません。ただ出だしのシーンが頭の中に鮮明に浮かんできて、それがするすると延びていくだけです。物語のディテールについて取材をすることもありません」と断言している（『村上さんのところ』、「物語のインスピレーション」[1]）。もちろん、この発言には多数の例外があるように思われる。最初に述べた『スプートニクの恋人』のディテールもそうかもしれないし、もっとあからさまな例外としては、『ねじまき鳥クロニクル』第三部のなかの「動物園襲撃（あるいは要領の悪い虐殺）」が挙げられる。「動物園襲撃」では、かつて満洲国にあった新京動物園での、関東軍による動物たちの虐殺が描かれる。村上はその部分を発表する直前の一九九四年六月に、ノモンハンへの旅の道すがら、「長春動植物公園」（一九八七年、新京動物園と同じ場所に建設された施設）を訪れており、その様子は一九九八年に発行された『辺境・近境』所収の「ノモンハンの鉄の墓場」に収められている。上述した通り村上がノモンハンを訪れたのは『ねじまき鳥クロニクル』第三部の発表前であるため、『辺境・近境』で描かれる旅と『ねじまき鳥クロニクル』の間の時系列はやや複雑である。ここではその整理のため、馮英華によるまとめを引用しておこう。

紀行「ノモンハンの鉄の墓場」（一九九八）は、『ねじまき鳥クロニクル』第一部（一九九二年十月号〜一九九三年八月号『新潮』に連載後、一九九四年四月、新潮社より刊行）でノモンハンと満洲を取り上げたことで、雑誌『マルコポーロ』から、実際の探訪を慫慂されたのを契機に執筆された。村上は、一九九四年六月に中国側とモンゴル側の双方の経路からノモンハンを訪れた。紀行では、大連、新京（現在の長春）、新京動物園、そして国境両側のノモンハンの風景が描写されている。続いて同年十二月、『新潮』に「動物園襲撃（あるいは要領の悪い虐殺）『ねじまき鳥クロニクル』第三部〈鳥刺し男編〉より」を発表した。村上は実際の長春動植物公園での取材体験から想像を膨らませ、満洲国の歴史を適宜参照することで、フィクションの「動物園襲撃」に描かれた暴力に迫真性を与えている。

（馮、一八一頁）

すなわち、村上は第一部終盤にある間宮中尉によるノモンハンの回想を書いたあとで長春動植物公園やノモンハンに赴《おもむ》き、それから第三部の「動物園襲撃」を執筆したのである。(2)「ノモンハンの鉄の墓場」のなかで村上は、「長春はもと満州国の首都新京で、この街では僕はちょっとわけあって動物園の取材をすることになった」（『辺境・近境』、一七四頁）と書く。また、『うずまき猫のみつけかた』に収録された「この夏は中国・モンゴル旅行と、千倉旅行をしました(3)」の冒頭では次のように、よりはっきりと旅の目的が取材であったことが書かれている。

> 六月二十八日に全日空機で成田から大連に向かう。これはある雑誌の取材で、写真の松村エイゾー君と二人で中国の旧満州地域とモンゴル共和国を巡る二週間ばかりの旅行をするためである。でもただ単に雑誌の取材だけではなく、僕としては今書いている小説（『ねじまき鳥クロニクル／第3部』）のための個人的な取材をするという目的もあった……というか、実を言うとそっちがずっとメインなわけですね。
>
> （五四頁）

どちらの文章でも取材の対象は明かされないが、それが「動物園襲撃」の執筆にあったのは想像に難《かた》くない。「動物園襲撃」では虎の射殺の場面が迫真の筆致で描かれるが、「ノモンハンの鉄の墓場」には、「かつての虎の檻」の「昔のコンクリートの土台のあと」（『辺境・近境』、一七八頁）を見学したことが書かれている。あるいは、「係員に『日偽時期』の話を聞くこともできた」（一七九頁）という記述もある。村上がどの程度まで意識していたかは知りようがないものの、長春動植物公園への訪問がディテールについての取材であったことは疑いようがないだろう。とはいえ、本論は「物語のディテールについて取材をすることもありません」という村上の発言を批判したいわけではもちろんない。ここで考えるべきなのはその真偽ではなく、村上がどのようなレヴェルでそう発言しているかである。小説家にとって、人生に起こるすべては広義の取材であるともいえる。であれば、小説家が取材をしないと断言することにも、それなりの背景があるはずなのである。

1―3　第二の論点

第二の論点である小説から紀行文への影響関係について考えるために注目したいのは、村上が小説を書いたあとにその舞台とした土地へ赴くことがしばしばあることである。このことに関して、『村上ラヂオ3』に収録された「想像の中で見るもの」というエッセイで村上はこう述べている。

たとえば僕は、知らない場所について書くのが好きだ。一度も行ったことのないモンゴルの小さな村について、四国のよく知らない町について情景描写をする。想像力を駆使し、「ここはたぶんこういうところで、こういう人が暮らしているんだろうな」と見当をつけ、細かいところまで、まるで見たように具体的に書いていく。そういう作業はとても楽しい。実際に目にしたことのある風景より、むしろ自由に生き生きと描写できる。

で、本を書き終えてから、実際のその場所に足を運ぶことがある。「ひょっとして、とんでもないでたらめを書いたんじゃないかな」とひやひやしながら行ってみるんだけど、多くの場合「なんだ、僕が書いたとおりの場所じゃないか」ということになる。僕が机の前で想像したとおりの風景がそこにある。木の生え方とか、川の流れ方とか、空気の匂いとか、細部にいたるまで、びっくりするくらいそっくりだ。

（二〇四―二〇五頁）

ここで村上が述べていることの例としては、村の描写ではないものの、ノモンハンにおいて草原を自動車で走る際の情景描写が分かりやすいだろう。『ねじまき鳥クロニクル』第一部の終盤で、間宮中尉は「ハルハ河の近くにある満州国軍の国境監視所」（三〇一頁）へと向かうトラックの上から見た「荒涼とした風景」について、次のように述べている。

何という広大なところだろうと私は思いました。それは荒野というよりはむしろ海に近いものであるように私には感じられました。

（三〇二頁）

一方、『辺境・近境』におさめられた「ノモンハンの鉄の墓場」で、モンゴル側からハルハ河へとジープに乗って「モンゴルの草原を横断する」ことについて、村上は「だだっ広い海原を小さなクルーザーで横切っているようなものだ」（二〇三頁）としたうえで、次のように述べている。

まわりは見事にまっ平らで、見渡すかぎりどこまでもどこまでも緑の草地が続いている。実際問題として、これは海なんだと思ったほうが感覚的にはむしろ呑み込みやすい。

（二〇四頁）

これは、村上の言う「僕が机の前で想像したとおりの風景がそこにある」という感覚の例といえるだろう。だが、そのことはただ単に情景の同一性の問題には終始しないように思われる。むしろここでは、『スプートニクの恋人』にあったような小説から紀行文への影響をみてとるべきではないだろうか。すなわち、小説でそのような情景描写がなされたからこそ紀行文での情景描写がそれに近接したという逆説がここにはあるのではないだろうか。

ここまで、村上春樹の紀行文と小説における二つの論点を整理した。これらのことを考えるにあたり、次節では〈翻訳〉という観点から、村上春樹の書く紀行文と小説それぞれの成立過程、あるいは相互影響を考えたい。

2　紀行文と小説のなかの〈翻訳〉

2―1　紀行文のなかの〈翻訳〉

本節ではまず、文化人類学者の今福龍太による『遠い太鼓』および『雨天炎天』の書評を参照することで、〈翻訳〉という観点から村上春樹の紀行文について考える手がかりを得たい。一九九〇年に刊行された村上春樹の二つの紀行文『遠い太鼓』『雨天炎天』について、今福は同年、雑誌『新潮』に書評を書いている。このなかで今福は「『旅行記』という記述のジャンル」が大航海時代以降の旅のありかた、あるいは植民地主義と密接にかかわっていることを簡潔に要約したのち、現代において旅行記を書くことの難しさを強調し、一方でそうした状況を克服するため「独自の旅の言語」を模索する書き手たちの可能性を提示する（今福、二四八—二五〇頁）。

そのうえで今福は、話題を『雨天炎天』における、トルコやギリシャへの旅、特にトルコへの旅を描いた紀行文「チャイと兵隊と羊——21日間トルコ一周」へと移す。今福は村上がそのなかでキーワードとする「空気」について、「『雨天炎天』のどのページからも、作者が強調するこの『空気』というものが伝わってこないのだ」と指摘したうえで、その理由について「異国の旅の体験がつねに作者の日常世界を構成するアイテムを参照点として感じとられてゆく、というこの旅行記の一貫した特徴にある」（二五〇頁）、あるいは、「より大胆に言えば、村上春樹はここで、旅について書きつつじつは彼の日常について語っている、といえるかもしれない」（二五一頁）と説明する。その例として、今福は次のようなことを挙げている。長くなるが、引用してみよう。

トルコとイラクの国境地帯の道路を飛ばす車に猛烈な勢いで体当たりしてくる大きな牧羊犬の姿に、作者はすぐスティーヴン・キングの『クジョー』の世界を想起する。シリア国境の街道脇で事故を起こして横たわるタンクローリーは、映画『スパルタカス』の戦闘のあとにそっくりだ。騒がしい街に泊まった夜、あたりのあまりの騒音に眠れない作者は、ホテルの周囲の全てを『ランボー2』のようにロケット弾で破壊したいという衝動にかられたりもする。あるいはギリシャのある教会での祝福の儀礼はジェームズ・ブラウンのショーの一場面を作者に思わせ、アトス最古の修道院グランデ・ラヴラの食堂のあまりの広さを、彼は「まるで銀座のライオン・ビヤホールである」と形容する……。

（二五〇—二五一頁）

そしてその最たる例として、「アトス山に点在する修道院が旅行者にだす食事の質を、『アトス山ミシュラン』と称して採点してゆく作者の思考」が挙げられる。そして今福は、皮肉を込めて次のように述べるのである。

ここでは異郷の世界の日常世界への徹底的な「翻訳」の作業が行われているのだ。現代アメリカ文学のすぐれた翻訳家でもある作者の手際は、旅の経験が示すトルコ性やギリシャ性を日本の（そしておそらくは東京の）日常を取り巻くある種の知的アイテムにたくみに変換し、私たちの「リアル・ワールド」の感覚を異国の旅のなかから浮かび上がらせる。現代の「旅行記」というジャンルが隠し持つ困難と可能性とを同時に回避しながら、『雨天炎天』は不思議に安定したことばの世界を創りだしているのだ。

（二五一頁）

こうした傾向は、のちの紀行文においても同じく現れているように思える。たとえば、『ラオスにいったい何があるというんですか？』に収録された「大いなるメコン川の畔で」では、ラオスのルアンプラバンの街を歩く僧侶たちが日よけのためにさす雨傘の色が多く黒色であることについて、村上はその色が僧衣や帯に合わせてオレンジ色や黄色になることを夢想する。そのうえで村上は、次のように述べる。

そうすれば色彩の統一感がいっそう際立ち、ルアンプラバンの風景は今にも増して印象的なものになるに違いない。そして僧侶としての彼らのアイデンティティーも、より揺らぎないものになるのではないか。ヤクルト・スワローズの熱心なファンが、緑色の傘を携えて勇んで神宮球場に行くみたいに。

（一六四－一六五頁）

ここではラオスの街の様子が、明らかに村上の「日常世界」へと翻訳され、見られているといえるだろう。
今福の文章で、村上の紀行文は激しい批判にさらされていた。筆者個人の意見をいえば、こうした村上の紀行文に対する消極的評価は、村上の紀行文の紀行文としての批評性についてのものとしてはある程度の妥当性をもつように思える。つまり村上の紀行文は、「独自の旅の言語」をもつものというよりは、やはり村上春樹の「日常世界」の言語によって書かれたものなのだといえるだろう。と同時に、そのことは村上の紀行文が、村上の文学的営為との関連のなかで重要な位置を占めることと矛盾しない。よって本論では、村上春樹の紀行文が「異郷の世界の日常世界への徹底的な『翻訳』の作業」によって成り立っているという今福の議論をふまえつつ、繰り返し述べているように、村上の紀行文と小説との関係を探ることになる。

2-2 小説のなかの〈翻訳〉

では、小説についてはどうだろうか。村上は翻訳と小説の関係について『村上春樹 雑文集』に収録されたエッセイ「翻訳することと、翻訳されること」で言及している。そのなかで村上は、外国語へと翻訳された自らの作品を読むことが「自分自身というものを、違った場所から再査定《リエバリュエート》すること」につながると述べる。そして村上は、そのように自分自身との間にクッションを作るために、初めから外国語で小説を書くことが理想だが、それは記述的・能力的問題によってできない、としたうえで、次のように述べている。

だから僕はこれまで僕なりに、母国語たる日本語を頭のなかでいったん疑似外国語化して――つまり自己意識内における言語の生来的日常性を回避して――文章を構築し、それを使って小説を書こうと努めてきたとも言えるのではないかと思います。思い返してみると、最初から一貫してそういうことをしてきたような気がする。

そういう面では、僕の創作作業は翻訳作業と密接に呼応している——というかむしろ表裏一体と言ってもいいような部分があるのかもしれません。

（『村上春樹 雑文集』、二八三—二八四頁）

ここで村上が想定する「日本語」と「外国語」は、〈翻訳〉という営みを介して転換される〈日常性〉と〈非日常性〉のことを表しているという点で、今福の指摘に登場した「日常世界」および「異郷の世界」とほとんど同義である。すなわちここでは、今福が指摘した〈翻訳〉の過程とは逆の過程が述べられている。「異郷の世界の日常世界への徹底的な『翻訳』の作業」を通して村上の紀行文が書かれていたのとは逆に、日本語としての〈日常性〉の、外国語としての〈非日常性〉への〈翻訳〉という過程を通して、村上の小説は書かれているのである。そしてこの二つの過程は互いに独立したものではなく、〈日常性〉と〈非日常性〉を介して相互に作用しあっていると考えるのが妥当であろう。すなわち、紀行文において〈非日常性〉から〈翻訳〉された〈日常性〉は、小説において〈非日常性〉へと再〈翻訳〉される。そしてその〈非日常性〉がまた、紀行文において〈日常性〉へと再〈翻訳〉されることもあるだろう。村上の紀行文と小説のあいだでは、そうした連鎖が起き続けているのである。

2—3　二つの論点への回答

前節で示したことを具体的に説明するために、本論では左図を提示したい。太い矢印が、いま話題にしている〈翻訳〉である。ここでまず、ギリシャへの二つの紀行文と小説『スプートニクの恋人』との関係を考えてみよう。一番上の「異郷の世界」が、村上が実際に行ったギリシャの島々であり、それは下の「日常世界」へと〈翻訳〉される。その過程（図中のA）を通して書かれたのが、紀行文『遠い太鼓』である。これは書評で今福が指摘していた通りの構図である。そして村上はそこにある日本語としての〈日常性〉を「自己意識内における言語の生来的日常性を回避して」、その下の外国語としての〈非日常性〉へと〈翻訳〉する。その過程（図中のB）を通して成立したのが『スプートニクの恋人』なのである。そして村上は、一番下の矢印のように、その〈非日常性〉を再び〈日常性〉に〈翻訳〉するという過程（図中のC）を経ることで、紀行文「懐かしいふたつの島で」を出現させているのだといえる。第一節でみたように、「懐かしいふたつの島で」では島を離れる際、『スプートニクの恋人』で語られていたのと非常に似通った感慨が語られていた。それは村上が、『スプートニクの恋人』の〈非日常性〉をもとに、それを〈日常性〉へと〈翻訳〉した結果だといえる。その点で、「限りなく続く日常の中に再び足を踏み入れていく」という『スプートニクの恋人』での記述と、「固い大地を踏みしめ、そして日常の延長線上に戻っていく」という「懐かしいふたつの島で」での述懐がともに日常への帰還を語るのは、ある意味当然のことのようにさえ思える。

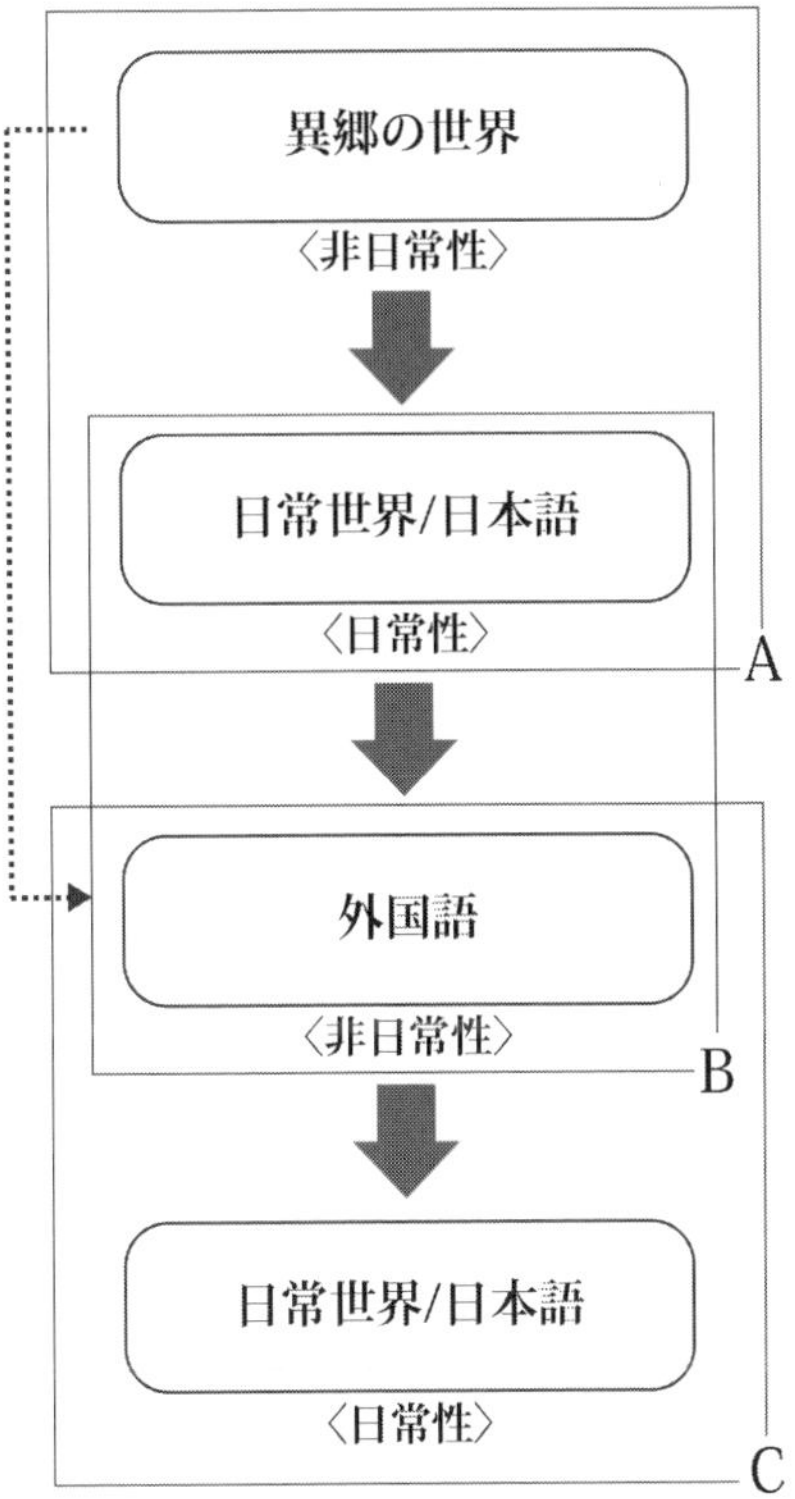

〈翻訳〉の連鎖

　以上のことを前提として、第一

節で示した二つの論点について考えたい。前後するが、第二の論点については、上の説明がほとんどすべてである。一―三の最初の引用にあったように、村上が自らの小説の舞台とした場所を訪れて、「なんだ、僕が書いたとおりの場所じゃないか」と考える理由も、〈日常性〉への〈翻訳〉という観点からみればはっきりとする。改めて考えれば、知らない場所について書いた文章で「木の生え方とか、川の流れとか、空気の匂いとか」が「細部にいたるまで」そっくりであることは厳密な意味ではありえない。すなわちここでは、村上が、自分自身の小説を自らの日常へと置き換えている、と考えるのが妥当であろう。自ら書いたものが元となった現実に、間違いがほとんどないのは当然なのである。そして、おそらくこれは村上だけに特有の現象ではない。村上の紀行文やエッセイ群は、作家による土地の表象のありかたについての枠組みの、貴重なひとつの例を提供してくれるものだということもできるだろう。いずれにせよ、〈非日常性〉と〈日常性〉の連鎖のなかで村上の紀行文は、小説から明確な影響を受けているのである。

また、第一の論点について、村上が自作のための取材への言及を積極的に行なわない理由は、図を見るとはっきりとする。図においては、取材元である「異郷の世界」と、小説として現れる「外国語」の間に、〈日常性〉の回路が挟まっている。そのことによって、取材という過程が、小説からかなり距離のあるものとなっているのである（図中破線矢印の部分）。すなわち、村上が小説の執筆において主に参照するのは、取材した「異郷の世界」ではなく、そこから〈翻訳〉された〈日常性〉なのであり、その意味において、「物語のディテールについて取材をすることもありません」という村上の発言は文字通りにとらえることが可能である。

これらの点については、村上が一九九四年に発表したエッセイ『使いみちのない風景』を参照すれば、より明確になる。このエッセイで村上は、「そこから何かの物語が始まるかもしれない」と思いきや「何も始まらない」「どこにも結びついて」おらず、「何も語りかけない」ような「風景の断片」を、「使いみちのない風景」と呼ぶ（八二―八三頁）。そのうえで村上は、ドイツの田舎の旅館での印象的な風景を、「使いみちのない風景」かもしれないと意識する。村上は彼の見た田舎の様子を写真におさめ、「そしてこの風景をいつか何かに使ってみようと思った。／それはいわば実験のようなものだった」（九〇頁）と述べる。そして何年かあとに、その写真を物語にしようと文章を書き始め、「その風景が僕の中に喚起するイメージのようなものを隅々までなぞって書」（九二頁）くのだが、その試みは頓挫したと明かされる。そのうえで村上は次のように述べるのである。

でもそれとは別に、その作業は僕の中に、まったく違った物語のようなものをもたらすことになった。その一連の文章を書きおえたあとで、僕はすぐに別の物語に取りかかった。その部屋の風景はたぶん僕の中で、別の風景に結びついていたのだろうと思う。（九四頁）

そして、その「別の風景」が『世界の終りとハードボイルド・ワンダーランド』に結実したことが明かされる（九五頁）。

この過程を図をもとに整理してみよう。まず、ドイツの風景という〈非日常性〉をそのまま小説としての〈非日常性〉に置き換えようとする思惑は頓挫する。これは、上の〈非日常性〉から二つ下の〈非日常性〉への回路（図中の破線矢印）が強固なものでないことの証左であるといえるだろう。つまり村上にとってフィクションを書くことと旅行することは本質的に同じでありながらも（「はじめに」を参照）、やはり厳然と分けられた行為なのである。しかし、その試みによって「別の風景」が立ち現れたと村上は書いていた。ここで、写真を撮ってそれを自らの日常に持ち帰り、それが喚起するイメージをなぞる作業は、ドイツの〈非日常性〉の、〈日常性〉への〈翻訳〉を意味している（図中のA）。また、村上にとって小説を書くことは、〈日常性〉を〈非日常性〉へと〈翻訳〉することであった（図中のB）。すなわち、逆説的だが、ここでは写真に収められた風景ではなく、写真そのものを媒介とすることによって、『世界の終りとハードボイルド・ワンダーランド』としての「別の風景」の出現が可能となっていたのである。

ここまで、〈翻訳〉という概念を通して、村上春樹の書く紀行文と小説の関係をみてきた。第二の論点に続き、第一の論点についても、以上のとおり説明できたように思う。すなわち、旅先の〈非日常性〉は、「日常世界」からの再〈翻訳〉という過程を経ることで、小説作品からかなり距離のあるものとなっていた。このことによって、村上春樹は小説の取材というものについて、あまり意識的ではないのだといえる。また補足しておけば、村上の通常の意味での翻訳、つまり、外国語作品の日本語への翻訳において取材の必要性が強調されていた（一―二を参照）のは、図でみると、その回路が外国語としての〈非日常性〉から直下の日本語としての〈日常性〉への矢印の一直線（図中のC）だからなのだといえるだろう。そこでは〈非日常性〉を物語の直前にあるものとして振り返る必要が生じるのである。

3　『色彩を持たない多崎つくると、彼の巡礼の年』をめぐって

本節では、二〇一三年に発表された『色彩を持たない多崎つくると、彼の巡礼の年』を例に、第二節で提示した図式について振り返るとともに、さらに詳しい説明を加えたい。

『色彩を持たない多崎つくると、彼の巡礼の年』で、主人公の多崎つくるは過去の出来事の真相を求め、名古屋とフィンランドにかつての友人であるアオ、アカ、クロを訪ねる。まずは簡単に多崎の行動を整理して

おこう。名古屋で多崎はアオの勤めるレクサスのショールームに赴いてアオと再会したのち一度別れ、その後スターバックスで待ち合わせをしたあと、公園で会話をする。また、多崎は「レクサスのショールームから五キロほど離れたところに」（二〇四頁）あるアカのオフィスも訪れる。フィンランドでは多崎はヘルシンキを経由してハメーンリンナにあるクロのサマーハウスを訪れる。

村上春樹は名古屋とフィンランドという二つの土地の描写について、興味深いことを述べている。読者から、「モデルとなったレクサスのショールームのすぐそばに職場が」あると言われた村上は次のように答える。

僕は名古屋に行かずに『色彩を持たない多崎つくると、彼の巡礼の年』を外国で書きました。レクサスのショールームもぜんぶでっちあげです。実在のモデルはまったくありません。それほど間違ってないといいんだけど……。フィンランドのシーンもフィンランドに行かずに書きました。書いたあとで実際に行ってみて、間違いがないかどうかいちおう確かめましたが（ほとんど間違っていなかった）。

（『村上さんのところ』、「あのレクサスの近所に勤めています」）

これは、村上ファンにはお馴染みの少々とぼけた回答なのではないだろうか。なぜなら第一に、小説に登場したものに非常に近いレクサスのショールームは実在し、第二に、村上は『色彩を持たない多崎つくると、彼の巡礼の年』の執筆よりも前に名古屋やフィンランドを訪れたことがあるからである。

第一の点については、筆者による名古屋でのフィールド調査（二〇一九年一月二十五日に実施）をもとに紹介したい。なお、この調査にあたってはナカムラクニオと道前宏子による案内書『さんぽで感じる村上春樹』をおおいに参考にした。よってここから言及する各所について、註で本書の該当部分を適宜指示する。

（写真１）レクサス高岳

（写真２）スターバックス桜通り大津店

小説では、「レクサスのショールームは名古屋城に近い静かな一画にあった」（『色彩を持たない多崎つくると、彼の巡礼の年』、一七四頁）とされる。写真1[4]のレクサス高岳[5]は名古屋城から歩いて三十分ほどの距離にある。周辺は確かに、交通量こそ多いものの、落ち着いたオフィス街といった趣《おもむき》である。スターバックスは「ここを出て左にしばらく歩いたところに」（一七九頁）あるとされるが、レクサス高岳を出て左に十分ほど歩けば、写真2のスターバックス桜通り大津店[6]が見えてくる。そのほんの近くには、南北に長い久屋大通公園[7]もある。筆者は『さんぽで感じる村上春樹』一一一頁に掲載された写真に感化され、久屋大通公園で写真3を撮影した。いうまでもなく、これは多崎とアオの語らいの場面を意識したものである。[8] また、アカのオフィスは「レクサスのショールームから五キロほど離れたところ」にあり、「ガラス張りのモダンな商業ビルの、八階フロアの半分を占めている。残りの半分は有名なドイツの製薬企業のオフィスだった」とされる（二〇四頁）。これに近いものとして、桜通りでドイツ発祥の薬品会社が入るビルを確認することができた。また、『さんぽで感じる村上春樹』ではアカのオフィスの入るビルに関して、名指しを避けつつ「実際に、桜通には、同じようにドイツの製薬会社が入ったガラス張りのビルがありました」（ナカムラ／道前、一一二頁）とされており、地図（一一六頁）で「アカのオフィス？」と疑問符付きで示されている場所は、筆者が確認した場所と同じであった。しかし、レクサス高岳からその場所までの距離は約一・三キロメートルであり、五キロメートルではないうえ、筆者の見た限り、そのビルをガラス張りと呼ぶことができるのかどうかについては議論の余地があるように思えた。よって、そのビルについて明示するのは本論でも避けたい。とはいえ、そのビルがアカのオフィスの入るビルのモデルとなった可能性は十分に考えられる。また当然ながら、そのビルのほかにも、名古屋の街にはガラス張りのモダンなビルがたくさん確認できる（写真４は桜通りから名古屋駅方面を見たところ）。

（写真３）久屋大通公園にて

（写真４）名古屋のビル街

　次に、名古屋やフィンランドに行かずに書いた、という点についてみてゆこう。ナカムラと道前の本でも指摘されているが（一一二頁）、村上は二〇〇四年発行の『東京するめクラブ　地球のはぐれ方』で名古屋市を訪れた際の様子を記している。そのなかで村上は、加藤珈琲店のコーヒーぜんざい（写真５）を食べたことを書いている（村上／吉本／都築、四五頁）のだが、この加藤珈琲店は桜通り沿いの、ちょうどレクサス高岳とスターバックスの間といえる場所に位置している。こうしてみると、村上は名古屋城周辺に実際に行ったことがあるということが分かる。また、一九九〇年の『遠い太鼓』には、一九八七年にヘルシンキを初めて訪れた際のことが短いものの記載されている（三一一‐三一七頁）。ある

（写真5）加藤珈琲店のコーヒーぜんざい

いは、『ラオスにいったい何があるというんですか?』に収められた「シベリウスとカウリスマキを訪ねて」でもその当時のことが言及されている[9]（一三八頁）。それにもかかわらず、同じ文章に付された追記でも村上は次のように述べている。

僕は『色彩を持たない多崎つくると、彼の巡礼の年』のフィンランドのシーンをすべて想像で書いてしまってから、このフィンランド取材に行きました。なんだか自分の足跡をひとつひとつたどるみたいに。そういう意味では興味深い旅でした。

（一五七頁）

もちろんこれは、小説の取材に特化して訪れることなく小説を書いた、小説に登場させる場所、特にハメーンリンナに取材に行かずに小説を書いた、というほどの意味にすぎないのかもしれない。しかし、『色彩を持たない多崎つくると、彼の巡礼の年』ではヘルシンキの場面も多く登場する。一度訪れたことのある名古屋やヘルシンキの印象が、小説に反映されていないとは考えづらい。すなわち、ここでもやはり、旅先の〈非日常性〉は、「日常世界」からの再〈翻訳〉という過程を経ることで、小説からかなり距離のあるものとなっているのだといえるだろう。村上にとって、名古屋やフィンランドへの旅は、直接的には『色彩を持たない多崎つくると、彼の巡礼の年』とつながっていない。それは『東京するめクラブ』や『遠い太鼓』などの旅行記という〈日常性〉の回路を経由し、「別の風景」に変換され、物語として立ち現れている。村上が意図的に名古屋やフィンランドに行かなかったことを強調したのかどうかは知りようがないが、これまで述べたような〈距離〉によって、「行かずに」「すべて想像で書い」たという表現が用いられた可能性は高いといえる。

そして、小説の執筆によって〈日常性〉からの脱出を果たした村上は、その小説の舞台とした場所に赴いて紀行文を著すことで、その舞台を〈日常性〉に再〈翻訳〉する。このような回路を経て、フィンランドへの旅は再び紀行文「シベリウスとカウリスマキを訪ねて」として現れることができたのである。繰り返しになるが、このことを図をもとに整理すれば、村上はここで、図の矢印のように〈非日常性〉を〈日常性〉へと〈翻訳〉して紀行文を書き（図中のA）、その〈日常性〉を〈非日常性〉へと〈翻訳〉し、それを小説として立ち上がらせ（図中のB）、そしてその舞台へと旅をして、その風景を小説という〈非日常性〉から〈日常性〉へと再〈翻訳〉することで、紀行文を立ち上がらせている（図中のC）のだといえる。

ところで、村上はこうしたことについてどの程度自覚的なのだろうか。村上は「シベリウスとカウリスマキを訪ねて」のなかで、カウリスマキ監督兄弟の経営するバーと、シベリウスが過ごした山荘への訪問をつづったあと、村上の著作を翻訳・出版しているフィンランドの出版社の面々との会食へと話題を移す。そして、「僕の本を担当してくれている編集者も、7月に四週間ほどの休暇をとり、つい先週職場復帰したばかりだ」（二四九頁）という話題から、「ヘルシンキ市民がどんなところで楽しく休暇を送っているのか興味があったので、レンタカーを借りて、近郊にサマーハウスがたくさんある（という話を聞いた）ハメーンリンナまで行ってみた」（二五〇頁）と書く。ここでの村上の興味が、ヘルシンキ市民の楽しい休暇などよりも、『色彩を持たない多崎つくると、彼の巡礼の年』に登場させたハメーンリンナにあることは明白である。しかし村上は、あえてそのことを述べていないように思える。これは想像にすぎないが、そうすることで、村上は読者の意識を小説に向けさせないようにすることを企図しているのではないだろうか。それは、内容の約三分の一を占めるハメーンリンナへの旅が、タイトルにおいてシベリウスやカウリスマキと並列されていないことからも推測できる。

しかし、その後の旅行記の描写は明らかに小説に接近する。たとえば、小説でのハメーンリンナへの高速道路の描写は次のようなものである。

道路の両側はおおむね森だった。国土全体が瑞々しく豊かな緑色で覆われているような印象があった。樹木の多くは白樺で、そこに松やトウヒやカエデが混じっていた。松は幹が直立したアカマツで、白樺は枝がしだれたように大きく垂れ下がっていた。

（三〇二頁）

対して、旅行記における高速道路の描写は次のようなものである。

まわりには緑の森があるばかりで、樹木のほかに見るべきものはない（木材は長いあいだフィンランドの輸出品目のトップを占めていた）。樹木の種類もかなり限られている。まっすぐな幹をもったヨーロッパ・アカマツと、柳のようにしだれた枝を持つ白樺、そしてトウヒ、カエデくらいのものだ。

（『ラオスにいったい何があるというんですか？』、一五〇頁）

ここで読者は、小説の〈非日常性〉を介した村上の日常へと誘導される。そのあとも、ハメーンリンナで現地の家庭を突然訪ねたり、ヘルシンキへ戻ってからは陶芸工房を訪ねたりと、村上の行動はあまりに多崎つくる的である。これもまた推測にすぎないが、村上はここで、自らの旅が『多崎つくる』をなぞるメタ的なものであることを隠しつつ、読者の意識を『多崎つくる』へと誘導し、フィクションとノンフィクションの境界を攪乱しようとしているのではないだろうか。そのことによって、読者は村上の旅をより奥行きのあるものとして体感することができるのである。

村上は「実のある嘘には、目に見える真実以上の真実が含まれています」(『村上さんのところ』)、「つまらない文学よりビジネス書を読め!」)と述べたことがある。村上の紀行文が「嘘」であると断言するつもりはもちろんないが、それが小説というフィクションに接近することで力を獲得していることは事実であると考える。そしてそれこそが、小説家村上春樹による紀行文の醍醐味《だいごみ》なのではないだろうか。

おわりに

本論では、村上春樹の紀行文と小説の関係について、〈翻訳〉という概念を中心に考察した。村上は自らの考えをエッセイなどの形式で積極的に読者に提示してくれるが、そのなかには村上一流のユーモアとしての〈はぐらかし〉がある(もちろん、私たち読者はそれをふまえて彼のエッセイを楽しんでいる)。しかしエッセイなどの数が多いぶん、それらを詳しくみることで、村上の文学的営為についての枠組みを把握することは可能であるように思える。本論では、紀行文とのかかわりのなかで、図を用いつつ、そうした枠組みの把握を試みた。二―三で述べたことの繰り返しになるが、村上の紀行文やエッセイ群は、作家による土地の表象のありかたについての枠組みの、貴重なひとつの例を提供してくれるものだと考えることもできるだろう(10)。本論が、村上の紀行文や小説のみならず、紀行文と小説とのかかわり一般への参照軸として機能するならば、それ以上のよろこびはない。とはいえ、本論で示した枠組みに単純化の傾向があることは否定できない。村上の紀行文と小説とを比較するうえでは、さらに多様な側面からの検討の余地がある。たとえば、山﨑眞紀子は『遠い太鼓』に描かれたローマでの村上の足跡を辿った論考において、「彼がローマに読み取ったのは、『死』である」（山﨑、一一三頁）ということを指摘したうえで、「ローマを『死』と結び付けた村上春樹の慧眼は『ノルウェイの森』に結実された」（一一五頁）と述べている。ここで山﨑が提示する、村上が土地から読み取った「死」が小説にあらわれるという回路は非常に重要であるように思われる。「死」という観点から、村上の紀行文と小説の関係をみることも可能なのである。そのほかにも、本論で言及できなかった点は多数ある。それらについては、今後の課題としたい。

註

（1）電子書籍である『村上さんのところ――コンプリート版』からの引用のみ、ページのかわりに各質問の見出しを記す。

（2）村上自身もこのあたりの時系列に混乱したのか、「ノモンハンの鉄の墓場」の冒頭に置かれた解題には、「『ねじまき鳥クロニクル』第二部でノモンハンと満州のことを書いたら、雑誌「マルコポーロ」から、実際にそこに行ってみませんかという話が来た」（『辺境・近境』、一六三頁）と書かれている（ノモンハンと満洲のことが書かれたのは実際には第一部）。村上にとっては第一部の終盤の執筆のことがそれだけ鮮烈に記憶されていたのだろう、というのは行き過ぎた想像だろうか。

（3）この文章は「ノモンハンの鉄の墓場」と比べると短く、滞在中の食事に焦点を絞った報告というような形になっている。

（4）本論に掲載の写真はすべて筆者の撮影による。

（5）ナカムラ／道前、一一一頁（「名古屋城近くといえば、『レクサス高岳』がイメージにぴったりです。」）

（6）前掲（「実際にショールームを出て、歩いてみると、スターバックス『桜通り大津店』がありました。」）

（7）前掲（「名古屋の中心にあるテレビ塔を挟んで南北に広がる『久屋大通公園』が、スターバックスのすぐそばにありました。」）

（8）当時、久屋大通公園は整備工事中で入ることのできない箇所が多く、スターバックスの近くにベンチを探すことができなかった。そのため、写真3は多崎とアオが語らったと想定される場所よりもかなり遠くの地点で撮影したものであることを付け加えておきたい。

（9）ここでは以前ヘルシンキを訪れたのは一九八六年のこととされているが、これは単純な記憶違いだろう。

（10）ただしこの「貴重なひとつの例」がかなり特殊なものである可能性は否定できない。アンヌ・バヤール＝坂井は『ラオスにいったい何があるというんですか？』において村上がどのように自分自身を提示しているかを検討し、「ここにある『作家』のイメージやスタンスの構築が読者の承諾、強いていえば協力なしには成り立たないのは確かだろう」と述べている（バヤール＝坂井、七五頁）。村上は大勢の読者からの「協力」を期待できる作家である。そうした村上の作家としての立ち位置が、彼の紀行文を少なからず方向づけていることについては、十分に留意する必要がある。

参考文献

アーヴィング、ジョン『熊を放つ』村上春樹(訳)、中央公論新社、二〇〇八年。

今福龍太「「翻訳」としての旅行記」『新潮』八十七巻十号、新潮社、一九九〇年。

ギルモア、マイケル『心臓を貫かれて』村上春樹(訳)、文藝春秋、一九九六年。

ナカムラクニオ／道前宏子『さんぽで感じる村上春樹』ダイヤモンド社、二〇一四年。

バヤール＝坂井、アンヌ「村上春樹、旅に出る(そのⅡ)」石田仁志／アントナン・ベシュレール編著『文化表象としての村上春樹――世界のハルキの読み方』青弓社、二〇二〇年。

馮英華「村上春樹『ねじまき鳥クロニクル』における〈満洲記憶〉の叙述――暴力からコミュニケーションの回復へ」『千葉大学人文社会科学研究』二八号、千葉大学大学院人文社会科学研究科、二〇一四年。

村上春樹『世界の終りとハードボイルド・ワンダーランド』新潮文庫、一九八八年。

――『雨天炎天――ギリシャ・トルコ辺境紀行』新潮文庫、一九九一年。

――『遠い太鼓』講談社文庫、一九九三年。

――『使いみちのない風景』稲越功一写真、中公文庫、一九九八年。

――『辺境・近境』新潮文庫、二〇〇〇年。

――『スプートニクの恋人』講談社文庫、二〇〇一年。

――「インタビュー　村上春樹　心の旅」『PAPER SKY』十号、ローランド・ケルツによるインタビュー、ニーハイメディア・ジャパン、二〇〇四年。

――『うずまき猫のみつけかた』新装版、新潮社、二〇〇八年。

――『ねじまき鳥クロニクル――第1部 泥棒かささぎ編』新潮文庫、二〇一〇年改版。

――『ねじまき鳥クロニクル――第2部 予言する鳥編』新潮文庫、二〇一〇年改版。

――『ねじまき鳥クロニクル――第3部 鳥刺し男編』新潮文庫、二〇一〇年改版。

――『村上さんのところ――コンプリート版』(電子書籍) フジモトマサル挿画、新潮社、二〇一五年。

――『村上春樹 雑文集』新潮文庫、二〇一五年。

――『色彩を持たない多崎つくると、彼の巡礼の年』文春文庫、二〇一五年。

――『村上ラヂオ3――サラダ好きのライオン』大橋歩画、新潮文庫、二〇一六年。

――『ラオスにいったい何があるというんですか?――紀行文集』文春文庫、二〇一八年。

村上春樹/柴田元幸『翻訳夜話』文春新書、二〇〇〇年。

村上春樹/吉本由美/都築響一『東京するめクラブ 地球のはぐれ方』文春文庫、二〇〇八年。

山﨑眞紀子「村上春樹とイタリア――『遠い太鼓』ローマ編・『ノルウェイの森』誕生の地探訪記」『MURAKAMI REVIEW』〇号、村上春樹研究フォーラム、二〇一八年。

第9章　『ノルウェイの森』誕生の地ローマ・トレコリレジデンス探訪記
――村上春樹『遠い太鼓』から探るローマで誕生した意味

山﨑　眞紀子

はじめに

村上春樹初の紀行文『遠い太鼓』（講談社、一九九〇年六月　＊本章の引用テキストもこの版による）は、刊行されたばかりの帯に「待望の書き下ろし長篇エッセイ、１９８６年秋――１９８９年秋、ギリシャ・イタリアに旅しながら『ノルウェイの森』を書き上げた三年間を綴る、全く新しいタイプの旅行記」と記されている。当時は、村上春樹ならではの読ませる文体を駆使して描かれた旅行記として目を奪われたが、現在改めて読み返してみると帯の言葉の通り、一九八七年九月十日刊行『ノルウェイの森』執筆過程がわかる貴重な資料として読める作品である。

特に注目すべきはローマ編だ。ローマのレジデンスにいて『ノルウェイの森』第一稿を書き上げた瞬間の一九八七年三月七日土曜日の朝について、「この日は朝の五時半に起きて、庭を軽く走り、それから休みなしに十七時間書き続けた。真夜中前に小説は完成した。日記を見るとさすがに疲れていたようで、ひとこと

『すごく良い』と書いてあるだけだ」（「ヴィラ・トレコリ」、二〇九頁）と記述されている。「すごく良い」と著者に言わしめた『ノルウェイの森』を誕生させた地であるイタリア・ローマ。作品が生み出された地は、なぜ日本ではなくローマだったのだろうか。本章は、筆者が実際にローマに取材に行き『ノルウェイの森』を書き上げたレジデンスの場所を探り当てた探訪記である。

1 『ノルウェイの森』がいかに記念碑的な作品だったのか

なぜローマかを問う前に『ノルウェイの森』が、いかに村上春樹にとって重要な作品であるのかを確認したい。村上春樹をデビュー当時から三十年以上担当してきた元編集者・斎藤陽子は（『遠い太鼓』では木下陽子と記されている。二〇九頁）、専業作家になった頃の村上作品はファンタジー要素が強く、斎藤はすこし違うタッチの作品も読みたいと「『蛍』のような小説」と「これまでの作品に出てきた死の影を感じさせる少女・直子について」の二点を、書く題材として提案した。村上は目を伏せて「生々しくてそれは書けない、だめだ、今は書けない」と斎藤に言い、この話はそれきりとなったという。(1)

その後、村上は四十歳を前にして海外で長編小説執筆に専念することを望み、それを実現した。その出発間際に村上は斎藤に、「今度書くのは書き下ろし恋愛小説です」とすごく小さい声で言ったという。「春樹さんが書く恋愛小説ならすごいだろうな」と小躍《こおど》りしたと斎藤は述べている。(2) 一九八六年十月初め、ヨーロッパに出発。書き下ろし恋愛小説はやがて『ノルウェイの森』として、斎藤のもとに届けられることになった。そこには、かつて斎藤の提案した『蛍』と「直子」が描かれていた。上巻は赤に緑の文字、下巻は緑に赤の文字、その字体は震えているような文字が選ばれた。すべて村上のアイデアだったという。(3) 丹精込められて上梓された本作は空前の大ヒットとなり、現在およそ五十カ国の言語に翻訳され、世界の Haruki Murakami

を誕生させたのである。このように満を持して書かれた『ノルウェイの森』執筆過程が、海外生活見聞記と共に『遠い太鼓』には詳述されている。

当時、三十七歳だった村上は日本を離れる必要があった理由として、四十歳を迎える前にどうしても仕上げたかった仕事があったという。「四十歳というのは一つの大きな転換点であって、それは何かを取り、何かをあとに置いていくことなのだ」、「その精神的な組み換えが終わってしまったあとでは、好むと好まざるとにかかわらず、もうあともどりはできないのだ。試してみたけれどやはり気に入らないので、もう一度以前の状態に復帰します、ということはできない。それは前にしか進まない歯車なのだ」（「はじめに」一四頁）と、四十歳という年齢が大きなターニングポイントにあったことを強調する。何よりも、ある一つの時期に達成されるべき何かが達成されないままに終わってしまう恐怖、それを避けるために集中して作品を完成する時間、手応《てごた》えのある生の時間を自分の手の中に欲しかったと繰り返し記されている。

村上春樹が数字にこだわる作家であることは『1973年のピンボール』（講談社、一九八〇年六月）刊行時から明らかであろう。現在も日本語表記の習慣から、文学作品はいまだに縦書きで組まれる。周知のとおり縦書きになじむ数字は漢数字である。『1973年のピンボール』初出の文芸月刊誌『群像』発表時は、「一九七三年のピンボール」と漢数字でタイトルが組まれていたが、単行本に当たって年数を表す数字は漢数字からアラビア数字に変更されている。(4) 作家デビューが三十歳。そして斎藤陽子に「だめだ、今は書けない」と言った『蛍』と「直子」を組み入れた作品は、四十歳を迎える前に書かれるべき記念碑的な作品として誕生した。村上春樹と早稲田大学第一文学部時代の同級生だった作家・芦原すなおは、「青春の混沌の時代っていうかなあ。彼は必要に迫られたんでしょう。内面を書いておきたいとね」と述べる。(5)

また、大ヒット作となった『ノルウェイの森』は何度か映画化の依頼があったにもかかわらず村上は断り続けていたのだが、ベトナム出身のパリで活躍する映画監督トラン・アン・ユアンには許可を与えた。村上はトラン監督に「『ノルウェイの森』の映画化はすべて断ってきました。この作品は自分にとっても特別な作品なので。ただ、五十歳を過ぎるとちょっと僕の考えも変わってきてるんです。今すぐ許諾はできないけど、脚本を読んで自分が納得したら映画化の許諾をするかもしれません」と言ったという。俎上《そじょう》に載せたのは、映画製作会社プロデューサー・小川真司である。彼はトラン監督の撮っているヴィジュアル的な感性と村上の小説『ノルウェイの森』が合っていると直感し、二〇〇三年八月トラン監督に連絡を取って、彼とともに村上に地道にアクセスした熱意が功を奏したのだろうが、[6]何より注目したいのは、村上の「五十歳を過ぎると」という年齢（＝数字）へのこだわりである。六十歳を迎えるにあたっては、スコット・フィッツジェラルドの『グレート・ギャツビイ』を翻訳することに充てられた。[7]この作品は、『ノルウェイの森』でも主人公ワタナベが愛読し、「『グレート・ギャツビイ』はその後ずっと僕にとっては最高の小説でありつづけた。僕は気が向くと書棚から『グレート・ギャツビイ』をとりだし、出鱈目にページを開き、その部分をひとしきり読むことを習慣にしていたが、ただの一度も失望させられることはなかった。一ページとしてつまらないページはなかった。なんて素晴らしいんだろうと僕は思った。そして人々にその素晴らしさを伝えたいと思った」（上巻、第三章五六頁）と描かれている。村上春樹にとっても『グレート・ギャツビイ』は特別席に据えられた作品である。[8]

そして、七十歳を迎える二か月前の二〇一八年十一月四日に、自筆の原稿や書簡、レコードなどの所蔵資料を母校の早稲田大学に寄贈する発表をした。[9]それぞれのシーンで数字＝年齢による分水嶺をつけてきた村上にとって、『ノルウェイの森』は若さと永遠に決別する四十歳を前に、大きなターニングポイントとして生み出された記念碑的な作品であったといえる。

2　ローマの意味

前述したように後戻りできない転換点に、集中して長編小説に取り組むべく海外に出た「三年間」、村上は『ノルウェイの森』と『ダンス・ダンス・ダンス』の二編の長編小説を仕上げた。『遠い太鼓』では二長編を「書く必要があるのだ。それはとてもはっきりしている」（「蜂は飛ぶ　1986年10月6日　日曜日・午後・快晴」、三五頁）と、その必要性を強調している。『ノルウェイの森』はギリシャのミコノスで書き始め、その一か月半の滞在で「最初の何章かを書いた」（「ミコノス撤退」、一六五頁）、そして、一九八七年の新年をローマで迎えてからシシリーに移動し一か月間居住して「六合目くらいまではここで書いた」（「シシリー」、一八二頁）後にローマに戻り、ヴィラ・トレコリで第一稿を三月に完成した（「ヴィラ・トレコリ」、二〇九頁）。その後、『ダンス・ダンス・ダンス』は大半をローマで書いて、ロンドンで仕上げた。「だからこのふたつの小説には宿命的に異国の影がしみついているように僕には感じられる」、「もし日本で書かれていたとしたら、このふたつの作品は今あるものとはかなり違った色彩を帯びていたのではないかという気がする。はっきり言えば、僕はこれほど垂直的に深くは『入って』いかなかっただろう」、「異質な文化に取り囲まれ、孤立した生活の中で、掘れるところまで自分の足元を掘ってみたかった」（以上、「はじめに」、一七―一八頁）とあるが「異質な文化」に囲まれるならば、どこの国でもよかったわけではないだろう。

「ローマは今回の長い旅の入り口であると同時に、海外滞在中の僕の基本的なアドレスでもあった。我々がベースキャンプを据える地として、いろいろ考えたのちにローマを選んだのはいくつか理由がある」として、その理由をまず第一に気候が穏やかなこと、そして、古くからの友人が一人で住んでいたことを挙げている（「ローマ」、二五頁）。いろいろな理由があると書きながらも綴られた理由はごくシンプルなことだけである。

他にも記されない理由があっただろうことがほの見える。

『ノルウェイの森』は、忘れないでいることの難しさ、また、忘れてしまうことはどれほどの傷《いた》みを伴うのかを描いた作品であり、そのテーマと合致するのがローマなのではないだろうか。ローマは街の中心に古代ローマ地区があり、その起源は紀元前六世紀ともいわれている、古代ローマ時代の市民集会、裁判、商業活動、政治討論などが行なわれる公共広場であったファロ・ロマーノや、西暦八〇年に造られた円形劇場のコロッセオや、三一五年建立のコンスタンティヌスの凱旋門が現在も残っている。ギリシャで書き始めて、という言葉も、ローマ文明はギリシャから始まったことを思い起こせば示唆的でもある。

そして、イタリアの国旗が赤、白、緑であることも忘れてはならない。『ノルウェイの森』第二章には、「死は生の対極としてではなく、その一部として存在している」（上巻、四六頁）と太字ゴシック体で記されている一文が置かれているが、この言葉を導く前の物語は、赤、緑、白の三色を基調において語られているのである。高校時代の親友の自殺に衝撃を受けたワタナべは、故郷を離れるべく東京の大学に進学したのだが、その際に以下のことを誓う。「東京について寮に入り新しい生活を始めたとき、僕のやるべきことはひとつしかなかった。あらゆる物語を深刻に考えすぎないようにすること、あらゆる物事と自分のあいだにしかるべき距離を置くこと――それだけだった。僕は緑のフェルトを貼ったビリヤード台や、赤いN360や机の上の白い花や、そんなものをきれいさっぱり忘れてしまうことにした」。しかし、忘れようとしても「何かぼんやりとした空気のかたまりのようなもの」（同、四六頁）が残り、それを言葉に置き換えたものが太字ゴシックの言葉として示されている。「僕」は高校時代に親友・キズキと授業を抜け出してビリヤードに興じ、いつになく真剣に勝負にこだわったキズキは「今日は負けたくなかったんだよ」と勝利をおさめ、その夜に彼は赤色のN360の車内で排気ガスを取り込んで自死を遂げた。そして教室内に置かれた彼を弔《とむら》う机の上の白い花。つまり、イタリア国旗に用いられている緑（国土）、赤（血）、白（平等）のトリコローレは、『ノルウェイの森』の中核をなす言葉が凝縮された色であるのだ。

『遠い太鼓』冒頭、村上が日本からイタリアに入国したばかりの記録としての文である「1986年10月6日、日曜・午後・快晴」には、ボルゲーゼ公園の芝生の上に腰を下ろして公園内の光景を記している場面がある。十四、五歳の美しい少女が「赤い」乗馬帽をかぶり、馬を引いて馬場に向かう。その少女の歩みを「時間そのもののように歩く」と表現している（「蜂は飛ぶ　1986年10月6日　日曜日・午後・快晴」三一頁）。「時間そのもののように歩く」ように、青年期の主人公ワタナベと直子は描かれ、ローマで実を結んだ。

3　ヒントは「トレコリ」

筆者は二〇一八年九月の初め、ローマ出身でローマ在住の村上春樹研究者でフィレンツェ大学日本語講師のクチネッリ・ディエゴ（Diego Cucinelli）さんの協力を得て『ノルウェイの森』を書きあげたレジデンスを探訪した。個々の室内こそ入れなかったものの、許可をもらって建物内に入ることができたことは幸いであった。屋上に上がると、「僕」が突撃隊からもらったインスタント・コーヒーの瓶の中に入っていた蛍を放つシーンが幻視されるかのようだった。以下にその探訪記を記していこう。

（写真1、ヴィットリオ・エマヌエールⅡ世記念堂）

ローマ観光のガイドブックの扉写真を飾ることが多い白亜の殿堂、ヴェネチア広場にあるヴィットリオ・エマヌエールⅡ世記念堂を背にし

（写真3、ヴィラ・トレコリに到着したが、結婚式場だった）

（写真2、カブール広場）

て（写真1）、その正面に続くコルソ通りをまっすぐ進んだ先にあるポポロ広場に朝九時、クッチネッリさんと待ち合わせした。ポポロ広場からテヴェレ川を渡り少し右手に行くとカブール広場（写真2）があり、後述するが、そこにあるカフェで村上春樹はエスプレッソを飲みながら物思いにふけるシーンが『遠い太鼓』には記されている。カブール広場は歴史ある建築物である旧裁判所前にある広場で、品がよくゆったりとしてとても美しい広場である。村上春樹のセレクトは、いつもどことなく上品な場所が選ばれる。

　まず、レジデンスの名前「Villa Tre Colli」から検索したが、最初に訪問した住所 Via Guerrazzi, 103–Monterotondo, Roma は、現在そこは結婚式場になっていた。車で十分も走らないうちにすでに都心から離れた田園地帯の景色が広がり、車はやがて坂道を登り始め、徐々に道路も細くなっていく。出発して二十五分、ずいぶんローマ中心部から離れてしまった感がある。山の頂上のようなはるか下界を見下ろす高台にある「Villa Tre Colli」にようやくたどり着いた。丘の上にありはるか遠くを見渡せ、素晴らしく美しい景色を見下ろす位置にあるヴィラ・トレコリは、プールもあり、結婚式場として抜群のロケーションではあるが、どうやら賃貸マンションではなさそうである。ローマの中心地から遠く離れているし、田園地帯だし、村上春樹が住んでいた住居とは到底思えない（写真3、4）。ここに来るには

（写真４、田園地帯が見渡せる）

自家用車がないと無理である。四十代半ばぐらいのオーナーに聞くと、これまで人に貸す住居だったことはなく、「Villa Tre Colli」はこの地域の呼び名として古くから使われており、彼が三代目であるとのこと。どうやら見当はずれであったようだ。たしかにローマ郊外であることは間違いないが、村上が『遠い太鼓』で記した、中心地までバスで十分という点が異なっている。ローマ中心地から車を走らせて二十五分かかったし、この高い丘に上がってくるバス路線は見当たらない。

『遠い太鼓』には、日本を出発してから四か月が経過し、ミコノス、シシリーのあとに住み、『ノルウェイの森』を完成させたローマ郊外のレジデンスの描写は以下のようにある。

僕らは友人に手伝ってもらって、ローマ郊外に〈ヴィラ・トレコリ〉という家具つきのレジデンシャル・ホテルを見つける。郊外といっても都心からバスで十分かそこらのところである。それほど広い部屋ではない。居間とベッドルームと小さなキッチンとバスルーム。〔中略〕〈ヴィラ・トレコリ〉はその名前の示すとおり古いヴィラ（邸宅）をホテルに改造したもので、なかなか立派な広い庭がついている。そしてまた丘の上にあるから（トレコリというのは「三つの丘」という意味である）見晴らしはとても良い。ローマの街が一望に見わたせる。部屋の窓からは、外務省とテヴェレ河とサッカー場のあるファロ・オリンピコが見える。サッカーの試合のある日には、ウォオオオという ときの声のような歓声が湧きあがってくる。そしてその上空には煙草の紫色の煙がもうもうと立ちこめる。初めてそれを見たときには世界に何か大きな異変がおこったのかと思ったくらいだった。
冬の終わりから春の始めにかけてのローマの風景はとても印象的なものだった。ローマの街はまるで子供がむずかっているように、体にまとわりついた冬をふりはらおうとしていた。それは他のどんな季節のローマの風景とも違っていた。不思議な形をした雲が空をすごい勢いで流されていったり、丘の麓を蛇行して流れるテヴェレ河がふと奇妙な色に輝いたりした。僕は窓に向けて机を置いて、仕事に疲れると、そんな光景をぼんやりと眺めた。僕自身の体も、文章を紡ぎ出すべく、ローマの街とおなじようにむずかっていたのだ。〔中略〕
しかし、そういう素晴らしい見晴らしや庭の趣に比べると、建物の方はそれほど立派とも言いがたかった。はっきり言ってかなりがたがきているし、その設備はいささかお粗末である。〔中略〕こういう古い屋敷をきちんと保持するために必要な補修がなされていないのである。話によればここはしょっちゅうマネージメントが代わっていて、そのせいで管理があまりよくないのだということであった。
（「ヴィラ・トレコリ」、二〇七−二〇八頁）

この記述に対応するものが一つとしてない。もう一つの候補地に向かうことにする。車は坂を下りてしばらく街中を走り、十五分ほどでもう一つの〈ヴィラ・トレコリ〉に到着した。ここは街の中にあり、中心部に行くバス路線もあった。住所はVia della Camilluccia 180, Roma。入り口の門扉には「Villa Tre Colli」と記されている（写真5、6、7）。門扉は開いていて広い庭が続き、八十メートルぐらい先にレジデンスのフロントがある。そのフロントにいる管理人男性に聞くと、ここはかつて大学の寮だったこともあるが、何度もオーナーが変わり、昔のことは一切わからないとのこと。村上春樹がこのレジデンスにいたのは、もはや三十年前である。そのころからすでに「しょっちゅうマネージメントが代わっていて」と村上は記していることは合致した。

（写真5、レジデンス入口のプレート）

（写真6、レジデンスの門扉）

（写真7、門扉からレジデンスまでの道）

4　井戸のあるトレコリ・レジデンス

村上春樹が住んでいた記録を探り当てることは不可能になったが、レジデンス周囲をぐるりと回ってみた。建物の外見は修復中の箇所もあり老朽化している（写真8、9）。まだ修復が必要だろうと思われる個所もそのままある。

しかし、庭は「なかなか立派な広い庭」と記述にある通り、噴水もあり、樹木や草花もバランス良く配置されてじつに広くて贅沢な庭であるし、手入れも行き届いている（写真10、11）。やはりこのレジデンスではないかと思われてきた。もう一度フロントに戻り、クチネッリさんは日本のテレビ番組制作にも携《たずさ》わってい

（写真8、レジデンス外観）

（写真9、外壁が朽ちているところもある）

（写真10、庭には噴水がある）

（写真11、広い庭がある）

る経験を生かし、日本の村上春樹という作家がここに住んでいたかもしれないので、中に入って見てみたいと交渉してくれた。功を奏し管理人男性からの許諾を得て、レジデンスの中に入る。細い通路を奥まで進むとエレベーターがあり、その最上階に上がった。建物の外装は確かに「それほど立派とも言いがたかった。はっきり言ってかなりがたがきている」状態ではあるが、中はさほどひどい状態ではない。といっても個々の室内には入れなかったので、廊下から伺い知ることしかできなかった（写真12、13）。

　最上階にある五階のテラスからさらに階段を上ると屋上に出ることができた。

　屋上は、三六〇度のパノラマヴューであった（写真14、15）。快晴だったこともあり、素晴らしく美しい眺めで、はるか遠くまで見渡せる。屋上から階下のベランダを見ると鉢植えが並んでいる（写真16）。「アパートの

（写真12、レジデンスの中、廊下）

（写真14、屋上から）

（写真13、レジデンスの中の渡り廊下）

（写真15、パノラマビューの屋上）

五階のヴェランダの手すりにあぶなっかしく並んだ鉢植え」（「午前三時五十分の小さな死」二二三頁）が、現在でも同じように置かれている。三十年もの年月がぐっとこちら側に近づいて来た。屋上の風景から村上春樹の記述と対応させてみようとすると、クチネッリさんが「あ、あれが外務省ですよ！　あの四角い建物がそうです」と声を上げた。その建物の奥の方には、テヴェレ川が流れている（写真17）。村上が描写した時期の三月だったら、今ほど緑が青々としていないので、もっとテヴェレ川がはっきりと見えるはずだとクチネッリさんはいう。「じゃあ、サッカー場は？」と結構な高さにあるその屋上から見渡すと、「あ、あれです！」と右手の方をクチネッリさんは指さした。そこに視線を向けると、確かにスタジアムが見える（写真18）。間違いない、ここだ。このレジデンスで、あの『ノルウェイの森』を書いたんだ。

（写真 16、5 階のベランダは現在も鉢植えが危なっかしくおかれている）

（写真 17、白い建物が外務省、その右手少し上がテヴェレ川にかかっている橋）

（写真 18、左手上部の柵に囲われているのがサッカー場）

なかなか立ち去りがたく、しばらくしてから階下に降りて、「郊外といっても都心からバスで十分かそこらのところである」を実際に確かめるために、このレジデンスからバスに乗ってみようと、管理人男性に見学のお礼を述べてから立派な庭を通り出口に向かって歩き始めた。すると驚いたことに右手に井戸があったのである（写真19、20）。つくりはさほど朽ちていないが、覗いてみると金網で蓋がされていて、長い間使用されていない様子だ。井戸は、『ノルウェイの森』冒頭で「僕」が直子と草原歩く場面で、直子が野井戸に気付かずに落ちて「一人ぼっちでじわじわと死んでいく」（上巻、第一章一二頁）、怖れるものとして出てくる重要なファクターである。

そんな井戸が本当に存在したのかどうか、僕にはわからない。あるいはそれは彼女の中にしか存在しないイメージなり記号であったのかもしれない——あの暗い日々に彼女がその頭の中で紡ぎ出した他の数多くの事物と同じように。

（上巻、第一章一〇頁）

ローマの街はあらゆるところに噴水を見かける。しかし、井戸を見かけたことはなかった。形状もなんとなくそのレジデンスにはそぐわない日本の寺院を思わせるようなしつらえで、異質の感があり目立つ。まさか井戸があるとは思いもよらなかったし、繰り返すがローマでは井戸は少ないとローマっ子のクチネッリさんも言う。『ノルウェイの森』の井戸と、このレジデンスの日本風の井戸、奇妙な符号の一致は作品を生み出すうえで起こる妙というものだろうか。

（写真 19、瓦屋根がついた日本風の井戸）

（写真 20、写真中央がレジデンスの受付であり、これを背に右手に、写真では左手に映っているのが井戸）

レジデンスの門を出て少し進むと、小さな広場に出た。タクシー乗り場やレストランやスーパーマーケット、銀行などがある。地元の人が通う小さなトラットリアがある。トレコリ・レジデンスのある町は、穏やかで閑静で物価も安く、ローマの中心地と比べてずいぶんと住みやすかったのではないだろうか。実際に路線バスに乗ってみると、記述通りに十分ぐらいで都心に出られた。やはり、このレジデンスで間違いなさそうである。

5　死とローマ――一九八七年三月十八日　午前3：50

五階のあのあたりの部屋で、この景色に近いものを見ながら『ノルウェイの森』を執筆したのだと思うと、レジデンスを探し当てた嬉しさは格別なものだった。ローマは魅力的な飽きない都市であり、常に観光客であふれている。しかし、村上春樹はローマをほめてはいない。『遠い太鼓』に記述されているローマは、「死」のモチーフで語られている。村上春樹とローマ、そこには何が横たわっているのだろうか。

村上春樹は、その土地が持つ歴史性を捉える嗅覚のようなものに優れた作家である。たとえば北海道を舞台にした『羊をめぐる冒険』（初出『群像』一九八二年八月、講談社、一九八二年十月）では、わずか二週間ほどの取材で、明治期に国内植民地化されたに近い北海道の大地が、いかに明治国家によって蹂躙《じゅうりん》され利用されたかの歴史性をキャッチして、それを作品内に重要なファクターとして展開させている。(10)

いまだに北海道といえば、青い空と白樺林に囲まれた緑の丘に白い羊が群がる風景のイメージが流布されているが、その羊のもつ暗い闇に包まれた歴史性、つまり、日清戦争に勝利を収めた日本が日露戦争を前にして防寒と食糧確保のために国策で北海道に緬羊業を押し付けた結果、採算が取れないとわかると廃業に追い込むという手前勝手な施策を為した負の歴史に注目した村上春樹の着眼点は、近代化していく日本の闇を抉《えぐ》った力強さを持つ。国内植民地としての北海道の真髄を『羊をめぐる冒険』では衝《つ》いた。余談だが、北海道美深町の松山農場の柳生佳樹さんは、「羊は儲からないが、一度始めたら羊憑きのようにやめられなくなる」と述べる。採算が取れにくいながらも羊は、何か不思議な力を持つものだそうだ。北海道名物のジンギスカン鍋の羊肉は、そのほとんどが輸入である。イメージと現実のギャップの問題を、『羊をめぐる冒険』では広告業の会社を営

（写真21、コロッセオ外観）

（写真22、コロッセオの中）

んでいた主人公を立てることであぶりだし、いっそう作品世界に奥行きと深みを与えてもいる。

また、オリンピック取材記『シドニー!』（文芸春秋、二〇〇一年一月）も見事なまでに完成された文体で、シドニーという都市が持つ実直さと空虚さを描き出している。周知のとおり、オーストラリアは大英帝国に忠誠を誓っていた時代がある。そのほか村上春樹が描く海外紀行の文章はドイツ、ハワイ、ギリシャ、トルコ、モンゴル、ラオスなど枚挙にいとまがないが、それぞれその土地の持つ歴史をつかむのに長《た》けている。果たして村上春樹の筆によるローマはどのように描かれているのだろうか。しかもローマは『ノルウェイの森』の誕生地として記念すべき地である。

流行の先端をゆくトップレベルのファッションがショーウインドウを飾るローマ、そして美食、『遠い太鼓』冒頭におかれた章「蜂は飛ぶ　1986年10月6日」で触れられたボルゲーゼ公園内にはボルゲーゼ美術館があり、目を奪われる名画や彫像作品が所狭しと展示されているし、ヴェネチア広場やスペイン広場、トレビの泉などには観光客が常にあふれる歴史ある美しい都市である。だが村上春樹は、この豊かな文化資源には筆を割かない。彼がローマに読み取ったのは、「死」である。

ローマの中心には、前述したようにおよそ二〇〇〇年前の巨大なコロッセオ（円形闘技場）があり（写真21、22）、古代ローマの民主政治の中心地、フォロ・

ロマーノと呼ばれる元老院や神殿などの痕跡や建造物の一部がそのまま残されている（写真23、24）。コロッセオは猛獣と剣闘士が、もしくは剣闘士と剣闘士がどちらかが死ぬまで戦い抜く壮絶な闘技場である。流された血は、その大地が吸い取り、ローマを成立させている。

コロッセオからさらに南西に向かって上がっていくとアヴェンティーノの丘がある。この丘からはローマの素晴らしいパノラマヴューが堪能できる（写真25、26）。そのほど近いところにマルタ騎士団広場がある。この騎士団は、負傷者の看護を目的として第一回の十字軍遠征の際に組織された長い歴史を持つ修道会で、この広場に騎士団長の館があり、その館の重厚な扉の中央には鍵穴があって、その穴から覗くとヴァチカンの聖ピエトロ大聖堂が望遠鏡の先に映し出されるように小さく美しく見える（写真27、28、29）。短編『加納クレタ』（『TVピープル』、文芸春秋、一九九〇年一月所収）に登場する加納マルタや『騎士団長殺し』（新潮社、二〇一七年二月）を彷彿とさせるこの名前に引き付けられてマルタ騎士団長広場を訪れた筆者も、長蛇の列に並んで鍵穴から聖ピエトロ大聖堂を覗いた。免色が、まりえの姿を望遠鏡で覗いていたように。意外にもヴァチカンにある偉大なる大聖堂はくっきりと見えた。

（写真 23 / 24、フォロ・ロマーノ）

古代ローマ、中世の館、そして二十一世紀の現代、ローマは二〇〇〇年もの時間がそのまま共存する実に不思議な都市である。そんな多面的なローマを村上春樹は「ローマは無数の死を吸い込んだ都市だ」と以下のように続ける。

（写真 27、マルタ騎士団長広場）

（写真 25、アヴェンティーノの丘から望むヴィットリオ・エマヌエールⅡ世記念堂）

（写真 28、マルタ騎士団長の館）

（写真 26、アヴェンティーノの丘から望むテヴェレ川）

（写真 29、マルタ騎士団長の館入口扉の鍵穴から覗くと、聖ピエトロ大聖堂が写真右横のように見える）

ローマにはあらゆる時代の、あらゆるスタイルの死が満ち満ちている。カエサルの死から、剣闘士の死まで。英雄の死から、殉教者の死まで。ローマ史は死についての描写で溢れている。元老院議員は名誉ある死を宣せられると、まず自宅で豪勢な酒宴を開いた。そして友とともにたらふく食い、飲んでから、おもむろに血管を切り開き、哲学を論じつつ悠々と死んでいった。貧しい名もなき民は死体をテヴェレ河に投げ込まれた。カリギュラは哲学者という哲学者を残らず処刑し、ネロはキリスト教徒をライオンの餌食にした。

（「午前三時五十分の小さな死」、二一七頁－二一八頁、写真30：テヴェレ川）

とローマを「死」で捉えた。確かにローマは、日本で言えば村上春樹の出生地である京都にあたるのかもしれない。古代から権力争いの戦で大地には血が流れ、暴君の皇帝によって無数の命は残虐に奪われ、やがてその血は地中に吸い込まれ、死屍累々が地面の下に埋まっている土地なのだろう。

『遠い太鼓』には、『ノルウェイの森』を仕上げる過程において、強く死を意識させられているさまが描出されている。前述の「午前三時五十分の小さな死」にあるのは、夥《おびただ》しいまでの死の匂いである。悪夢を見て午前三時五十分にトレコリ・レジデンスで目が覚めた村上春樹の夢は、かなりリアルなものだったようだ。頭部と胴体が切り離されている五百頭もの牛の死骸、しかも切り取られてから時間を置かない状態で血が流れ続け、その血はその室内の外にある海へと流れ込んでいる。海は血の

（写真30、ローマの街を流れるテヴェレ川。『遠い太鼓』ではテヴェレ河と表記されている）

色に染まっている。窓の外には死肉の肉片を求め多数の鷗《かもめ》が空を飛び、牛は「僕」を見ながら「マダ死ンデナイ」といい、鷗たちは「モウ死ヌヨ」と言っている、といった悪夢だった。「長い小説を書いているとき、僕はいつも頭のどこかで死について考えている」（「午前三時五十分の小さな死」）という村上は、まさに小説の完成を間近にして深く心の渕《ふち》に降り立っていたのであろう。

結びにかえて

古代ローマの建造物が現代都市の中に共存しているローマは、かつての時間を私たちに想像させ、今ここにいる私たちは悠久の古と繋がっている存在であることを気づかせる。無数の人間の死を見てきたことを耳元でささやかれ続けられるかのような都市・ローマに、異国からの慣れない旅人が数年間居を構え、ある若き女性の死を扱った小説を執筆した。村上は『ノルウェイの森』創作過程で一度死の淵を覗き込み、その生の終わり方を小説という物語の器に入れた。それは、一種の祈祷行為ともいえるだろう。

最後に村上春樹がローマでつかんだ「死」の感触を、『ノルウェイの森』執筆時の『遠い太鼓』からの引用と、今は亡き河合隼雄との対談の言葉を紹介することで締めくくりたい。『ノルウェイの森』を書きあげてから、村上春樹はローマの住居をヴァチカン近くのステファノ・ポルカリ通り沿いのレジデンスに変えている。トレコリ・レジデンスは交通の便が悪いために、一九八九年に都心に居を構え直したのだ。その住まいも筆者は取材に行ったので、写真のみ掲載しておく。ステファノ・ポルカリ通りは非常に短い通りなので、この通りを目印にしていけば容易に見つかる（写真31、32、33、34）。

（写真 33、レジデンスの入り口。写真 31 正面の右手にある。普段は入り口の扉は締まっている）

（写真 34、白い車の下に見える四角い窓が地下室の部屋の窓。空室が出て一階に移るも最初にこのレジデンスに村上春樹が住んでいたのは地下室。ローマはこういう部屋をよく見かける。そして『遠い太鼓』に多く筆を費やされている路上駐車も日常的である）

（写真 31、「古いパラッツォ風の、なかなか雰囲気のある建物で、大きな門と前庭がついている。静かで日当たりもよさそうである」P360）

（写真 32、前庭）

ピアッツァ・カブールに面したカフェに座ってエスプレッソを飲み、まわりの風景を眺めながら、僕はふと不思議な気持ちになる。僕はこう思う。今ここを歩いている人々は、百年後にはもう誰一人として存在してはいないのだ、と。前を歩いて通り過ぎていく若い女も、バスに乗ろうとしている小学生も、映画館の看板をじっと見ている若者も、そしてこの僕も、おそらくみんな百年後にはただの塵になってしまっているのだ。百年後にも今と同じ光がこの街を照らし、今と同じ風がこの舗道を渡っていることだろう。でもここにいる誰一人として、もはやこの地表には存在していないのだ。

（「午前三時五十分の小さな死」、二一二頁）

風景は残るが、かつてそこにいた若い男女はもはや地表にはいない。京都生まれの僧侶を父に持つ村上には諸行無常観、仏教の教義に則った思想が作品中にも見えるが、その村上は日本的なるものから離れるべく海外に出て『ノルウェイの森』を書いた。その場所はカトリック国家の首都ローマであった。ローマにはカトリックの総本山、ヴァチカン市国がある。村上がトレコリ・レジデンスの後に、つまり『ノルウェイの森』脱稿後に居を構えたローマのレジデンスはヴァチカンに徒歩数分ほどの場所にあり、サン・ピエトロ大聖堂やヴァチカン博物館内にあるシスティーナ礼拝堂もある。他にも、祈りをささげる古くからある教会は点在している。

朝が訪れる前のこの小さな時刻に、僕はそのような死のたかまりを感じる。死のたかまりが遠い海鳴りのように、僕の身体を震わせるのだ。長い小説を書いていると、よくそういうことが起こる。僕は小説を書くことによって、少しずつ生の深みへと降りていく。小さな梯子をつたって、僕は一歩、また一歩と下降していく。でもそのようにして生の中心に近づけば近づくほど、僕ははっきりと感じることになる。そのほんのわずか先の暗闇の中で、死もまた同時に激しいたかまりを見せていることを。

（「午前三時五十分の小さな死」、二一八頁）

村上春樹にとって小説を書くことは、黄泉の国に行き、そこで死者の声を聞きとる行為なのだということが上記の引用からわかるであろう。本論の冒頭で述べたように、深く心に刻まれた死を経験した多感なる青年期への決別を描いた記念碑的作品『ノルウェイの森』は、ローマでこそ書き上げられなければならなかったと思われる。書き始めたのはギリシャ・ミコノス島だったが、一九八六年十二月二十八日に離れている。翻訳も仕上げ、長編小説の最初の何章かを書き「悪くはない成果」と思いつつも、「自分がひどく失われてしまっていると感じ」、その理由を「僕が僕自身を遠く離れているからだ」と述べる（「ミコノス撤退」、一六五頁）。「僕が僕自身を遠く離れている」とは一体どういう意味だろうか。左記の河合隼雄との対談にある言葉に注目したい。

村上　ぼくは小説を書いていて、ふだんは思わないですけれども、死者の力を非常によく感じることがあるんです。小説を書くというのは、黄泉国へ行くという感覚に非常に近い感じがするのです。それは、ある意味では自分の死というのを先取りするということかもしれないと、小説を書いていてふと感じることがあるのですね。

（『村上春樹、河合隼雄に会いにいく』、岩波書店、一九九六年十二月、一六三頁）

自分の死を先取りすることが村上春樹にとっての創作行為であるとの言明は実に示唆に富んでいる。言うまでもなく人の一生は個別的なもので、死でもって完結する。誰よりも大切な人の死を描いた『ノルウェイの森』は、死者・直子をもう一度よみがえらせて、彼女の一生の意味を小説という器に入れて捉えた作品といえようが、その際に自らも伴走しともに黄泉の国に赴くとき、この世にいる自分からは遠く離れてしまうことになるという意味だと考えられる。

以上のように、村上春樹が渾身を込めて挑んだ記念碑的な作品『ノルウェイの森』を誕生させた地は、死と生が共存し続けているローマでなければならなかったのである。

註

（1）ＮＨＫ・ＢＳプレミアム「アナザーストーリー　『ノルウェイの森』〝世界のハルキ〟はこうして生まれた」、二〇二二年二月一日、21：00放映より。
（2）註1同。
（3）註1同。
（4）拙著『村上春樹の本文改稿研究』若草書房、二〇〇八年一月、七八頁。
（5）註1同。
（6）註1同。
（7）スコット・フィッツジェラルド、村上春樹訳『グレート・ギャッツビー』「翻訳者として、小説家として」訳者あとがき、中央公論新社、二〇〇六年十一月。
（8）『ノルウェイの森』は上下巻とも講談社から一九八七年九月一〇日刊行された。引用ページも本書からである。なお、下巻あとがきには、本書を「この小説はきわめて個人的な小説である。『世界の終り…』が自伝的であるというのと同じ意味合いで、Ｆ・スコット・フィッツジェラルドの『夜はやさし』と『グレート・ギャッツビイ』が僕にとって個人的な小説であるのと同じ意味合いで、個人的な小説である。（略）僕としてはこの作品が僕という人間の質を凌駕して存続することを希望するだけである」（下巻、二五九頁–二六〇頁）と記している。
（9）『朝日新聞』二〇一八年十一月五日朝刊、三四面。
（10）拙著『村上春樹と女性、北海道…。』彩流社、二〇一三年十月、第Ⅲ部「村上春樹と北海道」一八三–二四八頁。

＊本稿は二〇一八年十二月、ＷＥＢ版「Murakami Review」０号に掲載されたものを改稿した。

第10章　『海辺のカフカ』を歩く――舞台としての香川・高松

髙橋　龍夫

はじめに

筆者は、拙稿「『海辺のカフカ』における時空――少年Aをめぐる方法としての歴史性」でも述べたように、特定非営利活動法人「せとうちJ・ブルー」と「村上春樹研究フォーラム」との共同企画として、「『海辺のカフカ』バーチャルツアー in 香川[1]」の講師を二〇二一年二月七日と二十日の二回に分けて担当した。本来は対面でのツアー企画であったが、新型コロナウイルス感染症拡大のために、やむなくバーチャルツアーに変更した経緯がある。

香川県高松市は、二〇〇二年に新潮社から刊行された『海辺のカフカ』の主な舞台として、二十年を経た現在でも多くのファンの注目を集めており、ネット上でも舞台となったモデルに関する言及がブログなどで行き交っている。筆者も一九九六年四月から二〇〇三年三月まで高松市に在住していたことから、後に『海辺のカフカ』を読みながら、現実の光景を頭に浮かべることが少なくなかった。筆者の高松在住期間には、村上春樹は、一九九五年に起きた阪神淡路大震災と地下鉄サリン事件を契機に日本に帰国し、『アンダーグラウンド』（講談社、一九九七）、『約束された場所で――underground 2』（文藝春秋、一九九八）、『神の子たちはみな踊る』（新潮社、二〇〇〇）を刊行している。いわゆる「デタッチメントからコミットメントへ」という村上春樹にとっての大きな転換期にあたるわけである。

一方、『辺境・近境』及び『辺境・近境　写真篇』（新潮社、一九九八）も刊行したが、前者には「讃岐・超ディープうどん紀行」も収録されている。そして、二〇〇二年には『海辺のカフカ』を刊行し、発売日の九月十二日から『海辺のカフカ』のホームページもオープンして、春樹宛のメールの募集も同時に開始された。返事は十一月二十日までのメールが対象とされ、十二月にはメール受付もホームページも終了し、その間のメールのやり取りは『少年カフカ』（新潮社、二〇〇三）にまとめて出版されることになる。いわば、春樹文学との繋がりから、香川県が脚光を浴びた時期でもある。

ところが、今に思えば誠に残念なことなのだが、筆者は上記の時期、さして春樹文学の熱心な読者ではなかった。高松在住でありながら、いわゆる作品の舞台に関する「聖地巡礼」はもちろんのこと、ホームページでの読者とのやり取りすら、ほとんど関心がなかったのである。むしろ、二〇〇四年に公開された映画『世界の中心で、愛をさけぶ』（原作：片山恭一、監督：行定勲）のロケ地が、筆者が住んでいた高松市牟礼町（旧・木田郡牟礼町）と、隣接する庵治町で行なわれたことのほうにわずかな関心を抱く程度であった。

だが、春樹にとって、この間の神戸に寄せる思いは、自作朗読会（一九九五）を神戸と芦屋で開催したり、西宮から神戸まで歩き、『辺境・近境』に「神戸まで歩く」（一九九七）を掲載したことでも十分感じとることができ、『海辺のカフカ』でも星野青年とナカタさんを神戸に立ち寄らせてから明石海峡大橋経由で四国入りする設定にもしている。十代までを神戸で過ごした春樹にとって、震災後の神戸は特別な意味をもったことは想像に難くなく、その神戸から海を隔てたその先に、四国という異郷の地が存在することも、『海辺のカフカ』執筆の一つの契機となったことだろう。そうした一連の春樹の文学的軌跡の意味を筆者が実感できるようになったのは、皮肉なことに高松市を離れた二〇〇〇年代半ばからのことである。

春樹は『海辺のカフカ』について、「原則的に言えば、図書館にも神社にもモデルは一切ありません」と言い、「高松に行ったのは、小説の最初の草稿を書き上げたあとです。書き上げたあとに高松に行って、いくつかの箇所を訂正しました」と述べて、刊行当初から話題となったモデル探しに水を差している。ただし、「いずれにせよ、高松という街が、僕はけっこう好きなんです。だから舞台にしたわけです。」(『少年カフカ』、Mail No. 1046)とも結んではいる。

実際、春樹は『海辺のカフカ』起筆以前から、讃岐うどんを食べるルポルタージュも含め、何度も高松を訪れているようで、草稿執筆の段階でも、春樹の念頭には高松の風景がありありと想起されていたことだろう。先述したように、『海辺のカフカ』のさりげない風景描写には、その土地を知っていなければ書けないような光景が散見される。

ここでは、「せとうちJ・ブルー」の理事長・西村裕作氏からいただいた様々なご教示を踏まえつつ、バーチャルツアー担当のために二〇二〇年十二月に筆者自身が高松を再訪した経験から、『海辺のカフカ』の各場面について、あくまでも想像上のことではあるが、実地との関係性を探ってみたい。

なお、『海辺のカフカ』の時間設定については、拙稿「『海辺のカフカ』における時空——少年Aをめぐる方法としての歴史性」で検証したので、その仮説を踏まえた年月日を用いることとする。

1　高松市へ

田村カフカ少年は、一九九八年五月十九日(火)に高松入りしている。「四国はなぜか僕が向うべき土地であるように思える。」(『海辺のカフカ』上、一八頁)と考え、十五歳の誕生日の前日、五月十八日(月)に夜行バスで東京を発《た》ち、翌朝、高松に到着した五月十九日に十五歳を迎えている。高速夜行バスで高松まで来たルートは、新宿（五月十八日）→倉敷（サービスエリア）→瀬戸大橋→高松（六時三十二分着）であった。

カフカ少年は、早朝の高松駅に着くと、さっそく駅前のうどん屋に入っている。

僕は東京で生まれ育ったから、うどんというものをほとんど食べたことがない。しかしそれは僕がこれまで食べたどんなうどんともちがっている。腰が強く、新鮮で、だしも香ばしい。値段もびっくりするくらい安い。あまりにうまかったのでおかわりをする。おかげで久しぶりに満腹になり、幸福な気持ちになる。それから駅前の広場のベンチに座り、晴れあがった空を見あげる。僕は自由なのだと思う。僕はここにいて、空を流れる雲のようにひとりぼっちで自由なのだ。

（上、五六頁）

高松駅前バスターミナル（2022年現在）

この描写はカフカ少年に限った極端な感想ではない。筆者自身、同僚に連れられて入った高松市内のセルフのうどん屋ではじめて食べたうどんの味は忘れられない。本来蕎麦好きの筆者は、一気に讃岐うどんのファンになった。

ここでは、高松駅前で早朝から営業しているということがポイントとなる。ネット上でも「味庄《あじしょう》」ではないかといわれているが、筆者も同感である。「味庄」は土曜日と祝日を除く朝五時から十五時まで営業しており、早朝から鉄道やフェリーを利用する乗降客にとっては有り難い存在なのであ

高松駅前の「味庄」と、旧・高松ターミナルホテル
（現、ハイパー・イン高松駅前）

る。春樹自身、夜行バスで高松入りして実地調査をしているので、早朝に「味庄」うどんを食べたことだろう。春樹は、主人公を高松に到着させた直後に、さっそくうどんを食べさせることで、讃岐うどんの美味しさを読者にも紹介するちょっとしたサービス精神を働かせているようにも思われる。

余談だが、香川では出勤前にうどん屋に入って、いわゆる「朝うどん」を食べる人もけっこういる。そのため、高松市内でも朝から営業しているうどん屋は少なくないのである。

カフカ少年は、五月十九日から、まずは高松市内のビジネス・ホテルに三泊する。高松駅の近くのコンビニエンス・ストアに立ち寄ってから「泊まることになっているホテルまで歩く」「エレベーターで六階にあがる」（上、七三頁）という記述からは、当時から営業していた旧高松ターミナルホテルが想定される。高松駅から徒歩三分の高松市西の丸町に位置しており、二〇一八年七月には、ハイパー・イン高松駅前としてリニューアルしている。

一方、五月二十八日（木）に、田村カフカの父で世界的に著名な彫刻家・田村浩一らしき人物をカフカ少年の代わりに殺害したナカタさんは、ヒッチハイクをしながら、富士川サービスエリアで出会ったトラック運転手の星野青年と四国にやって来る。ナカタさんは「橋を渡るのはなんといってもとても大事なことです」（上、頁三六四頁）といい、本州と海を隔てる四国は、カフカ少年にとってもナカタさんにとっても、重要な場所であることに自覚的だ。

二人は神戸からバスで徳島まで来て二泊してから、JR高徳線の特急「うずしお」で高松に来る。そのルートは、新宿（五月二十九日・金）→港北パーキングエリア→富士川サービスエリア→神戸市→明石海峡大橋・鳴門大橋→徳島駅（五月三十日・土）→高松駅前（六月一日・月）となる。カフカ少年から十三日ほど遅れて高松に来ることになる。

2　高松市立図書館

高松市中央図書館（サンクリスタル高松）

『海辺のカフカ』の第五章を読むと、あたかも高松の市内観光を兼ねているような記述が続いている。その一部を実地との比較から検証してみたい。

高松入りしたカフカ少年は、まず当日の夕方まで高松市内の図書館で時間をつぶしている。「図書館は僕の第二の家のようなものだった」（上、五七頁）というカフカ少年の言葉は、そのまま春樹の呟きのようにも聞こえてくる。

この図書館は、高松市の中心部の西側に位置する「サンクリスタル高松」という三階建ての建物の一階にある高松市中央図書館をさす。ガラス張りで、明るく広々とした使い勝手のよい図書館である。この三階には「菊池寛記念館」があり、高松市出身の菊池寛の資料によってその功績を知ることができる。文藝春秋社を立ち上げた菊池寛は、芥川賞・直木賞を設置したことでも知られているが、興味深いことに、この記念館には、両賞の歴代の受賞者全てのプロフィールと写真のパネル展示があることである。とはいえ、芥川賞を逃した春樹にとっては目障りな展示だったかも知れず、菊池寛記念館は

『海辺のカフカ』にも登場しない。

なお、ナカタさんと星野青年も六月二日(火)と三日(水)に、「入り口の石」について調べるために、やはりこの高松市中央図書館を訪れている。

3 琴平電鉄

カフカ少年は、翌日に「甲村記念図書館」を訪れるために、「電車で二十分ばかり」かけて移動するが、その路線は「だいたい二十分に一本運行している」「二両連結の小さな電車」(上、五八頁)と記述されている。高松在住の人がこれを読めば、誰でも琴平電鉄を思い浮かべるだろう。もちろんJRも運行しているが、運転間隔や車両形態からは、琴平電鉄に間違いない。

高松・瓦町から琴電志度を結ぶ琴平電鉄志度線

一九二六年に開業した琴平電鉄(高松琴平電気鉄道株式会社)は、通称「ことでん」として市民に親しまれている鉄道で、高松駅前の高松築港駅から金毘羅山を結ぶ琴平線のほか、市内の中心部に位置する瓦町から分岐する長尾線、志度線の三本がある。昭和の時代に東急電鉄、京王電鉄、京浜急行など東京で活躍していた懐かしい車両が今でも現役で使われており、鉄道ファンにとっても魅力的な鉄道である。
カフカ少年が乗るのは、実際に朝夕以外二両編成で、ほぼ二十分に一本運行する琴電志度線であろう。カフカ少年が車窓から見る風景からもそのように推測される。

線路はビルのならんだ繁華街を抜け、小さな商店と住宅が入りまじった区域を抜け、工場や倉庫の前を通りすぎる。公園があり、マンションの建設現場がある。僕は窓に顔をつけ、知らない土地の風景を熱心に眺める。なにもかもが僕の目には新鮮にうつる。僕はこれまで東京以外の町の風景というものをほとんど見たことがなかったのだ。

（上、五八頁）

筆者も二年半ほど琴電志度線を利用した経験から、上記の描写は共感できる。ただし、その後の描写は、高松市から東に延びる琴電志度線だけでなく、逆に高松から西へと延びているJR予讃線の光景とも重ね合わせることができ、高松市とその郊外の一般的な風景を描写しているともいえる。

線路は海沿いをしばらく走ってから内陸に入る。高く茂ったとうもろこしの畑があり、葡萄棚があり、傾斜地を利用したみかんの畑がある。ところどころに灌漑用の池があって、朝に光を反射させている。平地を曲がりくねって流れる川の水は涼しげで、空き地は緑の夏草におおわれている。犬が線路わきに立って、通り過ぎる電車を見ている。そういう風景を眺めていると、僕の心にもう一度あたたかく穏かな思いが戻ってくる。大丈夫だ、僕は大きく深呼吸してから自分にそう言いきかせる。

（上、五九頁）

冷徹な父と二人暮らしで殺伐《さつばつ》とした日常を送っていたカフカ少年は、のんびりと走る琴電の朝の空《す》いている下り電車に乗って、初夏の、畑や空き地、ため池などが点在する高松とその近郊ののどかな風景を見るだけで、まずは心が穏やかになっていくのである。春樹が、意図的にこうした風景を取り入れて、カフカ少年を癒やしていることはいうまでもない。

4　甲村記念図書館のロケーション——屋島・庵治半島方面

さて、『海辺のカフカ』刊行当初からモデル探しの話題となったのが、「甲村記念図書館」である。もちろん、春樹は「実在しません。僕が勝手にこしらえたものです。」（『少年カフカ』、Reply to 076）と述べているが、現在では、春樹自身も訪れている鎌田共済会郷土博物館が最有力候補のようである。とはいえ鎌田共済会郷土博物館は、琴電志度線では訪れることはできない。高松市から反対方向に延びるJR予讃線に乗って坂出で降りなければならないのである（マリンライナーなら十四分で着いてしまう）。

屋島から檀ノ浦を挟んでの庵治半島
（八栗、イサム・ノグチ庭園美術館方面）を望む

だが、甲村記念図書館に向かうカフカ少年の足取りの描写は、やはり琴電志度線を瓦町から二十分ほど乗った八栗駅の北側の、屋島と庵治半島に挟まれた高松市東方の郊外の光景を想起させるものとなっている。

駅を出て、教えられたとおり古い街並みを北に向って歩く。道の両側には家々の塀がどこまでもつづいている。そんなにたくさんの、いろんな種類の塀を目にしたのは生まれてはじめてだ。黒い板塀、白壁の塀、御影石を積んだ塀、石垣の上に植え込みのある塀。あたりはひっそりとしていて、歩いている人の姿もない。車もほとんどとおりかからない。空気を吸いこむとかすかに海の匂いがする。きっと海岸が近いのだろう。耳を澄ませてみるが、波の音は聞こえない。どこか遠くのほうで建築工事をしているらしく、電動のこぎりの音が蜂の羽音のように小さく聞こえる。駅から図書館まで、矢印のついた小さな案内板がところどころに出ているので、道に迷うことはない。

（上、五九頁）

実際、琴電の八栗駅から北に歩くと様々な塀に囲まれた古い民家を見ることができる。『平家物語』の屋島の合戦で有名な入り江（屋島東町檀ノ浦）にほど近く、海の匂いもする。そして「電動のこぎりの音」は、実際には建築工事ではなく、石切りの音が想起される。八栗駅から北方に広がる高松市牟礼町と庵治町は、庵治石の産地で有名な場所で、この近辺には多くの石工業を営む職人が住んでおり、平日ならば常に機械で石を切ったり磨いたりする音がしているのである。さらにいえば、「矢印のついた小さな案内板」は図書館ではなく、「イサム・ノグチ庭園美術館」もところどころに見ることができる。それは図書館ではなく、「イサム・ノグチ庭園美術館」への案内板である。

竹藪に囲まれたイサム・ノグチのアトリエ
（イサム・ノグチ庭園美術館）

実は、筆者の想定する「古い大きな日本家屋」（上、五八頁）の甲村記念図書館は、このイサム・ノグチ庭園美術館である（ネット上でもそういった指摘を見ることができる）。世界的に著名な石の彫刻家、イサム・ノグチ（一九〇四―一九八八）は、一九七〇年から亡くなる一九八八年まで、木田郡庵治町（現・高松市庵治町）にひらいたアトリエに滞在し、ニューヨークと往き来しながら制作を行なった。ノグチの死後、しばらくは保存された状態のままだったが、一九九九年に庭園美術館として開館した。庭園内には、

四国各地の古民家を移築した四国村

受付の古民家風建物をはじめ、イサム・ノグチの住居や彫刻作品の展示蔵がある。住居は、香川県丸亀市の豪商の古民家を移築し、展示蔵は愛媛県の酒蔵を移築している。甲村記念図書館の館内描写とは異なるが、「甲村家は江戸時代からの大きな造り酒屋」という設定や甲村記念図書館の古風な佇《たたず》まいの雰囲気などは、イサム・ノグチ庭園美術館と共通する要素でもある。

春樹は、甲村記念図書館のロケーションについては、八栗駅付近から北に広がる入り江と穏やかな丘陵のある屋島・庵治半島と、その先に位置するイサム・ノグチ庭園美術館を想定したのではないだろうか。近隣には、四国各地から様々な古民家を移築して自然の中に再現している四国村や、豪商の古民家を移築したうどんの山田屋なども点在し、高松市近郊では、作品の舞台には相応しい風光明媚で由緒ある光景が広がる土地柄なのである。そして——ここが春樹の巧妙な点だと思うのだが——恐らく、このような甲村記念図書館のロケーションとは別に、甲村記念図書館の建物内部の描写に関しては、高松市の西方に位置する坂出市の鎌田共済会郷土博物館を用いて重層的な設定にしたのだと思われるのだ。

5　甲村記念図書館としての建築物——香風園・鎌田共済会郷土博物館

これについては、西村裕作氏からのご教示によるのだが、甲村記念図書館の庭の描写は、鎌田共済会郷土資料館に隣接する香風園に酷似している。

甲村記念図書館の堂々とした門の手前には、清楚なかたちをした梅の木が二本生えている。門を入ると曲がりくねった砂利道がつづき、庭の樹木は美しく手を入れられて、落ち葉ひとつない。松と木蓮、山吹。ツツジ。植え込みのあいだに大きな古い灯籠がいくつかあり、小さな池も見える。やがて玄関に着く。

（上、五九頁）

JR坂出駅から徒歩数分のところに位置する香風園は、坂出の実業家・鎌田勝太郎（一八九四―一九四二）が明治末期に開いた日本庭園の別邸で、戦後は市民に開放され、現在は無料で自由に散策できる公園になっている。写真でもわかるように、曲がりくねった砂利道、樹木、池、古い大きな灯籠などが実際にある。村上春樹の作品で日本庭園を描く風景は珍しいこともあり、やはり春樹は実際にここを歩いてみて、描写に活かしたのではないかと推測される。

香風園の園内（坂出市）

さらに、香風園の先が、鎌田共済会郷土博物館である。玄関を入ると、「玄関を入ってすぐのところにカウンターがあり、そこに座っていた青年が荷物を預かってくれる。」（上、五九頁）という記述とも合致するようなカウンターが見られる。また、「階段部分は高い吹き抜けになっている。黒檀の手すりは触れただけで指のあとがついてしまいそうなくらい艶やかに磨きこまれている。」（上、七〇頁）という描写も、館内の階段と類似する。

この博物館は、もともとは図書館として使われていた建物だということも甲村記念図書館を想起させる。育英奨学と社会教育を目的に、鎌田勝太郎が設立した財団法人・鎌田共済会の図書館として、一九二二年に、竹中工務店の設

香風園に隣接する鎌田共済会郷土資料館とその内部

計施工で建設された。半円形の窓や石造風の壁面など、洋風建築としての装飾に特徴があり、日本における初期の本格的鉄筋コンクリート二階建て造りの図書館建築としても貴重な建物とされ、国の登録有形文化財にも登録されている。登録時期が『海辺のカフカ』執筆直前にあたる一九九八年であることも、舞台設定として関連がありそうである。

現在は、坂出塩田を築いた久米通賢の関係資料など、約六万点の資料を収蔵展示しており、一七八九年（寛政元年）に坂出で創業された鎌田醤油株式会社が、鎌田ミュージアムの一環として会社の敷地内で運営している。二三〇年以上もの古い歴史を持つ地元の伝統ある会社が文化事業を行なっている点でも、まさに甲村記念図書館のモデルとして挙げられる要因であろう。

なお、詳細は省くが、甲村記念図書館には、村上春樹自身が少年時代から通った二つの図書館のイメージも重ね合わされているのではないかと思われる。

一つは、一九八五年まで開館していた旧西宮市立図書館（現・市民会館）である。芦屋市に住んでいた春樹は、阪神西宮駅について『辺境・近境』で次のように回想している。

まず南口にある商店街を抜ける。小学生の頃、自転車に乗ってよくここまで買い物に来た。市立図書館も近くにあって、暇さえあればそこに通い、いろんな種類のジュヴァナイル（少年向きの本）を読書室で片端から貪るように読んだものだ。

（『辺境・近境』、二二五頁）

旧西宮市立図書館は、江戸時代から続く造り酒屋の辰馬家の寄付によって一九二八年に建設された、スパニッシュコロニアル風の鉄筋コンクリート造りで、ステンドグラスもあったとされている（旧西宮図書館の石碑、元西宮市長・八木米次による）。これは、甲村記念図書館の踊り場の正面の窓にはめられた「鹿が首を伸ばしてブドウを食べている図柄」（上、七〇頁）のステンドグラスの記述を連想させる。

二つ目は、「十代の頃は芦屋市立図書館もよく行きました。古い屋敷を利用した雰囲気のある図書館だったですね。」（『村上さんのところ』、2015/02/07）と回想するように、旧芦屋市立図書館である。芦屋市立図書館打出分室として現存する旧芦屋市図書館は、一九三〇年に旧松山家住宅・松濤館として建設された鉄筋コンクリート造の二階建てで、外壁に花崗岩を積み、二連のアート窓を配すなど、イタリア・ルネッサンス邸宅風の意匠が施されている。現在は、国の登録有形文化財となっているが、この建物も甲村記念図書館のイメージと繋がってくる。

田村カフカ少年が雑誌で見て「不思議なほど強く心をひかれ」、実際訪れてみると「まるで誰か親しい人の家に遊びに来たような気持ちなる」（上、六四頁）ような甲村記念図書館を設定した春樹が、少年時代の春樹自身が愛着を抱いていた思い出の図書館のイメージも取り入れていたとすれば、十五歳になる田村カフカ少年への思い入れはひとしおであり、ある意味で、春樹の分身の要素にもなっていたのではないかと想像されよう。

6　公営の体育館——船形体育館

　さて、田村カフカ少年は、五月二十日（水）からほぼ毎日のように、高松駅前からバスに乗って市内の「公営の体育館」（上、九二頁）のジムに通う。この体育館については「地方の公営の体育館ということで旧式のマシンを予想していたのだが、実際にはびっくりするくらいの新鋭機が揃っていた。」（上、九三頁）と描写されている。

　この公営の体育館を実在する施設に当てはめてみると、二〇一四年九月まで開館していた高松市福岡町二丁目にある旧香川県立体育館が該当しよう。実際、高松駅から琴電バスに乗れば十分もかからずに行くことができる。

旧香川県立体育館（高松市）

　この体育館は、なんと丹下健三（一九一三―二〇〇五）の設計によって一九六四年に開館した、日本でも唯一の「船形体育館」である。「巨大な縁梁と側梁、柱などでケーブルとつり屋根を支える仕組みと、彫刻的なコンクリートの造詣が特徴的」（『産経新聞』、二〇二一年九月十五日付）で、「陸に浮かぶ大型船」と呼ばれ香川県民に親しまれたが、老朽化のため二〇一四年に閉鎖し、二〇二二年現在、保存か解体かは決まっていない。『海辺のカフカ』の作中には、そうした建物の由来の記述はないが、興味深いことに、カフカ少年は体育館からの帰路、高松駅に立って「今から百年後には、ここにいる人々はおそらくみんな（僕もふくめて）地上から消えて、塵か灰になってしまっているはずだ」（上、九四頁）という感慨を抱いている。これは、船形体育館という歴史ある建築物に囲まれていた影響といえなくもない。カフカ少年は無意識にも、体育館の歴史を感じとっていたのかも知れない。

7 倒れた神社の境内——石清尾八幡宮

カフカ少年が高松に来た八日目の五月二十八日(木)の夜、四時間ほど意識を失っていた神社の境内は、次のような描写だった。

けっこう広い神社だ。境内には高い水銀灯が一本だけたっていて、本殿や賽銭箱や絵馬にどことなく冷淡な光を投げかけている。僕の影が奇妙に長く砂利の上にのびている。掲示板の中に神社の名前をみつけて、それを記憶する。あたりに人影はない。少し歩くと洗面所があったので、そこに入る。

(上、一一九頁)

高松市内にあるというこの神社は、間違いなく高松市内南西部、宮脇町一丁目に位置する石清尾八幡宮《いわせをはちまんぐう》だと思われる。後述する坂出市の白峯寺にほど近い高家神社に「小説に登場するような祠があります」(ナカムラ・道前、九〇頁)という指摘もあるが、神社の境内の立地は作中で「高松市内なんだね?」(上、一二三頁)と明記されている。

石清尾八幡宮は、十世紀から奉られている高松の氏神で、初詣や市立祭、例大祭では参道の八幡通り約六七〇メートルを歩行者天国にして露店が立ち並ぶなど、市内では最大規模の神社である。神社内の中心、八幡宮の社《やしろ》から立派な鳥居のほうに向けて歩くと、確かに神社の出口手前の左手に洗面所があり、作品の記述とも合致する。

左肩に痛みを感じたカフカ少年は、洗面所の鏡を見ると、白いTシャツに赤黒い血が染みついていることに気づき、行き場を失った彼は、高松行きの夜行バスの中で出会ったさくらに電話する。さくらは、タクシー代千円ほどで着く「＊＊町二丁目の角のローソン」（上、一二三頁）に来るように指示し、そこでさくらと待ち合わせをして、カフカ少年はさくらのアパートに泊めてもらうことになる。高松市内にもローソンは点在しているが、石清尾八幡宮からタクシーで千円程度の距離にある「＊＊町二丁目の角のローソン」は、恐らく高松市塩上町二丁目の角に位置するローソンが想定される。

石清尾八幡宮（高松市宮脇町一丁目）

石清尾八幡宮は、下巻・第二十八章でも再び登場する。星野青年が一人で市内を散策していると、小柄なカーネル・サンダースに声をかけられる。

カーネル・サンダースは路地を抜け、信号を無視して大きな通りを渡り、またしばらく歩いた。それから橋を渡り、神社の中に入っていった。かなり大きな神社だったが、夜も遅く、境内に人影はない。カーネル・サンダースは社務所の前にあるベンチを指さし、そこに座るように指示した。ベンチのそばには大きな水銀灯が立っていて、あたりは昼のように明るかった。

（下、七四頁）

石清尾八幡宮の境内に入るには、実際に石橋を渡ることになる。また、境内にはライトアップする照明も立っており、「昼のように明るかった」という表現も、実際の境内の様子と酷似している。

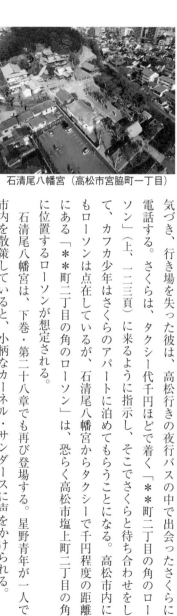

8 「入り口の石」の由来

六月三日(水)には、後に、佐伯さんとカフカ少年とを異界でつなぐ「入り口の石」を、星野青年がやはりこの石清尾八幡宮で見つけることになる。カーネル・サンダースは「入り口の石」が神社の林の中の「太い樫の木の下の小さな祠」にあると教えてくれるが、石清尾八幡宮の背後は確かに深い森を配しており、若宮社はその丘陵の途中にあって「太い樫の木の下の小さな祠」を想起させる。

六月十日(水)には滞在中の高松のマンションでナカタさんが亡くなるが、星野青年は、「入り口の石」に邪悪なものが入り込まないよう、六月十一日(木)に、あまりにも重くなった「入り口の石」を渾身《こんしん》の力を込めて持ち上げ、入り口を閉じることに成功する。

「もう一回やってみる」と青年は言って、石に手を当てた。そして息を思いきり深く吸い込み、肺をいっぱいにし、呼吸をとめた。意識をひとつに集中し、石の片側に両手を当てた。これで持ち上がらなかったら、もう二度と機会はない。ここだよホシノくん、と青年は自分に声をかけた。これで決めちまうんだ。ひとつ死んだ気でやれ。それから渾身の力を込めて、うなり声とともに石を持ち上げた。石は少しだけ持ち上がった。彼は更に力を込めて、それを床からはがすように持ち上げた。
　頭の中が真っ白になった。両腕の筋肉がずたずたにきれてしまったような感じがした。

(下、四〇四頁)

興味深いことに、星野青年がかろうじて持ち上げた石については、高松市の屋島のふもとに位置する四国村で体験することができるのだ。四国村は四国各地の古民家を移築して展示しているが、その中のひとつ、国指定文化財でもある旧河野家住宅の前には、大坂城の石垣や日本銀行本店本館にも使われた小豆島の丁場（石切り場）から取れた残石「ちから石」が置かれてある。四五キロ、九〇キロ、九四キロ、一〇五キロの各石を、誰もが試しに持ち上げることができるようになっており、まさしく星野青年の体験が想起されるのである。

四国村・ちから石（旧河野家住宅前）

　高松市は石と深い縁がある。先述したように、石の彫刻家イサム・ノグチは高松市郊外の牟礼にアトリエを構えたが、この一帯は庵治石の産地で、「花崗岩のダイヤモンド」と呼ばれる最高級石材と讃《たた》えられている。屋島を望み、かつ、四国八十八箇所の霊場の一つ、第八十五番札所、八栗寺を有する霊峰・五剣山を望む高松市牟礼町と庵治町には、現在も多くの石材業を営む石工たちが住んでいる。

　また、高松市の東方、坂出市国分台周辺ではサヌカイトと呼ばれる石琴にも使われる安山岩の産地であり、ドイツ人のハインリッヒ・エドムント・ナウマンが命名したことでも知られている。「入り口の石」の設定は、こうした「石の産地」として名高い高松市とその近郊を熟知した春樹の意図的な設定だと思われる。

9　高知の森へ――大豊町の山奥

　五月二十九日(金)に、大島さんは、カフカ少年をマツダ・ロードスターで高知の森の中の山小屋まで連れて行く。作品の記述を地図に即して丹念にたどると、二人の約三時間半の行程は、高松中央ＩＣか高松西Ｉ

Cから高松自動車道を西に進み、約六〇キロ先の豊浜サービスエリアに立ち寄って夕食を食べ、川之江JCTから高知自動車道に入り、恐らく大豊ICで降りて、国道四九三号線に出たことになる。上流で吉野川が穴内川と分流し、双方の川が山間を流れる大豊町内には、インターを降りた付近に作品の記述通りのファミリマートがあり、四三九号線を東方に上っても、西方に下っても、左手が崖で右手が吉野川の渓流の風景になる。個人的には、東方に上りながら、徳島県の祖谷谷に至る手前辺りの山中に山小屋があったのではないかと想像しているのだが、小島基洋氏によると、『海辺のカフカ』を舞台化した演出家の蜷川幸雄は、舞台化する前に、主演俳優を連れて、この大豊町の東方の山奥にある「農家民宿レーベン」（高知県長岡郡大豊町佐賀山キチヤ一二五三―三）というロッジを訪れ、宿泊体験をしていたそうだ。だとすれば、カフカ少年が訪れた高知の森とは、やはり大豊町の東方近辺の森であることが確実だと思われる。

農家民宿レーベン（高知県長岡郡大豊町）

なお、大豊町を東方に抜けると日本三大秘境の一つ、平家落人の隠れ里としても名高い祖谷谷に至るが、『平家物語』に関心を抱く村上春樹であれば、こうした地域を訪れていてもおかしくない。祖谷谷には「かずら橋」という、つるくさの葛で編まれた古代風の吊橋も有名だが、そのかずら橋のモデルは、先の四国村でも体験することができる。

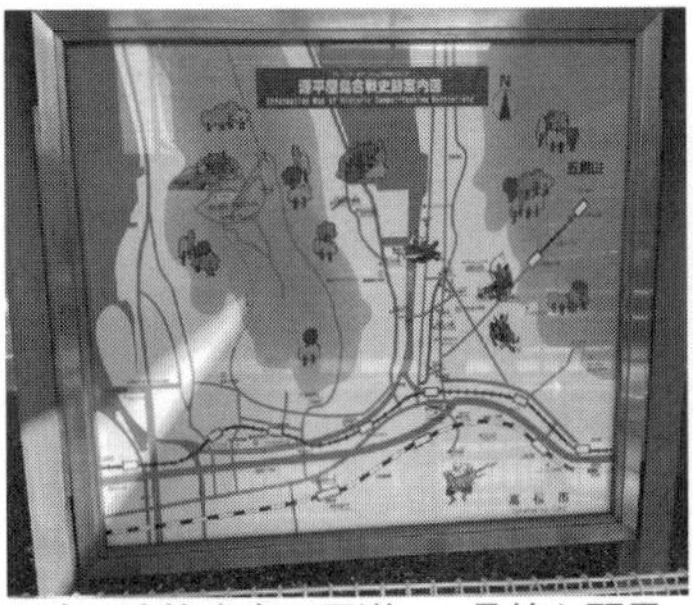

屋島・庵治半島は国道 11 号線と琴電志度線の北側に広がる
（琴電屋島駅前観光掲示板）

高松駅前の旧マツダレンタカー
（現、タイムズレンタカー）

10　駅前レンタカーでの移動――国道十一号線

車の話題としては、星野青年が六月九日(土)に高松駅前のマツダレンタカーでファミリアを借りるシーンがある。駅前の旧マツダレンタカーは現在、タイムズレンタカーとして営業している。

六月十日(日)から二人は、ナカタさんが探しているものを見つけるために、高松市内を一日中走り回るが、十一日(月)に、市内の西半分を巡った後、カーネル・サンダースが用意した高松パークハイツというマンションに戻ろうとする。

> 二人はあきらめて高松市内を離れ、国道をとおってマンションに戻ろうとした。しかし青年は考え事をしていたので、左に曲がる地点を間違えてしまった。〔中略〕気がついたときには、見覚えのない住宅地域に二人は入り込んでいた。まわりには高い塀に囲まれた古い上品な町並がつづいていた。通りは不思議なほど静まり返って人の姿も見えない。
> （下、二四〇頁）

こうして道を迷った後、「甲村記念図書館」に偶然出くわすと、ナカタさんは「これまでずっと探しておりましたのは、あの場所であります」（下、二四二頁）という。このルートは、恐らく高松市内を東西に貫く国道十一号線を東に向かい、途中の左折地点を間違えて屋島から古高松、八栗辺りの風景に迷い込み、その辺りから左（北）に曲がって、結果的に甲村記念図書館のロケーションとしてのイサム・ノグチ庭園美術館がある辺りへと辿り着いたのだと思われる。そう想定すれば、二人の道程の記述と実際の地図との整合性を確認することができるのである。春樹はやはり、実地調査によってかなりの精度で事実確認を行なったのではないかと思われる。

11 『雨月物語』との関連――白峯寺

六月三日（水）に戻るが、第二三章では、大島さんが『源氏物語』の〈生き霊〉の話に続いて『雨月物語』のことをカフカ少年に語る部分がある。

> 「たとえば『雨月物語』には『菊花の約』という話がある。読んだことは？」
> 「ない」と僕は言う。
> 「『雨月物語』は上田秋成が江戸時代後期に書いた作品だが、時代は戦国時代に設定されている。上田秋成はそういう意味ではいくぶんレトロ的というか、懐古的な傾向を持った人なんだ。」
>
> （上、三九〇頁）

また、第三十章には、カーネル・サンダースが星野青年に『雨月物語』の一節を引いて、自己の存在を説明しようとするシーンも挿入されている。

「私にはキャラクターなんてものはない。感情もない。『我今仮に化《かたち》をあらはして語るといへども、神にあらず仏にあらず、もと非情な物なれば人と異なる慮《こころ》あり』」
「なんですかい、それは？」
「上田秋成の『雨月物語』の中の一節だ。どうせ読んだことはあるまい」

（下、九六頁）

これは、『雨月物語』の最後の章「貧福論」からの引用だが、ここからは大島さんだけでなく、カーネル・サンダースもなかなかの教養があることがうかがい知れる。

周知のとおり、『海辺のカフカ』だけでなく、最新長編『騎士団長殺し』（新潮社、二〇一七）に至るまで、『雨月物語』は何度も引用されている。村上春樹は小学生の頃から『雨月物語』を愛読しており、なんと旅行用のｉＰｏｄにも『雨月物語』の朗読を入れているそうで「僕は『雨月物語』にとりつかれているようなものです」（『村上さんのところ』、2015/02/06）とさえ言っている。その『雨月物語』も香川とはとても縁が深い。

『雨月物語』は一七七六年に刊行された上田秋成作の怪異小説集で、「白峰」「菊花の約」「浅茅が宿」「夢応の鯉魚」「仏法僧」「吉備津の釜」「蛇性の婬」「青頭巾」「貧福論」の九話から成り立っている。そのうち、『海辺のカフカ』に登場するのは、「菊花の約」と「貧福論」だが、冒頭の話「白峰」は、讃岐白峰の崇徳上皇陵に詣でた西行が、上皇の怨霊と

『雨月物語』に出てくる崇徳上皇陵
（坂出市・白峯寺）

皇位継承について議論を闘わせる話で、その舞台は、香川県坂出市にある四国第八十一番霊場の白峯寺である。筆者も訪れてみたが、五色台という、瀬戸内海を見下ろす風光明媚な山あいの森に囲まれた白峯寺には、一一六四年に崩御した崇徳上皇の立派な陵墓がある。

ちなみに、『雨月物語』は、当時流行した中国白話小説を翻案した形がとられているが、『源氏物語』『今昔物語』、謡曲など、日本の古典も重ね合わせた知的な構成力によって高い完成度をみせており、各登場人物も、その執念がリアルに描き出され人間の闇が可視化されている。ある意味、『海辺のカフカ』自体が『雨月物語』の作風を反復しているかのようでもあろう。ここにも、『海辺のカフカ』執筆にあたって、村上春樹の四国・香川へのこだわりを見ることができるのではないだろうか。

12　讃岐うどん——春樹と水丸のサイン

こうして、香川・高松市とその周辺における『海辺のカフカ』の舞台を想定してみたが、最後にやはり讃岐うどんの話題に戻りたい。

村上春樹が、一九九〇年十月末に、うどん屋めぐりとして香川を訪れていることは、『辺境・近境』の「讃岐・超ディープうどん紀行」に記されているとおりである。村上春樹は、讃岐うどんの体験について次のように述べている。

> 香川県のうどんはあらゆる疑いや留保を超越して美味しかったし、この旅行を終えたあとでは、うどんというものに対する僕の考え方もがらっと変わってしまったような気がする。僕のうどん観にとっての「革命的転換があった」と言っても過言ではない。〔中略〕

坂出市の山下うどんの店構えと、店内にある村上春樹と安西水丸のサイン

香川県のディープサイドで食べたうどんにはしっかりと腰の座った生活の匂いがした。ああ、ここの人たちはこういうものをこういう風に食べて暮らしているんだなあとしみじみとした実感があった。香川県の人々がうどんについて話をするときには、まるで家族の一員について話しているときのような温もりがあった。誰もがうどんについての思い出を持っていて、それを懐かしそうに話してくれた。そういうのっていいものだし、またそういう温もりが美味みを生むのだと僕は思う。

（一三三頁）

こうした讃岐うどんに関する体験が、カフカ少年にも、ナカタさんと星野青年にも、うどんを食べるシーンに活かされているのだと思われる。

一九九〇年に実際に訪れたうどん屋は、三日間で十軒ほどだそうだが、そのうち小縣屋、中村うどん、山下うどん、久保うどんについては具体的に報告されている。筆者はいずれも訪れたことがあるが、そのうち坂出市郊外の山下うどんの店内には、村上春樹と安西水丸のサインがさりげなく店内の壁の上方に貼り付けられている。お店の常連にとっては取り立てるほどの話題ではないのだろうが、初めて訪れた筆者にとっては、大変新鮮な体験であった。村上ファンとしては、是非、訪れてみることをお薦めしたい。

おわりに――瀬戸内海に面して

筆者は、たった七年間しか高松に住むことはなかったが、今でも、もう一度住んでみたいと思うほど、魅力に満ちた街である。波の静かな瀬戸内海、自然と文化・歴史の融合する街並み、点在する讃岐うどんの店、穏やかな気質の讃岐人――村上春樹も高松を好むのは、春樹が暮らした先鋭的な神戸、東京などとは異なった、自然と溶け込んでいる不思議な安堵感をもたらす街の雰囲気ではないだろうか。田村カフカ少年が高松に降り立った日から癒やされるのも、春樹の高松に対する見方が大きく反映していることだろう。

関東出身の筆者は、瀬戸内海を目の当たりにして波がないことにまず驚いた。日本のエーゲ海とも呼ばれる瀬戸内海は、一九八〇年代後半にイタリアやギリシャに滞在した春樹にとっても、エーゲ海の面影を想起させる海であったろう。瀬戸内海を挟んで神戸の向岸にある四国は、春樹だけでなく、本州の人々にとって、豊かな自然と四国巡礼に繋がる異界のイメージが少なからず介在するのであろう。それを本州の身勝手な思い込みと批判することも可能であるが、実際に住んでみた筆者にとっては、確かに人間の生活の本質を改めて確認させてくれるような癒しの場所として、穏やかで神秘的なイメージを抱かせてくれることは確かであった。

田村カフカ少年の再生の物語として読める『海辺のカフカ』は、やはり四国八十八箇所の巡礼の地でもある香川の中心地、高松とその郊外が舞台として選ばれた必然性は否めない。春樹の作品は四十ヶ国語以上に翻訳されているが、Takamatsu として受容する読者が、GoogleMap 等でバーチャルに訪れているケースは少なくないだろう。そうした意味でも、『海辺のカフカ』の舞台を歩くことは、世界にひらかれていく試みなのかも知れない。

註

（1）自身が村上春樹のファンでもある「せとうちJ・ブルー」の理事長、西村裕作氏は、村上春樹自身が讃岐うどんのファンとして当県を何度も訪れていることも含め、『海辺のカフカ』ゆかりの地である香川県の魅力を日本国内外に広く伝えようと、バーチャルツアーを企画したのである。

参考文献

ナカムラクニオ・道前宏子『さんぽで感じる村上春樹』ダイヤモンド社、二〇一四年。

村上春樹『辺境・近境』新潮社、一九九八年。

――『海辺のカフカ』上・下、新潮社、二〇〇二年。

――『少年カフカ』新潮社、二〇〇三年。

――『村上さんのところ　コンプリート版』新潮社、二〇一五年。

【写真出典】（筆者所蔵以外の写真）

・高松駅前：たかまつユニバーサルデザインマップ（高松市市民政策局男女共同参画・協働推進課）。https://takamatsu-udmap.jp/ud/20190218O4939/

・味庄：讃岐うどんＣＬＡＰ二〇一八年十二月二十六日付記事。https://kagawakenudon.com/takamatsu/2926/

・サンクリスタル高松：高松市図書館。http://library.city.takamatsu.kagawa.jp/index.asp

・琴平電鉄志度線：Wikiwand「高松琴平電気鉄道」（二〇二二年四月七日）。https://www.wikiwand.com/ja/%E9%AB%98%E6%9D%BE%E7%90%B4%E5%B9%B3%E9%9B%BB%E6%B0%97%E9%89%84%E9%81%93600%E5%BD%A2%E9%9B%BB%E8%BB%8A#/google_vignette

・旧香川県立体育館：産経新聞（THE SANKEI NEWS）二〇二一年九月十五日。https://www.sankei.com/article/20210915-

OLQTYRGFHNJ6XKBPNC5AWOUM6I/
・四国村・ちから石（旧河野家住宅前）：ウェブマガジン四国大陸。http://459magazine.jp/journey/8583/
・農家民宿レーベン：農家民宿レーベンのＨＰより。http://otoyo-leben.com/

◉村上春樹関係年譜◉

平野　芳信

昭和二十四年（一九四九年）

一月十二日、村上千秋・美幸夫妻の長男として京都市伏見区に生まれる。その後、父の仕事の関係（中高一貫私立甲陽学園国語教師）で、兵庫県西宮市川添町に転居。

昭和三十年（一九五五年）　六歳

西宮市立香櫨園《こうろえん》小学校入学。三、四年生の頃から、急に本が好きになり、ジュール・ヴェルヌやデュマ、さらにはホームズおよびルパンシリーズを読むようになった。娯楽がなかったので、父親に連れられてよく映画を見に行った。西部劇と戦争映画ばかりだったという。

昭和三十三年（一九五八年）　九歳

八月二十五日、父方の祖父で京都市左京区粟田口の浄土宗「安養寺」の住職だった村上辨識《べんしき》が、東山区山科北花山《やましなきたかざん》山田町（当時の住所）にあった山田踏切りで電車にはねられて死亡した。

昭和三十六年（一九六一年）　十二歳

兵庫県芦屋市打出西蔵町（当時の住所）に転居。四月、芦屋市立精道《せいどう》中学校入学。この頃から国語

（古文）教師だった父親に古典文学を教えられはじめるが、その反動で興味は外国文学に傾斜する。最初に読んだ長編小説はショーロフの『静かなドン』だった。音楽に関しては、プレスリーをはじめとするポピュラーミュージックから入り、とりわけビーチ・ボーイズが好きだった。また、ジャズにも興味を持ちはじめた。

昭和三十九年（一九六四年）　十五歳

兵庫県立神戸高等学校入学。新聞委員会に所属し、二年生（三年時という説もある）のときに編集長となる。ジャズだけではなくクラシック音楽もよく聴き、神戸三宮駅前のクラシック専門のレコード店「マスダ名曲堂」が贔屓の店だった。

昭和四十三年（一九六八年）　十九歳

一年の浪人を経て、早稲田大学第一文学部入学。目白にある私立の寮「和敬塾」に入塾。四月の最初の授業で、高橋陽子（後の夫人）に出会う。学園紛争でほとんど授業はなく、朝から名画座で映画を観たり、演劇博物館で所蔵されていたシナリオ読んでいた。秋、半年過ごした「和敬塾」を退塾し、練馬の三畳の下宿（西武新宿線都立家政駅徒歩十分）に転居した。

昭和四十四年（一九六九年）　二十歳

四月、映画演劇科に進級。「『問題はひとつ。コミュニケーションがないんだ！』――’68の映画群から」を『ワセダ』に掲載。三鷹市の六畳のアパートに転居。

昭和四十六年（一九七一年）　二十二歳

十月、区役所に婚姻届を提出し、高橋陽子と学生結婚した。文京区千石で寝具店を営む夫人の実家で居候生活に入った。

昭和四十七年（一九七二年）　二十三歳
この時期、ジャズ喫茶開店準備のため、妻と二人で昼間はレコード店で、夜は喫茶店でアルバイトをし、お金を貯めた。また、春樹は仕事のノウハウを吸収するために、水道橋にあったジャズ喫茶「スイング」でもアルバイトをした。
昭和四十九年（一九七四年）　二十五歳
国分寺駅南口近くにジャズ喫茶ピーター・キャットを開店した。店内はスペイン風の白壁に木製のテーブルと椅子という設えで、店名は三鷹時代から飼っていた猫の名前からとった。
昭和五十年（一九七五年）　二十六歳
三月、早稲田大学第一文学部映画演劇科卒業。卒業論文のタイトルは「アメリカ映画における旅の思想」だった。
昭和五十二年（一九七七年）　二十八歳
ジャズ喫茶ピーター・キャットを千駄ヶ谷に移転。
昭和五十三年（一九七八年）　二十九歳
店の近くにあった神宮球場での開幕試合の際、唐突に小説を書くことを思い立つ。毎夜、店を閉めた後、キッチンテーブルで少しずつ執筆し、群像新人文学賞に応募する。
昭和五十四年（一九七九年）　三十歳
六月、『風の歌を聴け』で第二十二回群像新人文学賞を受賞する。七月、『風の歌を聴け』を講談社より刊行。八月、インタビュー「私の文学を語る」（聞き手：川本三郎）が「カイエ」に掲載。九月、『風の歌を聴け』が第八十一回芥川賞候補作となっていたが、落選。

昭和五十五年（一九八〇年）　三十一歳

ジャズ喫茶ピーター・キャットの経営をしながらの執筆活動にはいる。三月、『1973年のピンボール』を「群像」に、スコット・フィッツジェラルド作『失われた三時間』の翻訳と「アメリカン・ホラーの代表選手―スティフン・キングを読む」を「Happy END 通信」に、「親子間のジェネレーション・ギャップは危険なテーマ」を「キネマ旬報」に発表。四月、『中国行きのスロウ・ボート』を「海」に発表。六月、『1973年のピンボール』を講談社より刊行。七月、「マイケル・クライトンの小説を読んでいると『嘘のつき方』から『エントロピーの減少』まで思いをめぐらしてしまう」と八月、「中年を迎えつつある作家の書き続けることへの宣言が『ガープの世界』だ」とスコット・フィッツジェラルド作『マイ・ロスト・シティ』の翻訳を「Happy END 通信」に発表。九月、『1973年のピンボール』で、第八十三回芥川賞候補となっていたが落選。『街と、その不確かな壁』を「文學界」に、十二月、『貧乏な叔母さんの話』を「新潮」に、スコット・フィッツジェラルド作『残り火』『氷の宮殿』『アルコールの中で』の翻訳を「海」に発表。

昭和五十六年（一九八一年）　三十二歳

店を人に譲り専業作家となる。千葉県船橋市に転居。三月、『ニューヨーク炭鉱の悲劇』を「ブルータス」に発表。四月、『カンガルー日和』を「トレフル」に発表したのを皮切りに、以後同誌に八十三年三月まで短篇を連載。五月、『マイ・ロスト・シティー・フィッツジェラルド作品集』を中央公論社より刊行。七月、村上龍との対談集『ウォーク・ドント・ラン　村上龍 VS 村上春樹』を講談社より刊行。「同時代としてのアメリカ1　疲弊の中の恐怖―スティフン・キング」を「海」に発表。九月、「八月の庵　僕の『方丈記』体験」を「太陽」に、「同時代としてのアメリカ2　誇張された状況論―ヴェトナム戦争をめぐる作品群」を「海」に発表。十一月、「同時代としてのアメリカ3　方法論としてのアナーキズム―フランシスコ・コッポラと『地獄の黙示録』」を「海」に発表。コピーライターの糸井重里との共著『夢で会いましょう』を冬樹社より刊行。「友達と永久運動の終わり」を「文學界」に掲載。「早稲田文学」に編集委員として以後一年半参加する。中学の三年後輩にあたる大森一樹が脚本・監督で『風の歌を聴け』を映画化。

昭和五十七年（一九八二年）　三十三歳

二月、「青山学院大学―危機に瀕した自治とキリスト教精神」（「朝日ジャーナル」）を発表。「同時代としてのアメリカ4　反現代であることの現代性―ジョン・アーヴァイングの小説をめぐって」（「海」）を発表。五月、「同時代としてのアメリカ5　都市小説の成立と展開―チャンドラーとチャンドラー以降」（「海」）を発表。七月、「同時代としてのアメリカ6　用意された犠牲者の伝説―ジム・モリソン／ザ・ドアーズ」（「海」）に発表。八月、『羊をめぐる冒険』（「群像」）、『午後の最後の芝生』（「宝島」）を発表。十月、『羊をめぐる冒険』を講談社より刊行。「ヴィデオの登場は8ミリ・フィルムを追い払った。テープ・デッキの技術革新と貸レコード店がレコード産業をゆるがしている。」を牧村拓（「まきむらひらく」と読み、村上春樹のアナグラムであり、後に『ダンス・ダンス・ダンス』に作家として登場する）名義で、「海」（中央公論社）に発表。十一月、『シドニーのグリーン・ストリート』（「海」臨時増刊「子供の宇宙」）を発表。

昭和五十八年（一九八三年）　三十四歳

一月、インタビュー「シリーズ同時代作家に聞く1　村上春樹篇」（聞き手：高橋敏夫）が「図書新聞」に掲載。『羊をめぐる冒険』で第四回野間文芸新人賞を受ける。『螢』（「中央公論」）、『納屋を焼く』（「新潮」）を発表。二月、「『E.T.』をE.T.的に見る」が「中央公論」に、五木寛之との対談「言の世界と葉の世界」が「小説現代」に、インタビュー「大接近にっぽん人'83　第27回　村上春樹」（取材・構成：上田勝実）が「週刊現代」に掲載。四月、インタビュー「村上春樹〔羊をめぐる冒険○僕らのモダン・ファンタジー〕」が「幻想文学」に掲載。「記号としてのアメリカ」（「群像」）を発表。五月、筑紫哲也との対論（対談）「村上春樹　若者たちの神々」が「朝日ジャーナル」に掲載。短篇集『中国行きのスロウ・ボート』を中央公論社より刊行。『僕が電話をかけている場所』ほか七編のレイモンド・カーヴァーの短篇の翻訳を「中央公論」に、「ビーチボーイズを通過して大人になった僕達」（「ペントハウス」）を発表。六月、『雨やどり』（「IN.POCKET」）を発表。以降同誌に翌年の十月号まで隔月で小品を掲載。「幻の作家デレク・ハートフィールドのこと―「六月にしては暑すぎる」をめぐって」を「DoLiVe」（青人社）に発表。七月、レイモンド・カーヴァーの短編集『僕が電話をかけている場所』の翻訳を中央公論社より刊行。七月十八日、ギリシャでマラソン・コース（ほぼ四十二キロ）を一人で完走する。九月、短編集『カンガルー日和』を平凡社より刊行。「ファニー・ファニー・プイグ」（集英社版『ラテンアメリカの文学』16「月報3」）を発表。十月、『プールサイド』（「IN.POCKKET」）、十一月、『制服を着た人々について』（「群像」）、十二月、『めくらやなぎと眠る女』（「文學界」）を発表。イラストレーター安西水丸との共作絵本『象工場のハッピーエンド』（CBS・ソニー出版）を刊行。ホノルル・マラソンに参加し、公式フル・マラソン・デビューを果たす。

昭和五十九年（一九八四年）　三十五歳

一月、『踊る小人』（「新潮」）、「村上春樹のペーパーバック・ライフ」を「翻訳の世界」に連載（〜六月）。二月、『タクシーに乗った男』（「IN.POCKET」）を発表。三月、写真家稲越功一との共作『波の絵、波の話』（文藝春秋）を刊行。四月、『三つのドイツ幻想』を「ブルータス」に、『今は亡き王女のための』を「IN.POCKET」に発表。六月、『ハンティング・ナイフ』を「IN.POCKET」に発表。七月、『螢・納屋を焼く・その他の短編』（新潮社）を刊行。一九五七年八月から五九年五月にかけて「シティ・ウォーキング」と題して「日刊アルバイトニュース」（学生援護会）に連載したエッセイに、他三編を加えた『村上朝日堂』（若林出版企画）を刊行。『デニス・ウィルソンをカリフォルニア神話の緩慢な死』（「小説新潮臨時増刊大コラム」）を発表。十月、神奈川県藤沢市に転居。『嘔吐1979』（「IN.POCKET」）を発表。この年の夏に国務省の招きで約六週間アメリカ合衆国を旅し、ジョン・アーヴィングやレイモンド・カーヴァーに面会したり、フィッツジェラルドゆかりの土地や人を訪ねたりした。

昭和六十年（一九八五年）　三十六歳

三月、中上健次との対談「仕事の現場から」が「國文學」（學燈社）に掲載。四月、ジョン・アーヴィング作『熊を放つ』の翻訳を「マリ・クレール」に掲載。「週刊朝日」にエッセイ「村上朝日堂」を連載（～八六年四月）。六月、『世界の終りとハードボイルド・ワンダーランド』（新潮社）を刊行。「村上春樹ロングインタビュー」（聞き手：安原顯）が「小説新潮」に掲載。レイモンド・カーヴァー作『夜になると鮭は……』の翻訳（中央公論社）を刊行。トルーマン・カポーティ作『無頭の鷹』の翻訳（「小説新潮」臨時増刊）、「小説における制度」（「波」）を発表。八月、『パン屋再襲撃』（「マリ・クレール」）、『象の消滅』（「文學界」）を発表。「特別インタビュー『物語』のための冒険」（聞き手：川本三郎）が「文學界」に掲載。九月、オールズバーグの絵本『西風号《せいふう》の遭難』（河出書房新社）の翻訳、十月、『回転木馬のデッド・ヒート』（講談社）を発表。十一月、『世界の終りとハードボイルド・ワンダーランド』で第二十一回谷崎潤一郎賞受賞。イラストレーター佐々木マキとの共作絵本『羊男のクリスマス』（講談社）、十二月、『ファミリー・アフェア』（「LEE」）、『双子と沈んだ大陸』（「別冊小説現代」）を発表、川本三郎との共著映画評集『映画をめぐる物語』（講談社）を刊行。

昭和六十一年（一九八六年）　三十七歳

一月、『ローマ帝国の崩壊・一八八一年のインディアン蜂起・ヒットラーのポーランド侵入・そして強風世界』（「月刊カドカワ」）、『ねじまき鳥と火曜日の女たち』（「新潮」）を発表。二月、神奈川県大磯町に転居。三月、明日香ひな祭りマラソン参加。四月、『パン屋再襲撃』（文藝春秋）、五月、ジョン・アーヴィング作『熊を放つ』の翻訳（中央公論社）を刊行。六月、エッセイ集『村上朝日堂の逆襲』（朝日新聞社）を刊行。十月からイタリア・ローマを経て、ギリシャへ渡航。十一月、『ランゲルハンス島の午後』（光文社）を刊行。ポール・セロー作『緑したたる島』等の翻訳を（「東京人」創刊〜秋号）、『コルシカ島の冒険』（「マリ・クレール」十二月）を発表。『西風号の遭難』で第九回日本の絵本賞で絵本にっぽん賞特別賞を受賞。

昭和六十二年（一九八七年）　三十八歳

一月、イタリアのシシリー島に移る。ポール・セロー作「文壇遊泳術」の翻訳（「文學界」）を発表。二月、『THE SCRAP　懐かしの一九八〇年代』（文藝春秋）を刊行。二月から六月までイタリアのボローニャ、ギリシャのミコノス、クレタなどを旅行。六月、日本に一時帰国。四月、『日出る国の工場』（平凡社）を刊行。「とにかくギリシャへ行こう！」（「WINDS」）を発表。七月、ポール・セロー作『ワールズ・エンド（世界の果て）』の翻訳（文藝春秋）を刊行。九月、ローマへ戻る。『ノルウェイの森』上下（講談社）を刊行。ベストセラーとなる。「『オクトーバー・ライト』の放つ光」（「青春と読書」）を発表。十月、国際アテネ平和マラソンに参加。十一月、C・D・B・ブライアン作『偉大なるデスリフ』の翻訳（新潮社）を刊行。十二月、C・V・オールズバーグの絵本『急行「北極号」』の翻訳（河出書房新社）を刊行。

昭和六十三年（一九八八年）　三十九歳

二月、「ローマよ、ローマ、我々は冬を越す準備をしなくてはならないのだ」（「新潮」）を発表。短編『土の中の彼女の小さな犬』を原作とする映画『森の向こう側』（野村恵一監督）が公開される。三月、ロンドンに滞在、トルーマン・カポーティ作『おじいさんの思い出』の翻訳（文藝春秋）を刊行。四月、帰国し、『ザ・スコット・フィッツジェラルド・ブック』（TBSブリタニカ）を刊行。帰国中に自動車免許取得する。九月、W・P・キンセラ「モカシン通信」、W・キトリッジ「三十四回の冬」、R・スケニック『君の小説』、G・ベイリー作『サミュエル／生きること』の翻訳をおさめた『and Other Stories とっておきのアメリカ小説12篇』（共訳、文藝春秋）を刊行。十月、『ダンス・ダンス・ダンス』（講談社）を刊行。

平成元年（一九八九年）　四十歳

四月、「村上春樹大インタビュー『ノルウェイの森』の秘密」が「文藝春秋」に掲載。「レイモンド・カーヴァーの早すぎた死」（「新潮」）を発表。レイモンド・カーヴァー作『ささやかだけれど、役にたつこと』（中央公論社）の翻訳を刊行。五月、ギリシャ、ロードスを旅行。一九八三年から約五年間にわたって雑誌「ハイファッション」（文化出版局）に「ランダム・トーキング」と題して連載されたエッセイを中心に（三十五回の連載から十二編を外し）、他にも掲載された八編を加えて編まれた『村

上朝日堂 はいほー！』（文化出版局）を刊行。六月、後に『ＴＶピープル』と改題される『ＴＶピープルの逆襲』（「Par AVION」）、『飛行機』（「ユリイカ」）、『『スペースシップ号』の光と影』（「ピンボール・グラフィティ」日本ソフトバンク）を発表。七月、南ドイツ、オーストリアを自家用車で旅行。八月、Ｃ・Ｖ・オールズバーグの絵本『名前のない人』の翻訳（河出書房新社）を刊行。十月、帰国してすぐにニューヨークに。ティム・オブライエン作『ニュークリア・エイジ』の翻訳（文藝春秋）を刊行。「我らの時代のフォークロア」（「SWITCH」）、「上質のくせ玉Ｐ・オースター『幽霊たち』」（「新潮」）を発表。十一月、『眠り』（「文學界」）を発表。十二月、富士小山二十キロレース参加。トルーマン・カポーティ作『あるクリスマス』（文藝春秋）の翻訳を刊行。『ノルウェイの森』の韓国語訳が『喪失の時代』というタイトルで出版される。

平成二年（一九九〇年）四十一歳

一月、帰国。『ＴＶピープル』（文藝春秋）を刊行。二月、青梅マラソン参加。三月、小田原ハーフマラソン参加。四月、ドナルド・バーセルミ作『ジャズの王様』の翻訳と『友よ、違う、この『ドゥードゥリン』ではない』を「エスクァイア日本版別冊」に発表。小笠・掛川フルマラソン参加。五月、『村上春樹全作品 1979～1989』全八巻を講談社より刊行開始（～九一年七月）。『レイモンド・カーヴァー全集３ 大聖堂』（中央公論社）を刊行。「ジャック・ロンドンの入れ歯 唐突にやって来る個人的教訓」（「朝日新聞」）を発表。六月、約三年間のギリシャ・イタリア滞在記を『遠い太鼓』（講談社）として刊行した。『トニー滝谷』（「文藝春秋」）を発表。一九八五年八月に『Press eye 2 ザ・セレブ』（文春文庫）に収められたエッセイ「セレブたちの第三の角」が『PAPARAZZI』（作品社）に再録された。八月、一九八八年八月のギリシャ・トルコ旅行を「０３」（一九九〇年一月～二月）に掲載した後、加筆し写真家松村映三との共作として『雨天炎天』（ギリシャ編・トルコ編二分冊で）新潮社から刊行。『レイモンド・カーヴァー全集2　愛について語るときに我々の語ること』（中央公論社）を刊行。山口県の無人島でキャンプ。九月、『TVピープル』がアルフレッド・バーンバウムによって英訳（"TV People"）され、初めて「ニューヨーカー（*The New Yorker*）」に掲載された。十月、ティム・オブライエン作『本当の戦争の話をしよう』の翻訳（文藝春秋）を刊行。十一月、トルーマン・カポーティ作『クリスマスの思い出』の翻訳（文藝春秋）、C・V・オールズバーグの絵本『ハリス・バーディックの謎』の翻訳（河出書房新社）を刊行。十二月、富士小山二十キロレース参加。

平成三年（一九九一年）　四十二歳

一月、館山・若潮フルマラソン参加。渡米しニュージャージー州のプリンストン大学に客員研究員として在籍。二月、『レイモンド・カーヴァー全集1　頼むから静かにしてくれ』（中央公論社）刊行。四月、「聞き書　村上春樹　この十年　1979年～1988年」が掲載された『文學界臨時増刊　村上春樹ブック』に『緑色の獣』と『氷男』を発表。ボストン・マラソン参加。十一月、ニューヨーク・シティマラソン参加。その後、松村映三とイースト・ハンプトンを訪ねる。十二月、C・V・オールズバーグの絵本『白鳥湖』の翻訳（河出書房新社）を刊行。

平成四年（一九九二年）　四十三歳

一月、在籍期間延期のためプリンストン大学大学院で、現代日本文学のセミナーを受け持つ（～九三年八月）。フロストバイドロードレース横田参加。四月、ボストン・マラソン参加。七月、ほぼ一ヶ月間メキシコを旅行。前半は単独でバスを使い、後半は車で写真家松村映三、アルフレッド・バーンバウムと一緒の旅だった。九月、『レイモンド・カーヴァー全集4　ファイアズ』（中央公論社）刊行。

十月、『ねじまき鳥クロニクル　第1部』を「新潮」に連載開始（～九三年八月）、『国境の南、太陽の西』（講談社）を刊行。

平成五年（一九九三年）　四十四歳

一月、「偉そうじゃない小説の成り立ち―レイモンド・カーヴァーとの十年間」（「朝日新聞」）を発表。三月、アメリカの老舗出版社クノップフ社が、「ニューヨーカー」に掲載された作品を中心とする初めての短編集『象の消滅（"The Elephant Vanishes"）』を刊行する。アーシュラ・K・ル＝グウィン作『空飛び猫』の翻訳（講談社）を刊行。六月、C・V・オールズバーグの絵本『魔法のホウキ』の翻訳（河出書房新社）を刊行。七月、マサチューセッツ州ケンブリッジのタフツ大学に移籍（～九五年五月）。十一月、アーシュラ・K・ル＝グウィン作『帰ってきた空飛び猫』の翻訳（講談社）を刊行。十二月、富士小山二十キロレース参加。

平成六年（一九九四年）　四十五歳

二月、一九九二年八月から九三年十一月にかけて「本」に連載されたエッセイをまとめた『やがて哀しき外国語』（講談社）を刊行。三月、『レイモンド・カーヴァー全集6　象／滝への新しい小径』（中央公論社）を刊行。ニューベッドフォード・ハーフマラソン参加。四月、『ねじまき鳥クロニクル　第1部　泥棒かささぎ編』『第2部　予言する鳥編』（新潮社）を刊行。ボストン・マラソン参加。五月、プリンストン大学で河合隼雄と「現代日本における物語の意味について」と題する公開対話を行う。六月、中国内蒙古自治区とモンゴルを取材旅行。大連からハイラル、中国側ノモンハン、さらにモンゴルのウランバートルからハルハ河東の戦場跡をめぐる。七月、千葉県千倉町に夫婦で地元出身の安西水丸と旅行。九月、先の中国およびモンゴル旅行を「ノモンハンの鉄の墓場」と題して「マルコポーロ」に発表（〜十一月）。C・V・オールズバーグの絵本『まさ夢いちじく』の翻訳（河出書房新社）を刊行。十二月、写真家稲越功一との共作『使いみちのない風景』（朝日出版社）を刊行。『動物園襲撃』（「新潮」）を発表。

平成七年（一九九五年）　四十六歳

三月、一時帰国、神奈川県大磯の自宅で地下鉄サリン事件を知る。六月、『村上朝日堂超短篇小説夜のくもざる』（平凡社）を刊行。八月、『ねじまき鳥クロニクル　第3部鳥刺し男編』（新潮社）を刊行。六月、松村映三と自動車で米国大陸横断旅行、ハワイのカウアイ島で一ヶ月半滞在後、帰国する。九月、神戸市と芦屋市で自作朗読会を開催。十一月、「メイキング・オブ・『ねじまき鳥クロニクル』」を「新潮」に掲載。河合隼雄と二晩かけて対談。『めくらやなぎと、眠る女』（「文學界」）を発表。国立ロードレース十キロレース参加。

平成八年（一九九六年）　四十七歳

一月、十二月にかけて地下鉄サリン事件の被害者六十二人へのインタビューをはじめる（〜十二月）。一月、B・クロウ作『さよならバードランド　あるジャズ・ミュージシャンの回想』の翻訳（新潮社）を刊行。館山・若潮フルマラソン参加。二月、『ねじまき鳥クロニクル』で第四十七回読売文学賞を受賞。「読売文学賞の人2——小説賞　村上春樹さん『ねじまき鳥クロニクル』」が「読売新聞」に掲載。『七番目の男』（文藝春秋）を発表。三月、『バビロンに帰る　ザ・スコット・フィッツジェラルド・ブック2』（中央公論社）刊行。四月、C・V・オールズバーグの絵本『ベンの見た夢』の翻訳（河出書房新社）を刊行。小笠・掛川フルマラソン参加。五月、一九九四年春から九五年秋にかけて「SINRA」に連載していたエッセイを大幅に加筆し『村上朝日堂ジャーナル　うずまき猫のみつけかた』（新潮社）を刊行。六月、インターネット上の「村上朝日堂ホームページ」において一般読者と電子メールによる交流が始まる。サロマ湖百キロウルトラマラソン完走。十月、マイケル・ギルモア作『心臓を貫かれて』の翻訳（文藝春秋）、十一月、短編集『レキシントンの幽霊』（文藝春秋）、十二月、『村上春樹、河合隼雄に会いにいく』（岩波書店）を刊行。クリスマス・マラソン参加。

平成九年（一九九七年）　四十八歳

一月、館山・若潮フルマラソン参加。三月、地下鉄サリン事件の被害者へのインタビューをまとめたノンフィクション『アンダーグラウンド』（講談社）を刊行。四月、ホノルル十五キロレース、ボストン・マラソン参加。五月、阪神淡路大震災の被災地であり、同時に自身の生まれ育った西宮から神戸まで歩く。六月、一九九五年十一月から九六年十二月にかけて「週刊朝日」に連載したエッセイに書き下ろしを加え『村上朝日堂はいかにして鍛えられたか』（朝日新聞社）を刊行。アーシュラ・K・ル＝グウィン作『素晴らしいアレキサンダーと、空飛び猫たち』の翻訳（講談社）を刊行。九月、村上国際トライアスロン大会参加。十月、『若い読者のための短編小説案内』（文藝春秋）を刊行。十二月、『ポートレイト・イン・ジャズ』（イラスト：和田誠）を新潮社より刊行。

平成十年（一九九八年）　四十九歳

四月、『辺境・近境』、五月、『辺境・近境　写真篇』（写真：松村映三）を新潮社より刊行。六月、インタビュー「村上春樹クロニクル」が『新潮ムック　来るべき作家たち』に掲載。盲人マラソンホノルル十五キロレースに伴走者として参加。絵本『ふわふわ』（絵：安西水丸）を講談社から刊行。七月、一年半にわたるホームページ「村上朝日堂」上でやりとりされたほぼすべてのメールをCD-ROM化し、その一部を書籍化した『CD-ROM版村上朝日堂　夢のサーフシティー』を朝日新聞社より刊行。

ハワイのティンマン・トライアスロン参加。十月、子供の国駅伝参加。マーク・ストランド作『犬の人生』の翻訳を中央公論社より刊行。十一月、『約束された場所で』（文藝春秋、平成十一年度桑原武夫賞受賞）を刊行。ニューヨーク・シティー・マラソンに参加。

平成十一年（一九九九年）　五十歳

二月、『新版　象工場のハッピーエンド』（絵：安西水丸）を講談社より刊行。三月、ホノルル・バイアスロン参加。四月、『スプートニクの恋人』（講談社）を刊行。コペンハーゲン、オスロ、ストックホルム、コペンハーゲンというコースで北欧を二週間余り旅行。五月、グレイス・ペイリー作『最後の瞬間のすごく大きな変化』の翻訳を文藝春秋より刊行。七月、短篇小説を三作品執筆し、バリ島に休暇に行き、帰国してもう二作品を書き上げた。八月、『連作『地震のあとで』その一　UFOが釧路に降りる』、九月、『連作『地震のあとで』その二　アイロンのある風景』、十月、『連作『地震のあとで』その三　神の子どもたちはみな踊る』、十一月、『連作『地震のあとで』その四　タイランド』を「新潮」に発表。十二月、『連作『地震のあとで』その五　かえるくん、東京を救う』を「新潮」に発表。『もし僕らのことばがウィスキーであったなら』（平凡社）を刊行。

平成十二年（二〇〇〇年）　五十一歳

一月、大磯内に転居。二月、六番目の短篇『蜂蜜パイ』を加え、「地震のあとで」というタイトルを変更した『神の子どもたちはみな踊る』を新潮社より刊行。三月、「Eメール・インタヴュー　言葉という激しい武器」（聞き手：大鋸一正）が「ユリイカ臨時増刊」に掲載。五月、ビル・クロウ作『ジャズ・アネクドーツ』の翻訳（新潮社）を刊行。八月、『またたび浴びたタマ』（文藝春秋）を刊行。九月、レイモンド・カーヴァー作『必要になったら電話をかけて』の翻訳（中央公論新社）を刊行。

行。柴田元幸との共著『翻訳夜話』（文藝春秋）を刊行。

平成十三年（二〇〇一年）　五十二歳

一月、シドニーオリンピック観戦を題材とした『シドニー！』（文藝春秋）を刊行。エッセイ「神宮球場の外野席で…」を「朝日新聞」に発表。四月、ほぼ三年間にわたるホームページ「村上朝日堂」でやりとりされたメールのほとんどをCD-ROM化し、その一部を書籍化した『CD-ROM版村上朝日堂　スルメジャコフ対織田信長家臣団』を朝日新聞社から、『ポートレイト・イン・ジャズ2』（絵：和田誠）を新潮社より刊行。六月、二〇〇〇年三月から二〇〇一年三月にかけて「anan」連載された、同名のエッセイから抜粋、加筆修正して『村上ラヂオ』（画：大橋歩）をマガジンハウスより刊行。

平成十四年（二〇〇二年）　五十三歳

六月、トルーマン・カポーティ作『誕生日の子どもたち』の翻訳（文藝春秋）を刊行。七月、『レイモンド・カーヴァー全集7　英雄を謳うまい』（中央公論新社）を刊行。九月、『海辺のカフカ』（新潮社）を刊行。九月二十四日から十七日間アメリカとドイツを旅行する。十一月、『村上春樹全作品1990～2000』全七巻を講談社より刊行開始（～〇三年十一月）。十二月、編訳を手がけ、書き下ろし短編小説『バースデイ・ガール』を収めた誕生日小説集『バースデイ・ストーリーズ』（中央公論新社）を刊行。

平成十五年（二〇〇三年）　五十四歳

四月、J・D・サリンジャー作『ライ麦畑でつかまえて』の新訳『キャッチャー・イン・ザ・ライ』（白水社）を刊行。ホノルル・マラソン参加。「村上春樹ロング・インタビュー『海辺のカフカ』を語る」（聞き手：湯川豊・小山鉄郎）を「文學界」に発表。七月、初旬、サハリン取材。柴田元幸との共著『翻訳夜話2　サリンジャー戦記』（文藝春秋）を刊行。十一月、C・V・オールズバーグ作『いまいましい石』の翻訳（河出書房新社）を刊行。

平成十六年（二〇〇四年）　五十五歳

三月、ティム・オブライエン作『世界のすべての七月』の翻訳（文藝春秋）を刊行。八月、『レイモンド・カーヴァー全集8　必要になったら電話をかけて』（中央公論新社）、九月、『アフターダーク』（講談社）、C・V・オールズバーグの翻訳『2ひきのいけないアリ』（あすなろ書房）を刊行。新元良一によるインタビュー「Day12　村上春樹」が収められた『翻訳文学ブックカフェ』が、本の雑誌社より刊行。

平成十七年（二〇〇五年）　五十六歳

一月、同名の短編小説を映画化した『トニー滝谷』（市川準監督）が公開された。二月、絵本『不思議な図書館』（絵：佐々木マキ）を講談社より刊行。三月、『東京奇譚集1　偶然の旅人』を「新潮」に発表。四月、『東京奇譚集2　ハナレイ・ベイ』を「新潮」に発表。五月、『東京奇譚集3　どこであれそれが見つかりそうな場所で』を「新潮」に発表。六月、『東京奇譚集4　日々移動する心臓のかたちをした石』を「新潮」に発表。グレイス・ペイリー作『人生のちょっとした煩い』の翻訳（文藝春秋）を刊行。七月、グレイス・ペイリーの『最後の瞬間のすごく大きな変化』を文春文庫より刊行。九月、五番目の短編『品川猿』を加え、連作集『東京奇譚集』を新潮社より刊行。『海辺のカフカ』の英語版 *Kafka on the Shore* が「ニューヨーク・タイムズ」の "The Ten Best Books of 2005" に選ばれる。十一月、「ステレオサウンド」（二〇〇三年春号〜二〇〇五年夏号）に連載していたエッセイをまとめ、『意味がなければスイングはない』として文藝春秋より刊行。

平成十八年（二〇〇六年）　五十七歳

一月より、『村上春樹翻訳ライブラリー』を中央公論新社より隔月刊行。四月、エッセイ「ある編集者の生と死――安原顯氏のこと」を「文藝春秋」に発表、話題となる。十一月、スコット・フィッツジェラルド作『グレート・ギャッツビー』(中央公論新社)の翻訳を刊行。『「ひとつ、村上さんでやってみるか」と世間の人々が村上春樹にとりあえずぶっつける490の質問に果たして村上さんはちゃんと答えられるのか?』(朝日新聞社)を刊行。十二月、『はじめての文学　村上春樹』(文藝春秋)を刊行。フランツ・カフカ賞、フランク・オコナー国際短編賞受賞。ノーベル文学賞に最も近い位置にいる日本人作家と呼ばれる契機となる。

平成十九年(二〇〇七年)　五十八歳

一月、二〇〇六年度朝日賞受賞。ベルギー、リエージュ大学より名誉博士号授与。三月、『村上かたうさぎおいしーフランス人』(絵:安西水丸)を文藝春秋より刊行。レイモンド・チャンドラー作『ロング・グッドバイ』(早川書房)の翻訳を刊行。九月、第一回早稲田大学坪内逍遥大賞受賞。十月、『走ることについて語るときに僕の語ること』(文藝春秋)、十二月、C・V・オールズバーグ作『さぁ、犬になるんだ!』(河出書房新社)の翻訳を刊行。和田誠との共著『村上ソングズ』(中央公論新社)を刊行。

平成二十年(二〇〇八年)　五十九歳

二月、ジム・フリージ作『ペット・サウンズ』およびトルーマン・カポーティ作『ティファニーで朝食を』の翻訳を新潮社より刊行。三月、および四月に三回にわたって各地方紙に「村上春樹インタビュー　物語は世界の共通言語」が掲載され、以後、一年間(五十一回)毎週日曜日にインタビュー「風の歌　村上春樹の物語世界」(聞き手:小山鉄郎)が連載される。六月、プリンストン大学から名誉学位を授与される。七月、『ノルウェイの森』の映画化（トラン・アン・ユン監督）が決定。八月、父千秋死去。十一月、編著『村上春樹ハイブ・リット』（アルク）を刊行。

平成二十一年（二〇〇九年）　六十歳

一月、イスラエルの有力紙「ハアレツ」がイスラエル最高の文学賞、エルサレム賞を村上春樹に贈ることを発表、彼の出席をめぐり論議起こる。二月、エルサレム賞を受賞。受賞スピーチは“Of Walls and Eggs”　四月、「僕はなぜエルサレムに行ったのか——賞を辞退せよ、との声。それでも伝えたかったこと」を「文藝春秋」に寄稿。なお、このエッセイには受賞スピーチの日本語訳「壁と卵」が添えられていた。チャンドラー作『さよなら、愛しい人』の翻訳（早川書房）を刊行。五月、七年振りの新作長編小説『1Q84』「Book1」「Book2」（新潮社）を刊行。たちまちベストセラーとなる。八月、『ノルウェイの森』の発行部数が累計で一〇〇〇万部を突破したことが、版元の講談社から発表された。九月、「文化　村上春樹氏『1Q84』を語る」（聞き手：大井浩一）が「毎日新聞」に掲載され、『1Q84』の続編が二〇一〇年夏刊行を目指して執筆中であることが春樹自身の口から明らかになった。十一月、『1Q84』「Book1」「Book2」で第六十三回毎日出版文化賞受賞。十二月、スペイン政府から芸術文学勲章を授与される。

平成二十二年（二〇一〇年）　六十一歳

一月一日付朝日新聞等紙上において『1Q84』「Book3」の刊行が、四月十六日であることが発表された。一月、ニューヨークのオフ・ブロードウェーで『ねじまき鳥クロニクル』（オハイオ劇場）が舞台化される。三月、東京および大阪で、サントリー音楽財団創設四十周年記念公演として『パン屋襲撃』『パン屋再襲撃』を原作にしたオペラ『パン屋大襲撃』（ヨナハン・パルム：台本、望月京：作曲。ドイツ語上演、字幕付）が上演される。四月、『1Q84』「Book3」が発売される。発売日であった十六日午前0時には、深夜営業の書店に行列ができ、一月足らずで百万部を売り上げた。七月、「村上春樹ロング・インタビュー」（聞き手：松家仁之）を「考える人」に掲載。九月、レイモンド・チャンドラー作『ロング・グッドバイ』の翻訳（早川書房）を刊行。初めてのインタビュー集『夢を見るために毎朝僕は目覚めるのです：村上春樹インタビュー集1997−2009』（文藝春秋）を刊行。十月、短篇『神の子どもたちはみな踊る』を原作として、二〇〇八年にアメリカ合衆国で製作された『All God's Children Can Dance』（ロバート・ログヴァル監督）が日本で公開された。十二月、映画『ノルウェイの森』が東宝系で公開された。

平成二十三年（二〇一一年）　六十二歳

一月、『村上春樹雑文集』（新潮社）を刊行。「ハヤカワ・ミステリ・マガジン」にレイモンド・カーヴァー作『リトル・シスター』の翻訳を掲載。また同誌にてエッセイ「カンザス州マンハッタンから来た娘」を掲載。「絵本に関する4つのQ&A」を「MOE」に掲載。三月、インタビュー「村上春樹ランを語る。」が「Number Do」（文藝春秋）に掲載。四月、「VOGUE NIPPON」に、ドイツ人ジャーナリストによるインタビュー「村上春樹が語る、作品と地下と〝私〟」が掲載。「モンキービジネス」に、小澤征爾との対談を掲載。「Agora」にエッセイ「ギリシャの二つの島」を掲載。六月、インタビュー集『私たちがレイモンド・カーヴァーについて語ること』の翻訳を中央公論新社より刊行。九月、スペインの「カタルーニャ国際賞」を受賞。授賞式のスピーチで福島原子力発電所の事故について触れる。七月、『おおきなかぶ、むずかしいアボカド：村上ラヂオ2』（画：大橋歩）をマガジンハウスから刊行、これは「anan」二〇〇九年十月二十一日号、二〇一〇年三月三日号および二〇一〇年三月二十四日から二〇一一年三月二十三日号に掲載された「村上ラヂオ」に加筆修正したもの。九月、ジェフ・ダイヤー作『バット・ビューティフル』の翻訳（新潮社）を刊行。村上春樹による小澤征爾へのロングインタビュー『小澤征爾さんと、音楽について話をする』を新潮社より刊行。十一月、スコット・フィッツジェラルド作『冬の夢』の翻訳を中央公論新社より刊行。十二月、「JAZZ JAPAN Vol.16」に「『バット・ビューティフル』を読み解く」を特別寄稿。

平成二十四年（二〇一二年）六十三歳

四月、マーセル・セロー作『極北』の翻訳（中央公論新社）を刊行。「GINZA」にエッセイ「いちばんおいしいトマト」を掲載。「Agora」にエッセイ『ボストン的な心のあり方』を掲載。五月、彩の国埼玉芸術劇場（六月は大阪イオン化粧品シアターBRAVA!）で「海辺のカフカ」（脚本：フランク・ギャラティ、演出：蜷川幸雄、出演：柳楽優弥、田中裕子等）が舞台上演化される。七月、『サラダ好きのライオン：村上ラヂオ3』をマガジンハウスより刊行、これは「anan」二〇一一年三月三〇日号から二〇一二年四月四日号に連載された「村上ラヂオ」および「GINZA」二〇一二年四月号に掲載されたエッセイを加筆修正してまとめたもの。「波」に、エッセイ『スズキさん的な世界のあり方』を掲載。八月、レイモンド・チャンドラー作『リトル・シスター』の翻訳（早川書房）を刊行。『小澤征爾さんと、音楽について話をする』で第十一回小林秀雄賞を受賞。九月、文庫化にあたり二〇一一年六月にバルセロナで受けたインタビューを追加して『増補版　夢を見るために毎朝僕は目覚めるのです：村上春樹インタビュー集1998‒2011』（文藝春秋）を刊行。二十八日付朝日新聞紙上に、領土問題に言及した春樹の寄稿「魂の行き来する道筋」が掲載される。十一月、「考える人」にて小林秀雄賞受賞者インタビュー掲載。十二月、レイモンド・チャンドラー作『大いなる眠り』の翻訳（早川書房）

を刊行。

平成二十五年（二〇一三年）　六十四歳

二月、『パン屋襲撃』『パン屋再襲撃』を改稿し、アート・ブックとして新たに『パン屋を襲う』（新潮社）を刊行。文藝春秋から三年ぶりの長篇（タイトル未定）が発売されることが発表される。三月、文藝春秋から新作長篇『色彩を持たない多崎つくると、彼の巡礼の旅』を四月十二日に発売すると発表される。さらに、予約開始十一日で一万冊を突破したことが報道される。四月、『色彩を持たない多崎つくると、彼の巡礼の年』（文藝春秋）を刊行。NHKラジオ第2で「英語で読む村上春樹」が始まり、「英語で読む村上春樹　世界の中の日本文学」（NHK出版）が創刊される。九月、ヤクルトスワローズのファンクラブ名誉会員になる。編訳を手がけ、書き下ろし短編小説『恋するザムザ』を収録した恋愛小説集『恋しくて』（中央公論新社）を刊行。十月、「村上春樹私的講演録　職業としての小説家　第一回『小説家は寛容な人種なのか』」を「MONKEY」vol. 1（スイッチ・パブリシング）に発表。十二月、『女のいない男たち　ドライブ・マイ・カー』を「文藝春秋」に発表。

平成二十六年（二〇一四年）　六十五歳

一月、『女のいない男たち2　イエスタデイ』（「文藝春秋」）を発表。二月、『女のいない男たち3　木野』（「文藝春秋」）を発表。J・D・サリンジャー作『フラニーとズーイ』の新訳（新潮社）刊行。「村上春樹私的講演録　職業としての小説家　第二回『文学賞について』」と『シェエラザード』を「MONKEY」vol. 2に発表。三月、『女のいない男たち4　独立器官』（「文藝春秋」）発表。J・D・サリンジャー作『フラニーとズーイ』の翻訳（新潮社）を刊行。四月、『シェエラザード』と六番目の短編『女のいない男たち』を書き加えた連作短篇集として『女のいない男たち』（文藝春秋）を刊行。十八日付「週刊朝日」（朝日新聞出版）に急逝したイラストレーター安西水丸を偲んで「一回だけの『村上朝日堂』復活！」と銘打ち「特別編　週刊村上朝日堂　描かれずに終わった一枚の絵―安西水丸さんのこと―」を寄稿。六月、「村上春樹私的講演録　職業としての小説家　第三回『オリジナリティーについて』」を「ＭＯＮＫＥＹ」vol. 3に発表。七月、レイモンド・チャンドラー作『大いなる眠り』の翻訳（早川書房）を刊行。「大いなるメコン川の畔で」が「Agora」に掲載。「安西水丸はあなたを見ている」が「文藝別冊」に掲載。編訳『セロニアス・モンクのいた風景』（新潮社）を刊行。十月、「村上春樹私的講演録　職業としての小説家　第四回『さて、何を書けばいいのか？』」を「ＭＯＮＫＥＹ」vol. 4に発表。なお、同誌には春樹の『かえるくん、東京を救う』を原作とし、Ｊｃ・ドゥヴニの翻案とPMGLによる漫画も掲載。十一月、『図書館奇譚』（新潮社）を刊行。十二月、レイモンド・チャンドラー作『高い窓』の翻訳（早川書房）を刊行。

平成二十七年（二〇一五年）　六十六歳

四月、ダーグ・ソールスター作『ノヴェル・イレブン、ブック・エイティーン』の翻訳（中央公論新社）を刊行。五月、「村上春樹私的講演録　職業としての小説家　第五回『小説家になった頃』」を「ＭＯＮＫＥＹ」vol. 5に発表。六月、「トスカーナ・白い道と赤いワイン」が「Agora」に掲載。「村上春樹私的講演録　職業としての小説家　最終回『時間を味方につける――長編小説を書くこと』」を「ＭＯＮＫＥＹ」vol. 6に発表。七月、約九年ぶりに期間限定（二〇一五年一月十五日～五月十三日）で開設されたインターネットサイト「村上さんのところ」によせられた三七四六五通のメールから四七三通のやりとりを収録した『村上さんのところ』（新潮社）を刊行。「ジェイ・ルービンのこと」が「波」に掲載。八月、「熊本旅行記」が「CREA」に掲載。『ハリス・バーディック年代記：14

のものすごいものがたり』（共訳、「河出書房新社」）を刊行。「リカヴィトスからロンドン」が「芸術新潮」に掲載。九月、『職業としての小説家』（「スイッチ・パブリッシング」）を刊行。十月、柴田元幸との対談「帰れ、あの翻訳」、インタビュー「優れたパーカッショニストは、一番大事な音を叩かない」（聞き手：川上未映子）、ジャック・ロンドン作『病者クーラウ』の翻訳が「MONKEY」vol. 7に掲載。十一月、過去二十年間に書き残した旅行記をまとめた『ラオスにいったい何があるというんですか？』（文藝春秋）を刊行。

平成二十八年（二〇一六年）　六十七歳

一月、「講談社文芸文庫　私の一冊01」が「IN.POCKET」に掲載。三月、「水丸さんと最初に出会った頃」が「Coyote」に掲載。四月、カーソン・マッカラーズ作『結婚式のメンバー』の翻訳（「新潮社」）を刊行。五月、「アレン・ギンズバーグ、5篇の詩」（共訳、「新潮」）を発表。「ベルリンは熱狂をもって小澤征爾を迎えた」を「文藝春秋」に特別寄稿。六月、クレイス・ペイリーの短篇五編・エッセイ・インタビューの翻訳と、インタビュー「短編小説のつくり方」（聞き手：柴田元幸）が「MONKEY」vol. 9に掲載。十月、ハンス・クリスチャン・アンデルセン賞を受賞し、デンマークを訪れ、アンデルセンの『影』について語った。

平成二十九年（二〇一七年）　六十八歳

二月、『1Q84』から七年ぶりの長編『騎士団長殺し　第1部　顕れるイデア編』『騎士団長殺し　第2部　遷ろうメタファー編』を新潮社より刊行。「アンデルセン文学賞のこと」「影の持つ意味」を「MONKEY」vol. 11に掲載。六月、柴田元幸との対談「本当の翻訳の話をしよう」「翻訳の不思議」を「MONKEY」vol. 12に掲載。八月、グレイス・ペイリー作『その日の後刻に』の翻訳を文藝春秋から刊行。十二月、レイモンド・チャンドラー作『水底の女』の翻訳を早川書房から刊行。これで、十年がかりでチャンドラーの長篇七作をすべて翻訳したことになる。

平成三十年（二〇一八年）　六十九歳

五月、短篇『納屋を焼く』を原作とする映画『バーニング　劇場版』（イ・チャンドン監督）が、第七十一回カンヌ国際映画祭のコンペティション部門に出品された。六月、ジョン・チーヴァーの短篇小説五作品とエッセイ一編の翻訳、柴田元幸との対談「小説に大事なのは礼儀正しさ」を「ＭＯＮＫＥＹ」vol. 15に掲載。七月、「三つの短い話」として『石のまくらに』『クリーム』『チャーリー・パーカー・プレイズ・ボサノヴァ』を「文學界」に発表。八月五日、十九時から五十五分間、「第一回　村上RADIO～RUN & SONGS～」がTOKYO FM／JFN三八局ネットで放送され、初めてディスクジョッキーを務める。十月、同名の短篇の映画化『ハナレイ・ベイ』（松永大司監督）が公開された。十月二十一日、「第二回　村上RADIO～秋の夜長は村上ソングスで～」が放送される。十一月、ジョン・チーヴァー作『巨大なラジオ／泳ぐ人』の翻訳を新潮社から刊行。十二月十六日、「第三回　村上RADIO～村上式クリスマス・ソング～」が放送される。

平成三十一年・令和元年（二〇一九年）　七十歳

二月十日、「第四回　村上RADIO～今夜はアナログ・ナイト！～」が放送される。二月、「切腹からメルトダウンまで」（ジェイ・ルービン編 “The Penguin Book of Japanese Short Stories” 序文）を「ＭＯＮＫＥＹ」vol. 17に発表。二月二十一日、「第五回　村上RADIO～愛のローラーコースター～」が放送される。六月、「自らのルーツを初めて綴った」と銘打って「猫を棄てる—父親について語るときに僕の語ること—」を「文藝春秋」に寄稿、それまでの秘密主義を覆すかのように、自らのルーツである村上家に関する一種の情報開示に踏み切った。前年秋に、春樹が自身の原稿や蔵書等を母校である早稲田大学に寄贈する考えを明かしたことに対応して、二〇二一年四月に「村上春樹ライブラリー」（通称）がキャンパス内に開館することを早稲田大学が発表した。五月、柴田元幸との対談集『本当の翻訳の話をしよう』（スイッチ・パブリッシング）を刊行。六月十六日、「第六回　村上RADIO～The Beatle Night～」が放送される。八月、「連作短編『一人称単数』その4」として『ウィズ・ザ・ビートルズ』、「連作短編『一人称単数』その5」として『ヤクルト・スワローズ詩集』を「文學界」に発表。九月、ロングインタビュー「暗闇の中のランタンのように」（聞き手：湯川豊・小山鉄郎）が「文學界」に掲載。「至るところにある妄想―バイロイト日記」を「文藝春秋」に寄稿。ドナルド・L・マギン作『スタン・ゲッツ―音楽を生きる―』の翻訳を新潮社から刊行。八月二十五日、「第七回　村上RADIO～村上JAM Special Night①～」が放送される。九月一日、「第八回　村上RADIO～村上JAM Special Night②～」が放送される。十月、イタリアの文学賞グリザーネ賞を受賞し、イタリア北部アルバで、「洞窟の中の小さなかがり火」と題して講演した。十月十三日、「第九回　村上RADIO～歌詞を訳してみました～」が放送される。十二月、「連作短編『一人称単数』その6」として『謝肉祭（Carnaval）』を「文學界」に発表。十二月十五日、「第十回　村上RADIO～冬の炉端で村上SONGS～」が放送される。十二月十七日、川上未映子とともに、新宿の紀伊国屋サザンシアターで自主朗読会を開催し、初期の短篇『4月のある晴れた朝に100パーセントの女の子に出会うことについて』と年明けに発表予定の『品川猿』の続篇『品川猿の告白』を朗読した。

令和二年（二〇二〇年）　七十一歳

二月、「連作短編『一人称単数』その7」として『品川猿の告白』を「文學界」に発表。二月十六日、

「第十一回　村上RADIO～ジャズが不得意な人のためのジャズ・ヴォーカル特集～」が放送される。二月二十三日、「第十二回　村上RADIO～ジャズが不得意な人のためのジャズ・ヴォーカル特集～」が放送される。四月、『猫を棄てる　捨てる父親について語るとき』を文藝春秋から、単行本として刊行。四月二十六日、「第十三回　村上RADIO～言語交換ソングズ～」が放送される。五月二十二日、「第十四回　村上RADIO　ステイホームスペシャル～明るいあしたを迎えるための音楽～（パート1）（パート2）」が二時間に渡って放送される。六月十四日、「第十五回　村上RADIO～（あくまで個人的な）特選オールディーズ～」が放送される。七月、短篇『一人称単数』を加えた短篇集『一人称単数』（文藝春秋）を刊行。八月十五日、「第十六回　村上RADIO　サマースペシャル～マイ・フェイバリットソングズ&リスナーメッセージに答えます～」が放送される。九月十三日、「第十七回　村上RADIO～5分で聴けちゃうクラシック音楽～」が放送される。十月二十五日、「第十八回　村上RADIO～秋のジャズ大吟醸～」が放送される。十一月、インタビュー「村上春樹さんにスタン・ゲッツとジャズについて聞く（聞き手：村井康司）」が、「文學界」に掲載される。十二月二〇日、「第十九回　村上RADIO～マイ・フェイバリットソングズ&リスナーメッセージに答えます～」が放送される。十二月三十一日、「年末特番　村上RADIO　年越しスペシャル～牛坂21～」を、ゲストに山極壽一氏と山中伸弥氏を招いて、翌年一時まで二時間に渡って放送された。

令和三年（二〇二一年）　七十二歳

二月十一日、「村上RADIO～MURAKAMI JAM　いけないボサノヴァ直前スペシャル～」が放送される。二月十四日、「MURAKAMI JAM　いけないボサノヴァ」（司会：村上春樹、坂本美雨　ゲスト：大西順子、小野リサ、村治佳織　スペシャルゲスト：山下洋輔）がオンライン配信された。十二日付「週刊朝日」（朝日新聞出版）に「週刊朝日99周年特別企画」として、グラビア「安西水丸の描いた世界　村上春樹と創作活動から」「村上春樹とラジオ」、鼎談「村上春樹ガールズ」（坂本美雨、大西順子、小野リサ）、週刊村上朝日堂　特別インタビュー「どんな状況でも人は楽しめるなにかが必要です」が掲載される。二月二十八日、「第二十一回　村上RADIO～怒涛のセルフカバー～」が放送される。三月二十九日、「第二十二回　MURAKA-MI JAM　いけないボサノバヴァ　レディオスペシャル」が二十二時から五十五分間放送される。四月二十五日、これまでの不定期放送から、毎月第四日曜日の定期放送になった第一回目として、「第二十三回　村上RADIO～花咲くメドレー特集～」が放送された。五月三十日、「第二十四回　村上RADIO～RAY CHARLES SONG BOOK～」が放送された。六月、『古くて素敵なクラシック・レコードたち』（文藝春秋）、『村上T　僕の愛したTシャツたち』（マガジンハウス）を刊行。柴田元幸との対談「翻訳にプリンシプルはない」が「ＭＯＮＫＥＹ」vol. 24に掲載。六月二十七日、「第二十五回　村上RADIO～クラシック音楽が元ネタ（ロシア人作曲家編）～」が放送された。七月、短篇『ドライブ・マイ・カー』を原作とする映画『ドライブ・マイ・カー』（濱口竜介監督）が、第七十四回カンヌ国際映画祭のコンペティション部門に出品され、脚本賞を含む四部門を受賞する。七月二十五日、「第二十六回　村上RADIO～夏だ、ビーチだ、サーフィンだ！～」が放送された。八月二十九日、「第二十七回　村上RADIO～村上作品に出てくる音楽～」が放送された。九月二十六日、「第二十八回　村上RADIO～モーズ・アリソンを知っていますか？～」が放送された。十月一日、早稲田大学 国際文学館（通称：村上春樹ライブラリー）が、東京都新宿区の本部キャンパス内に開館した。「ブルータス　特集　村上春樹（上）「読む。」編」にインタビュー「村上春樹2021年の読む。」、エッセイ「うちの書棚から」と「村上春樹の私的読書案内

51 BOOK GUIDE」、および「（復刻）特集「ドイツの『いま』を誰も知らない！」を掲載。十月三十一日、「第二十九回　村上RADIO～村上作品に出てくる音楽2～」が放送された。十一月、「ブルータス　特集　村上春樹（下）『聴く。観る。集める。食べる。飲む。』編」にインタビュー「村上春樹2021年の聴く。」「村上春樹2021年の観る。」「村上春樹2021年の集める。」「村上春樹2021年の食べる。飲む。」、エッセイ（続）『古くて素敵なクラシック・レコードたち』、および「（復刻）肉体が変われば、文体も変わる⁉」「（復刻）本のある空間をめぐる断想」「（復刻）男が書く（略）隠れ家となる。」を掲載。十一月二十八日、「第三十回　村上RADIO～村上の世間話～」が放送された。十二月二十六日、「第三十一回　村上RADIO～素敵なエレベーター・ミュージック～」が放送された。

令和四年（二〇二二年）　七十三歳

一月十日、「第三十二回　村上RADIO　Authors Arive!～作家に会おう～スタン・ゲッツ音楽を生きる」が、成人の日スペシャルとして、昼間の十三：〇〇から五十五分間放送された。一月三十日「第三十三回　村上RADIO～ジャズ奥渋ストリート～」が放送された。二月一日、アナザーストーリー『ノルウェイの森』〝世界のハルキ〟こうして生まれた」が二十一時から一時間番組として、NHK BSプレミアムで放送された。二月二十七日「第三十四回　村上RADIO～今夜はお気楽、バブルガムミュージック～」が放送された。三月、映画『ドライブ・マイ・カー』が第九十四回米アカデミー賞で、国際長編映画賞（旧外国語映画賞）を受賞した。なお、他に作品・監督・脚色の三部門にもノミネートされていたが、受賞とはならなかった。三月十八日、「第三十五回　村上RADIO【特別編】～戦争をやめさせるための音楽～」が放送された。三月二十七日、「第三十六回　村上RADIO～春よ来い、春待ちソング2022～」が放送された。四月、スコット・フィッツジェラルド作『最後の大君』を翻訳し、中央公論新社より刊行。四月二十四日、「第三十七回　村上RADIO～和田誠レコード・コレクションより～」が放送された。五月、フランス学士院は、「現代のヒューマニズムのメッセージ」を表現する作家に授与されるチノ・デルドゥカ世界文学賞に、村上春樹を選出したと発表した。五月二十九日、「第三十八回　村上RADIO～ラバー・ソウルの包み方～」が放送された。

おわりに――加藤典洋「的思考」と村上／ムラカミ批評の未来

小島 基洋

我々は皆、加藤典洋チルドレンである。

二〇一八年三月八日、加藤氏は英国北部のニューカッスル大学で『１Ｑ８４』について熱っぽく語っていた。"Eyes on Murakami"と銘打たれた国際学会での一コマである。百名を超える村上研究者が一堂に会する大規模なイベントを企画運営したのは、若きデンマーク人研究者であるギッテ・Ｍ・ハンセン氏だった。彼女は早稲田大学で教鞭をとっていた頃の加藤氏の教え子にあたる。翌日の夕刻、大学の近くの小さなビストロで開かれた懇親会の席で、なおも饒舌に語り続ける加藤氏の横にはカリフォルニア大学のマイケル・エメリック氏が寄り添っていた。「マイケル、マイケル」と楽しそうに呼びかける加藤氏に、エメリック青年は『村上春樹の短編を英語で読む 1979～2011』（講談社、二〇一一年）の翻訳計画について静かに語っていた。隣りのテーブルには、ポーランド語訳者のアンナ・ジェリンスカ＝エリオット氏がいた。彼女は加藤氏の方を見やりながら、氏の『村上春樹イエローページ作品別（1979～1996）』（荒地出版社、一九九六年）は自身の「バイブル」だと私に告げた。

「バイブル」——英文学研究に迷い込んだ二十歳の私にとっても、加藤氏の『イエローページ』は、そうとしか言いようのないものであった。村上作品に対峙する加藤氏は誰よりも実直にその細部を読み込んでいた。それと同時に、決して、作品の全体性から目を逸らすことがなかった。最後に少しだけ個人的な話をすることをお許しいただきたい。

同年十一月三日、私は東京の居酒屋のテーブルで加藤氏と対面していた。「村上春樹研究フォーラム」が企画した辛島氏の出版イベントの打ち上げの席であった。

「小島さん、あなたは『女のいない男たち』をどう思う?」

私は反射的に愛想笑いをした。

「どうなんでしょうねぇ……」

「いや、どう思う?」

加藤氏は視線を外さなかった。私は何かをしどろもどろに答えたような気もするが、その内容は覚えていない。気づけば、そこには『女のいない男たち』を酷評し始めた加藤典洋がいた。村上作品の文学的・社会的意義について、戦後日本の来し方行く末について、自らの全存在を賭け、一歩も引くことなく、絶えず発信をし続けた稀代の批評家がそこにいた。

加藤氏の訃報を聞いたのは、それからわずか半年後のことである。

二〇一九年五月十六日、加藤典洋氏は肺炎によって逝去された。半年前に辛島氏が、加藤先生は「ご体調さえよければ」ご快諾くださると思う、と述べていたことの意味がようやく分かった。加藤氏は万全とはいえぬ健康状態で「村上春樹研究フォーラム」のセミナーに登壇されたのだ。それは、自らの村上研究を早稲田大学で継承する俊英・辛島氏の為だったからに違いない。その後、加藤氏は親交の深かったジェリンスカ氏に「鳥」という詩を贈り（『現代詩手帖』二〇一九年三月）、旅立たれた。英国での国際学会を成功させたハンセン氏は最愛の息子にCatoと名付けた（『すばる』二〇一九年八月）。エメリック氏は氏の遺稿を含む論集『村上春樹の世界』（講談社学芸文庫、二〇二〇年）の「解説」にこう記した。

加藤氏ご自身は、もういない。この本に収められている批評の文章は、この世界にすでにあるものへの緻密な語りかけである。まだそこにない世界への加藤氏の声を、私たちは想像することしかできない。

（三七二頁）

我々は皆、加藤典洋チルドレンである。加藤氏なき日本／惑星で、村上／ムラカミ批評を書き継いでいかねばならない。本書のタイトルに含まれる「的思考」という言葉は、哀悼の意を込めつつ、加藤氏の著書『戦後的思考』（講談社学芸文庫、二〇一六年）から拝借した。

平野 芳信（ひらの よしのぶ） 山口大学名誉教授

著書：『村上春樹と《最初の夫の死ぬ物語》』（翰林書房、2001年）、『村上春樹―人と文学―』（勉誠出版、2011年）、『食べる日本近現代文学史』（光文社、2013年）、**翻訳**：趙柱喜訳『하루키 하루키（ハルキ・ハルキ）（韓国語訳『村上春樹―人と文学―)』（志学社、2011年）、陳系美訳『從蝸牛食堂到挪威的森林：解讀日本近現代文學中的飲食象徵（簡体中国語版『食べる日本近現代文学史』)』（遠足文化、2014年）、**共著書**："Haruki Murakami im Spiegel der Literaturkritik"（村上春樹　その評価をめぐって）Zwischen Kanon und Unterhaltung/ Between Canon and Entertainment (*Frank & Timme*, 2014)、『夏目漱石『こころ』をどう読むか』（河出書房新社、2014年）、**論文**：「デレク・ハートフィールド考―― A Wild Heartfield Chase（当てのない追究）」（「京都語文」第27号、佛教大学国語国文学会、2019年）など。

of Political Philosophy and International Relations, Special Issue: The Work of Haruki Murakami, 第5巻1号、2022年), "The Alchemy of Recovery in *Colorless Tsukuru Tazaki and His Years of Pilgrimage*" (*Murakami Review*, 第0号, 2018, 93–105), "Murakami Haruki and the Power of *Monogatari*" (Jacob, F. (ed.). *Critical Insights: Japanese Literature*. New York: Grey House Press/ Salem Publishing, 2017, 220–238) など。

林 真（はやし まこと） 民族誌研究者

論文：「マイケル・タウシグの厄払い的な記述――ナーヴァス・システム、民族誌とフィクションあるいは日記、フィクトクリティシズム」（『パハロス』第1号、エスノグラフィーとフィクション研究会、2020年）。**小説**：「サブスクリプション・ライフ」（『第10回（2018年度）明治大学文学賞　受賞作品集』、明治大学文学部、2019年）など。**口頭発表**："Anthropomorphism and Michael Taussig's Concept of Mimesis." (In the seminar "Anthropomorphism, Metamorphism, Transmorphism"). American Comparative Literature Association Annual Meeting. National Taiwan Normal University, Taipei, Taiwan (online), June 16, 2022. など。

山﨑 眞紀子（やまさき まきこ） 日本大学教授　＊編者

著書：『村上春樹と女性、北海道…』（彩流社、2013年）、『村上春樹の本文改稿研究』（若草書房、2008年）、『田村俊子の世界―作品と言説空間の変容』（彩流社、2005年）。**共編著**：『女性記者・竹中繁のつないだ近代中国と日本――一九二六～二七年の中国旅行日記を中心に―』（研文出版、2018年2月）、『国文科へ行こう！』（明治書院、2011年）、『ライブラリー・日本人のフランス体験 第18巻 文学者のフランス体験――文学者のフランス体験Ⅰ（～1929）』（柏書房、2011年）など。**論文**：「村上春樹作品における〈食〉と〈性〉―初期作品と阪神淡路大地震以後の作品との比較を通して」（*FLORIENTALIA EAST ASIAN STUDIES SERIES: Food issues* 食事 *Interdisciplinary Studies on Food in Modern and Contemporary East Asia*, University of Florence, Italy, 2021）、「村上春樹が描く上海―『トニー滝谷』における父子の傷」（『上海の戦後　人々の模索・越境・記憶』勉誠出版、2019年）など。

見取り図　宮崎駿から古事記まで』（ミネルヴァ書房、2022年）、『日本学研究叢書35　芥川龍之介研究—台湾から世界へ—』（臺大出版中心、2021年）、『村上春樹 表象の圏域』（森話社、2014年）など。**論文**："Killing Commendatore as a Story of the Twenty-first Century Inheriting the History of the Twentieth Century"（『専修大学人文科学研究所月報』239、2018年）、「村上春樹『納屋を焼く』論— 80年代繁栄に潜む光と影—」（『専修国文』102、2018年）、「『午後の最後の芝生』論—日常の秩序に潜むアメリカの影—」（『村上春樹研究叢書』04、2017年）など。

内田 康（うちだ やすし）　京都府立大学共同研究員

著書：『村上春樹論——神話と物語の構造』（瑞蘭國際、2016年）。**共著書**：千明守編『平家物語の多角的研究　屋代本を拠点として』（ひつじ書房、2011年）、筑波大学文化批評研究会編『テクストたちの旅程—移動と変容の中の文学—』（花書院、2008年）など。**共訳書**：九鬼周造『粹的構造〔「いき」の構造〕』（聯經、2009年）。

星野 智之（ほしの ともゆき）TOURIST HOME & LIBRARY青い星通信社　代表

著書：『月光川の魚研究会』（ぴあ、2011年）。**編著書**：『空間演出家 池貝知子の仕事と意見』（ACCESS、2011年）、『図書館が街を創る。』（ネコ・パブリッシング、2013年）など。**論文**：「『1Q84』と死海文書の連関から辿る共鳴の起源」（『村上春樹における共鳴』村上春樹研究叢書第六輯、淡江大学出版中心、2019年）、「『羊をめぐる冒険』における移動とジャック・ロンドンの旅路」（『村上春樹における移動』村上春樹研究叢書第七輯、淡江大学出版中心、2020年）。

Jonathan Dil（ジョナサン・ディル）　慶應義塾大学准教授

著書：*Haruki Murakami and the Search for Self-Therapy: Stories from the Second Basement* (Bloomsbury Academic, 2022). **共著**：*Murakami Haruki: Challenging Authors* (Rotterdam: Sense Publishers, 2016, 73–86), Wh*en the Tsunami Came to Shore: Culture and Disaster in Japan* (Brill: Leiden and Boston, 2014, 195–213). **論文**："Oh My Kamisama: God in the Fiction of Murakami Haruki" (*In Statu Nascendi: Journal*

たち」(『人間・環境学』第30巻、2021年)、「〈監獄〉のマライア・バートラム——『マンスフィールド・パーク』における抑圧と処罰」(『文芸表象論集』第7号、2019年)。

横道 誠(よこみち まこと) 京都府立大学准教授 ＊編者
著書:『唯が行く!——当事者研究とオープンダイアローグ奮闘記』(金剛出版、2022年)、『イスタンブールで青に溺れる——発達障害者の世界周航記』(文藝春秋、2022年)、『発達界隈通信——ぼくたちは障害と脳の多様性を生きてます』(教育評論社、2022年)など。**論文**:「村上春樹『世界の終りとハードボイルド・ワンダーランド』の3つの論点——7つの翻訳(英訳、フランス語訳、2つの中国語訳、ドイツ語訳、イタリア語訳、スペイン語訳)、ポップカルチャーの変質とセカイ系の現状(あるいは新しい文学史の希求)、大江健三郎の『ファン』としての村上」(『MURAKAMI REVIEW』0号、2018年10月)、「村上春樹と筒井康隆——世界的作家の宿命を超えた関係」(『村上春樹における運命』、中村三春(監修)、曾秋桂(編集)、淡江大學出版中心、2021年)、「村上春樹の渡独体験——『三つのドイツ幻想』と『日常的ドイツの冒険』を中心とした考察」(『MURAKAMI REVIEW』3号、2021年)など。

小島 基洋(こじま もとひろ) 京都大学教授 ＊編者
著書:『村上春樹と《鎮魂》の詩学—午前8時25分、多くの祭りのために、ユミヨシさんの耳』(青土社、2017年)、『ジョイス探検』(ミネルヴァ書房、2010年)。**共著書**:『村上春樹スタディーズ 2008–2010』(若草書房、2011年)、『ジョイスの罠』(言叢社、2016年)、『百年目の「ユリシーズ」』(松籟社、2022年)。**論文**:「1959年の原爆と1895年の離婚— The Time Machine のマッチとH. G. Wellsの理念と未練」(*Albion* 67号、京大英文学会編、2021年)、「村上春樹『ねじまき鳥クロニクル』論—鐘楼のスプーンあるいは208号室の奥で光るもの—」(『文化と言語』68号、札幌大学外国語学部編、2008年)。

髙橋 龍夫(たかはし たつお) 専修大学教授 ＊編者
共編著書:『渡航する作家たち』(翰林書房、2012年)。**共著書**:『日本文学の

◉ 執筆者略歴 ◉

（掲載順）

Anna Zielinska-Elliott（アンナ・ジェリンスカ＝エリオット）　ボストン大学講師

著書：*Haruki Murakami i aktorzy jego teatru wybraźni* (『村上春樹と想像の劇場の役者』) (Warsaw: Japonica, 2016), *Haruki Murakami i jego Tokio* (『村上春樹と東京』) (Warsaw: Muza S. A., 2012). 共著：*Murakami Haruki and Our Years of Pilgrimage* (London: Routledge, 2021), *Collaborative Translation: From the Renaissance to the Digital Age* (London: Bloomsbury Publishing, 2017). 特別寄稿："Beyond English: Translators Talk about Murakami Haruki" (*Japanese Language and Literature* 49.1号、2015年4月). 論文："Puravieku and Other Translations: Olga Tokarczuk in Japan" (*The Polish Review* 66.2号、2021年7月), "No Translator Is an Island: The Changing Dynamics of Murakami Haruki Translations around the World" (*Japan Forum* 32.3号、2020年3月オンライン), "Murakami International: The Translation of a Literary Phenomenon" (*Japanese Language and Literature* 49.1号、2015年4月). 訳書：村上春樹、三島由紀夫、谷崎潤一郎、吉本ばなな、吉村昭など日本人作家のポーランド語への翻訳多数。

Mette Holm（メッテ・ホルム）　翻訳家

論文："Translating Murakami Haruki as a Multilingual Experience" (*Japanese Language and Literature* 49.1号、2015年4月), "Den drilagtige Murakami Om oversættelse" (「いたずら好きな村上―翻訳について」) (*Standard* 4号、2013年12月), "Det har været det rene eventyrland at oversætte…Essay om at oversætte Hardboiled Wonderland og Verdens Ende" (「『世界の終りとハードボイルド・ワンダーランド』を翻訳することは純粋なワンダーランドだった」) (*Politiken* 4号、2014年6月). 訳書：村上春樹、川上弘美、村田沙耶香、多和田葉子、東野圭吾、小川洋子、吉本ばなな、大江健三郎、村上龍など日本人作家のデンマーク語への翻訳多数。

杉野 久和（すぎの ひさかず）京都大学人間・環境学研究科博士後期課程在学　＊訳者

論文：「一つになりたいヘミングウェイ―― "A Canary for One" をめぐる孤独な雄

我々《われわれ》の星《ほし》のハルキ・ムラカミ文学《ぶんがく》――惑星的思考《わくせいてきしこう》と日本的思考《にほんてきしこう》

2022年10月5日　初版第1刷発行　　定価はカバーに表示してあります。

編者　小島基洋、山﨑眞紀子、髙橋龍夫、横道誠

発行者　河野和憲

発行所　株式会社　彩流社

〒101-0051　東京都千代田区神田神保町3-10　大行ビル6階

TEL 03-3234-5931　FAX 03-3234-5932

ウェブサイト　http://www.sairyusha.co.jp

E-mail　sairyusha@sairyusha.co.jp

印刷　モリモト印刷㈱

製本　㈱難波製本

装幀　大倉真一郎

乱丁本・落丁本はお取り替えいたします。　ISBN 978-4-7791-2840-0 C0095